枪出无心

燕垒生◎著

CNS 湖南文艺出版社 HUNAN LITERATURE AND ART PUBLISHING HOUSE 博集天卷 CS-BOOKY

图书在版编目（CIP）数据

问道 / 燕垒生著 . -- 长沙：湖南文艺出版社，2020.7

ISBN 978-7-5404-9660-9

Ⅰ. ①问… Ⅱ. ①燕… Ⅲ. ①幻想小说－中国－当代 Ⅳ. ①I247.5

中国版本图书馆 CIP 数据核字（2020）第 072888 号

上架建议：小说

WENDAO
问道

作　　者：燕垒生
出 版 人：曾赛丰
责任编辑：刘雪琳
监　　制：邢越超
策划编辑：李齐章
特约编辑：万江寒
营销支持：文刀刀　周　茜
整体装帧：梁秋晨
内文插图：步前川
出　　版：湖南文艺出版社
（长沙市雨花区东二环一段 508 号　邮编：410014）
网　　址：www.hnwy.net
印　　刷：三河市兴博印务有限公司
经　　销：新华书店
开　　本：875mm × 1270mm　1/32
字　　数：179 千字
印　　张：8
版　　次：2020 年 7 月第 1 版
印　　次：2020 年 7 月第 1 次印刷
书　　号：ISBN 978-7-5404-9660-9
定　　价：42.00 元

若有质量问题，请致电质量监督电话：010-59096394
团购电话：010-59320018

序章

中洲大陆，一千年前为争夺封神资格，原本同枝连气的阐、人、截三教之间爆发了封神大战，大战以截教失败，追随截教的妖族遭受重创而告终。

鉴于生灵涂炭，为重建秩序，阐、人、截三教教主在师父鸿钧主持下达成协议，关闭神界，不再封神，转而在中洲五龙、终南、凤凰、乾元、骷髅五山分设五大门派，招纳弟子修行，从此中洲大陆得到千年平静，但这条由人而仙、由仙而神的修道之路也越发艰辛，千年来极少有人能够成功。

幸而在设立五山之初，还定下了一条特例，每隔百年五山联合举办一次试道大会，称为百年大比。每次大比，每山都有十人参加，最终五十个参赛弟子中胜出的五人便成为“天下道王”，飞升成仙。在平静了千年的中洲大陆上，这几乎成了修道之士唯一可能的升仙之路，因此成为每一个五山弟子的梦想。

这一年，正值第十次大比之期，故事从五龙山的一个少年弟子开始……

一

一声钟响，穿破白云悠悠而上，将几只归鸟惊得又飞了起来，绕着五龙山巅飞了几圈，最后停在了云霄洞边的大树之上。

鸟飞起的声音使得正在看着云霄洞边石壁的少年吃了一惊，他抬起头来看了看，见并没有人，这才转回头，重新看着石壁上的字迹。

…………

字迹都已因为年代久远而漫漶不清，但少年仍是看了又看，因为那上面刻着五龙山在中洲前九次大比中的九个最终胜利者，以及这一千年来的两个最终成功飞升入仙界的弟子。

我也能成为胜利者吗？

少年的眼里浮现了一丝迷惘。

作为中洲五大神山之一的五龙山，自古以来都是修道之人心目中的圣地，与另四山一起担负守护这个世界的重责。而作为五龙山的弟子，自然在山下的寻常人眼中已然不啻仙人了。可是少年很清楚，以自己的道行，若是在五龙山弟子中排个序，自己大概在数百人中排到倒数前十位去。假如是五山弟子混在一起排的话，自己也定然是最后一个梯队里的。以这样的道行，想要赢得百年大比，成为道王，恐怕只有做梦才能实现了。

他正自想着，身后忽然传来一声惊叫："柯师兄，你都冲到九十层了！真是太厉害了！太厉害了！"

身后的山道上，有两人正匆匆过来。这两人年岁都在十七八上下，一个甚是矮小，另一个却又瘦又长，足足要高出一个头去。两人身上穿的都是五龙山弟子的服饰，只是脸上都有点淤青，那矮个子更是左眼都黑了一圈。惊叫的正是那矮个子，看他样子实是又惊又羡，甚至不无妒意，那句"太厉害了"说了三四遍。

这两人边走边说，脚下甚快，一下就到了那石壁前。那少年想要避开也已来不及，矮个子眼睛甚尖，叫道："陈简之！"

这少年被他一叫，连忙站定了道："柯师兄，陶师弟，两位好。"

原来那高个子名叫柯鸣进，乃在五龙山一门排得到前二十位的弟子。因为平日时专心修炼，对同门并不如何熟识，所以认得他的人多，他认得的人少，与这叫陈简之的少年更是话都从没说过。不过见陈简之口气甚是恭敬，他点了点头道："是陈简之师弟吧？你在此是为了参加百年大比修炼？"

陈简之略略一迟疑，说道："是啊，柯师兄。"

"不知陈师弟冲到通天塔第几层了？"

不待陈简之回答，一边那矮个子陶奉珊插嘴道："陈简之，你竟然也敢去冲通天塔？哈哈，你准上不了七十层。"

通天塔乃平时弟子试练之处，每一层都有北斗星使拦路。一般来说，前五十层较为简单，就算初窥门径的弟子也能冲到，越是往上便越是艰难，要过七十层便非得修为有点小成不可了。待到九十层之后，更是号称每上一层，艰难便逾一倍。陶奉珊入门方始四年，资质不坏，在五龙山众弟子中已然算得是中游人物了，但冲到了八十二层后连着两回都过不去，左眼还挨了一拳，只得废然而返，准备再修炼几天后试试。陈简之入门虽然比他早一年，但因为资质甚差，平常师兄弟比试时陶奉珊已能胜多负少，因此对这小师兄一直甚为看不起。听得陈简之居然也去冲塔了，忍不住出言讥讽。

陈简之脸颊有点泛红。虽然陶奉珊说话不客气，所料却是虽不中亦不远矣。陈简之还不至于冲不到七十层，却正卡在了七十一层上过不去。但要强辩说自己刚过七十层，自觉也出不了口，不禁有点面红耳赤。陶奉珊见他这模样，更是得意，向柯鸣进道："柯师兄，你想必不曾听过这位陈简之师兄的盛誉。陈师兄可是号称'大善人'的。"

柯鸣进一怔，诧道："这外号是何意？"

陶奉珊道："什么意思啊，山上的师兄弟，若是有谁比试屡屡落败，觉得灰心之际，便去向陈师兄挑战，十有八九便能找回信心。柯师兄，你说陈师兄算不算是个大善人了？哈哈哈哈。"

陶奉珊笑得前仰后合，柯鸣进也不禁莞尔，说道："原来如此。"他见陈简之一脸的尴尬，脸已是通红，忍不住打趣道："其实陈师弟确是生就个大善人的相貌。"

陈简之被陶奉珊说得已有点下不来台，被柯鸣进一打趣，更是尴尬，讪讪笑道："柯师兄取笑了，我资质是不行，反正也就是撞撞运气看。"

柯鸣进虽然算不得有多厚道，但也没陶奉珊那么刻薄，见陈简之一副逆来顺受的服软模样，终是有些不忍，敛起笑意道："陈师弟，其实人各有长，不能强求。仙道本来便难求，与其在山上虚度光阴，还不如早早下山，另谋生路去吧。”

陶奉珊在一边又插嘴道：“柯师兄，你不知我们这位陈师兄心气可是比谁都高，他岂但要在山上待下去，还誓要名列登仙录第十二位呢。陈简之，老实说，你独自在登仙录前，是不是想的便是这事？”

陈简之被陶奉珊说得承认不是，不承认也不是，讪讪道：“想想总没事吧？”

他刚说罢，远远地又传来一声钟响。听得这钟声，陶奉珊也顾不得再讥讽陈简之了，抬头看向远处通天塔方向，却听柯鸣进沉声道：“又有人拿到一块天星石了！”

作为修道之士，五山弟子无不前仆后继，勇猛精进，盼望的就是自己能够一朝顿悟，豁然开朗，修成仙界中人。然而修道不是一蹴而就之事，人寿不过百年。修仙者却不知凡几，真正能在有生之年修成正果、升入仙界者寥寥无几。希望如此渺茫，仙道终是难求，不过也并非绝无可成，五山每山都有的这堵登仙录石壁，刻的便是本门最终成功飞升的弟子名录。而五龙山登仙录上，共刻了十一个名字。只不过这十一人中，倒有九个是从百年大比中取胜而升仙的。

所谓百年大比，是每隔百年，由中洲五山的五大师尊联合举行的一次选拔弟子的考试。在大比中胜出者，便可立登仙界。毕竟能够只靠修炼成仙的极为难得，五龙山立山以来一千年，也只有两人而已，因此借大比的机会升仙，可谓是唯一一条捷径。

数日前，五龙山师父文殊天尊开山召集一众弟子，宣布两个月后召开中洲百年大比之事。自从中洲五山初开以来，已近千年，五龙山一脉出现的九个大比中的胜出者都刻在云霄洞边的石壁上，满山弟子几乎日日都能看到，每个人心底也总想着自己能不能成为这样的幸运儿。只是大比每隔百年才举行一次，上一次到底是哪一年谁都不清楚。待听得此次大比马上就要举行，自是人人摩拳擦掌，个个奋勇争先。只不过能够参加大比的名额，中洲五山，每山都只有十个。而五山门下，多则近千，少也有两百来人，因此五山都设了个初选，五龙山的初选便是登通天塔。

通天塔的第一百层上，放有十块天星石，五龙山弟子只消拿到一块天星石，穿云钟便会响起，表示有人取得了大比的资格。先前陈简之听到的钟响，便意味着已然有人拿到了一块，现在又是一声钟响，那天星石已只剩了八块。柯鸣进心道："这两块多半是大师姐和秦师兄拿了去。这两人我比不上，可别个我不会差太多，得加紧了。"

他在五龙山众弟子中排到了十五六位光景，应该说颇有一争的希望。一念及此，哪里还有心思在这儿陪两个师弟闲扯，也不说话，快步向山下走去，只想着早点回去好生修炼，待明天再去通天塔试试。陶奉珊见柯鸣进不理自己走了，心中亦是大急，忙追了下去，一壁厢叫道："柯师兄！柯师兄！"

看着他二人离开，陈简之如蒙大赦，长吁了口气，抹了把额头的冷汗。

天星石乃用来提升灵力的宝石，原本就甚为珍贵，更何况通天塔一百层上那十块天星石还是百年大比的入场券，这么快就有人拿到了两颗，接下来争夺定然更是激烈。陈简之虽然做梦也想拿到一块，但看道行远较自己高深的柯师兄也是一副全然没底的样子，他看着登仙录上那些名字，终于长叹了一声。

这毕竟只是一个奢望罢了。

陈简之转过身，还不曾迈步下山，却听得身后传来一个声音：“简之师弟。”

这是一个十分温柔的少女声音。陈简之一怔，转身看去，只见一个年轻女子正从山道上拾级而来。

这女子大约有十八九岁，个头与陈简之差不多，生了一张鹅蛋脸，相貌甚是秀丽，眼神却有一种超越年龄的成熟，而眼神深处似乎总带着一丝挥不去的忧伤。一见这女子，陈简之一时间几乎连呼吸都忘了，好一阵才低低道：“大师姐！”

山道行走不易，但女子步履轻盈，走得直如闲庭信步。走到石壁前，她微微一笑，这才道：“简之师弟，还有两个月便是大比之期，你怎么不抓紧时间练习，只在这儿玩？”

陈简之苦笑道：“我……我只怕到不了一百层。”

大师姐双眉轻轻一扬，诧道：“怎么？若不一试，怎么能轻言放弃？”

陈简之叹道：“我试了好几次，那七十一层实在太难，我只怕根本过不去。”

陈简之的道行在五龙山众弟子中很不出众，不过毕竟已上山五年，要学的基本道术差不多已修全。平时的通天塔试练，他总能冲到六十余层。虽说算不得好，却也不算最差。这一次得知百年大比之事，他终不肯甘心，便鼓足勇气去登塔。一鼓作气，第一次就上了六十七层。一下比平时高了许多。因此陈简之不由得信心大增，只觉世上无难事，只怕有心人，离大比还有两个多月，这两个月里苦苦修炼，说不定真能成功。他苦练了数日，自觉道行又有长进，于是再次登塔。这回果然又有长进，多上了四层。只是一过七十层，登塔难度便大增，特别第七十一和七十二两层之间没有明确的分隔，当中是个极长的长廊，因此过这两层其实是要冲过长廊，连破玉衡、天枢两星君的拦路。陈简之连着冲了三回，也顶多击倒了一个玉衡星君，另一个天枢星君却是使出吃奶的劲都冲不过去了。这一关甚是艰难，虽然那些比自己道行高的师兄也有很多冲不过去，但自己屡屡不能过关，陈简之不禁有些心灰意冷。

听着陈简之垂头丧气地说着在七十一层屡屡失手的事，大师姐的眼中闪烁了一下，问道："简之师弟，我记得你入门已经有五年了吧？"

五年前，山下揽仙镇的多闻道人将一个十岁孩童送上山来，说这小童名叫陈简之，孤苦无依，但心地纯净，向道心切，当是可造之才。这五年来陈简之便一直留在山上，从一个小童长成了一个少年。五龙山有弟子三百余人，陈简之在其中实在是毫不起眼，直至今日也没能认全所有同门，他倒没想到这个山上人人仰慕的大师姐不仅记得自己，居然连自己几时上山都记得，忙不迭道："是啊是啊，五年前多闻爷爷送我上山时，便是大师姐你给我挂的号。"

大师姐微微一笑，说道："其实七十一层并不难。你只消用御风术，便有可能在玉衡出现之前冲到前面，这样便只用对付天枢一个了。"

陈简之道："可是，我还没修御风术呢。"

大师姐一怔，诧道："你还没修？按理入门五年，道行应该也够了啊。你修到第几品了？"

陈简之脸一红，说道："我……长老说我资质太差，道行不够，外七品还不曾修满。"

五龙山的法遁玄三术，由低到高有外七内六十三品之说。法术多为攻敌，遁术是困敌与逃逸，玄术则对施法对象有加成。遁术中有一门御风术，据说练到极致能够御风而行，朝北海而暮苍梧，便是凡间俗称的腾云驾雾。就算没能练到极致，也能履高山如平地，纵跳自如。即使修习的武功还不足，但只消御风术有些根底，一样可以使得身法加速许多。不过这门道术因为属内六品，五龙山弟子必须修满外七品后方能修炼，一般来说五龙山弟子在三年里都能修满七品，快的两年都够了。然而长老试练时，总说陈简之根基不稳，这等情形绝不能修内六品，要他接着苦修，以求精纯。

大师姐细细的长眉微微一挑，上下打量了一下陈简之，又看向那堵刻着登仙录的石壁。陈简之倒有点惭愧，轻声道："大师姐，我也知道自己没用，学不成师父的种种精深道术，这次大比准是赶不上了……"

"下次大比你就赶得上吗？"

大师姐打断了他的话。陈简之一怔，心道："下次大比得一百年以后了，我哪里活得到那时？"只是这话他也不敢说，只是道："这个，反正，我命由天不由我，赶不上也是命该如此。"

大师姐叹了口气，她一直在看着那堵石壁，头也不回地道："世上无难事，只怕有心人。你可知道这登仙录上的第一位阚坚瑭前辈赢得第一届大比时入门只有三年？"

陈简之五年前入五龙山之门，虽然用功不算不勤，自觉资质也不甚差，却不知怎的，他修习五龙山外七品道术虽然一学就会，道行却一直提不上去。通天塔七十一层屡不能过，又被陶奉珊损了一通，更觉沮丧。听得大师姐这么说，陈简之心里突然燃起了一丝希望，问道："真的？"心中却道："原来这位前辈名叫坚瑭。"

登仙录上共刻了十一个名字，是按时间顺序排的。算起来，这第一个已经是千年前的古人了。一千年风霜雨雪，已然将字迹磨洗殆尽，更生了不少苔藓，早认不清了。那个"阙"字多少还认得出来，另两字却怎么都认不得，陈简之平时与师兄说起时，总是说"阙前辈"而不知其名，现在才算知道这个第一次赢得大比的前辈的名字。

大师姐看着登仙录上的名字，淡淡道："自然。神仙也是凡人做，只怕凡人心不坚。"她捋了一下鬓边一缕头发，嫣然一笑道："其实五龙山外七内六十三品，也并不是非要按部就班地一样样来。你外七品没修全，想全修御风术当然不可能，但若是只修内六品的一道太上飞步，却也不是不可能。"

五龙山弟子修行，向来都是外七内六，一路路修下来，由长老考核合格，方得习下一路。师父领进门，修行在个人，每个人的资质不同，修行的快慢也不同，长老管的只是每人修得了多少道行，其实根本不会因材施教。陈简之听得大师姐要教自己御风术，不禁又惊又喜，说道："大师姐，你要教我吗？"

大师姐道："怎么，你不想学？"

陈简之没口子道："想学想学！"生怕大师姐会变卦，又连连点了几下头，五龙山上，大师姐的道行排在最前列，纵然不是第一，也在前几位，陈简之做梦也没想到能得到大师姐亲自指点。

大师姐正色道："本门道术，共分'力''术'两途。本来二者必须齐头并进，不可偏废，但稍重其一，亦非不可。"说罢，右手捻了个诀念道："六气浩荡，为道为玄，神物无常，随作随迁，我入天一，混化精轮，万万离合，长获胜先，燕登金阙，循简帝真，裹囊阴阳，再光再昌，圣人神人，是空是尘。”念完后，将身轻轻一纵，人一跃而起。

平时人这般平地跃起，能跳起来三四尺便是天赋异禀、绝无仅有了。但大师姐也不作势，这样轻轻一跃，竟然升起了两丈多高。那堵石壁上的登仙录最高一行的名字距地面有两丈许，陈简之平时看它都要仰头，大师姐却轻轻松松，就跳得比那第一行的“阚坚瑭”还高。

她一跃而起，在空中转了个身，这才轻飘飘落下，姿势娴雅，极是美妙。落下地来，却仍是先前跳起来的地方。一着地，大师姐道：“看清了吗？这咒语有点长，定要字字记住，若是稍有错讹，真气便不能流转，你就飞不起来了。我再念一遍给你听吧。”

陈简之道：“我已经记住了。”

大师姐一怔，诧道：“你记住了？”

这咒语四字一句，共有十四句。虽然也不算长到离谱，但只听一遍就记住也着实不易。陈简之道：“是啊。”他说着，右手便要捻诀试演，大师姐拦住他道：“记住就好。运此咒时，当使真气在体内流动，不可有丝毫滞涩。力术相合，方能行动如飞。找个僻静地方专心练习，只修这一道咒的话，大约两天就能有小成。”

大师姐说到这儿，顿了顿又道：“简之师弟，你因为没修满外七品，虽说这道太上飞步咒乃遁术，对你来说也是越级修炼，因此千万要小心，若不能修成也别强求。”

陈简之得了这道咒，已然急着想去修炼试试，闻言连连点头道：“是，是，我记着了。”

大师姐打量了一下周围，又道：“简之师弟，这儿距师父清修之处太近，而且师弟们登塔回来大多会路过这儿，你另找个僻静所在吧。”她说着，又微微一笑道：“现在离大比还有两个月，你好好努力，争取拿到一块天星石。”

登仙录石壁边上便是云霄洞。虽然现在文殊天尊已然入定，洞口再没旁人，但难保还会有弟子来这儿。陈简之想到自己刚被陶奉珊讥讽了一通，若是别个师兄弟路过，见到自己正在苦练，难保不会和陶奉珊一样出言取笑，那时自己就算想专心练也练不成了。想毕点了点头道：“是。”正待离去，却又站定了，迟疑着道：“大师姐，你……为什么要对我这么好？”

大师姐对一众同门都颇为照顾，但五龙山上下有三百多弟子，陈简之在当中毫不出众，平时想和大师姐搭句话都不太容易，实在想不到大师姐会来传他法术。大师姐听他这么问，也怔了怔，然后微笑道：“你说呢？”

看着大师姐似笑非笑的模样，陈简之忽地怦然心动。他已是个知慕少艾的十五岁少年，五龙山的年轻女弟子也有不少，但陈简之因为毫不出众，能认得他的也没几个，更没什么人愿意多搭理他。而大师姐却是山上众多男弟子暗自倾心之人，陈简之自然也不例外。有时远远见到大师姐的身影，他总想着若是大师姐能对自己青眼有加该多好，却万万想不到这梦想居然能够成真。他的脸一下涨得通红，不敢再去看大师姐，低眉道：“那，大师姐，我去练习了。”说罢，一溜烟便向去后山的路跑去，一边跑一边想：“大师姐……我不是在做梦吧？”

五龙山规模甚大，师父所居的云霄洞和弟子的居处都在前山，后山少有人烟，陈简之更是往没人处跑，这一口气已然到了后山尽处的观海崖了。五龙山是在东海边，观海崖是万丈悬崖，极目望去便是浩渺无际的东海。这儿海风甚猛，山顶大树也被风吹得大多偏向西南方。陈简之平时也极少来这儿，此次一口气跑来，只觉呼吸都大为急促。其实以他的武功，这么点路也不至于跑得气喘吁吁，只是心中有事，连平时勤练不辍的吐纳功夫都快忘了。

陈简之重重地吸了口气，又长长吐出，让自己平静了些，心道："大师姐传我法术，定然是相信我能成功。对，我绝不能让大师姐失望！"

世间少年，往往如此。所谓一言兴邦，一言丧邦，纵然屡屡失败，已是筋疲力尽、心灰意冷之际，若得意中人一言鼓励，也不知哪来的力量，顿时便会精神百倍。和大师姐说话，陈简之做梦倒做过了两回，此时居然成真，他哪里还有半分沮丧？只觉百层通天塔何足道哉，这回别说一百层，冲上两百层、三百层，甚至直冲到从未有人抵达过的顶端都不在话下，当即便在观海崖前练了起来。

中洲五山道术，都分为力、术两大类。力即是武功，五山虽然各有不同，却也大同小异。"法""遁""玄"这三术，具体施行则有咒、符两类，修到一定程度还能修成随身法宝。外七品都是基础，自然要容易些，可陈简之连外七品都没修全，法宝自是妄想，咒符两大类也都修得马马虎虎。好在他记性极强，过目过耳皆能不忘，这道十四句的太上飞步咒虽然有点复杂，他倒是记得真真切切。默念了一遍"六气浩荡，为道为玄……我入天一，混化精轮……"，潜运真气，将身一纵。他见大师姐运用此咒时姿势美妙，直如御风飞行，可他这般一跃，人倒是冲天直上，可居然是侧着身子冲向了山崖外。

山崖外是万丈悬崖，下面则是汹涌波涛和犬牙交错的礁石，这一摔下去，就算有五年的道行也经受不住。陈简之大惊失色，拼了命将腰一扭。幸亏他跃起来时远没有大师姐那般轻灵迅捷，这一扭腰，身体终于转向了山崖里。只是这般强行转向，身体立时失了平衡，斜斜冲向一棵大树。“砰”的一声，却是脑袋在树干上一砸，陈简之只觉头晕目眩，好在还不曾昏过去，他一把抱住了树干，心道：“师尊在上，还好抓住了。”也不敢再用什么咒术，慢慢从树上滑下来，坐在树根处大口喘气，心道：“好厉害！怪不得大师姐说两天才能练成，我也太急于求成了。”伸手去摸了摸头，头上已撞了个大包，好在不曾破口出血。也幸亏撞在了树干上，若是撞到了石壁，只怕已经昏死过去了。

虽然撞出个大包来，陈简之却也大为吃惊。遁术中的基本法门他也学过，只是学来总是不成气候，本以为这道太上飞步咒是内六品中的高明遁术，自己十天半月未必能入门，谁知头一次练就有此奇效，实在出乎他的意料。坐在树根下歇了一阵，仍是百思不得其解，转念一想道：“我也真傻，练得快难道不好吗？嘿嘿，想来我的资质并不似长老说的那么糟。”

这样一想，陈简之的劲头又上来了。他从地上站了起来，先打量了一下四周。亏得观海崖这边根本没人会来，方才他出了这样一个大丑定然没人看到，自不会有人讥讽他。陈简之揉了揉头上的包，只觉疼痛已经止了大半，心道：“大师姐说这道咒术乃力术相合，也就是说二者相辅相成，缺一不可。我一味施咒，却忘了与真气相合，难怪身形会乱。”

他想通了这点，便端坐在树下，先打坐运了一周天真气，这才默念了一遍这道太上飞步咒，“六气浩荡，为道为玄……我入天一，混化精轮……”，然后轻轻一跃。这回他生怕又出乱子，不敢再冒冒失失地死命跃起，但这般轻轻一跃，人居然直直地升了起来，飞起了丈许高。陈简之平时一跃，能有个两三尺便谢天谢地了，哪里能轻轻一跃便跃起十来尺？他又惊又喜，忖道：“难怪……啊哟！”一分神，真气已然不纯，人重重坠了下来。好在这回是直上直下，不曾摔出山崖去，但屁股重重落到地上，摔得生疼。他龇牙咧嘴地揉了半天，心道：“看来还不曾抓到要领……”

陈简之越练越是纯熟，兴味也越来越大。只觉修成这道太上飞步咒，要冲过通天塔第七十一七十二两层间的长廊，第二个天枢星君恐怕无论如何都躲不过，第一个玉衡星君却勉强能够避过了。以他现在的道行，打倒那天枢星君的幻象虽然不甚容易，却也不是不可能。而且修成了这道太上飞步咒，身法无形中上了个台阶，闪避也比以前强得多了。他越练越是兴奋，练熟了上升，又练直冲后退，然后再练疾冲时的变向。这太上飞步咒虽然只有一道，变化却是奇多，难怪这道咒是五龙山内六品道术之一，看似简单，其实博大精深。

他练得越来越熟，自觉花半天时候便能修成大半，劲头一上来，已然忘了时间。这时天已黄昏，平地上早已上灯了，这儿是山巅，还能看得到西边的如血残阳。陈简之此时练着前冲之势，又在前冲之时绕过一棵大树，丝毫不曾碰到。只觉已然练得小有所成，加上又累又饿，他吁了口气，心道：“成了，今天就到这儿吧。回去歇息了，明天一早索性带了干粮过来。”

他转身正待离开，耳畔却隐隐约约听得“哧”一声轻笑。虽然很轻，但这一声显然是有人在讥笑自己。陈简之找这观海崖来练习，为的就是躲开师兄弟，哪知居然还是被人发现了。他不禁面红耳赤，站住了道：“是哪位师兄在此？”

一阵海风吹过，吹得观海崖上树叶摩擦声响成一片。夕阳在天，返景入林，映得观海崖极是通透，便是一只鸟也不会漏过。看来看去，却根本没见一个人影。陈简之本来害怕被师兄弟看到，会遭一番讥讽，但不见人影，心道："大概是我听差了。"现在天色也已不早，再练下去大概连眼睛鼻子都看不清了，他正待离开，忽然听到西边又传来一声嗤笑，有个人轻声道："这点道行，也要去参加大比吗？"

这句话虽然甚轻，但观海崖上海风虽大，却没别的声音，因此听来极是清楚。陈简之再无怀疑，心中又是羞惭，却也有几分不忿，说道："这位师兄，我知道我道行不够，但事在人为，不试试怎么知道行不行？"

他感觉这声音也不甚苍老，但比自己应该要年纪大些，定然是位师兄了。

五龙山上有三百多弟子，陈简之待了五年，却也并不曾认全，认得他的自是更少。他听这人的话中颇有讥讽之意，心想反正看也看到了，脸也已经丢了，虱多不痒，也不怕再遭讥讽，这几句门面话仍要说说的。一边说，一边四处张望。只是张望了一圈，仍然不见有什么人，他忖道："这位师兄究竟是谁？为什么藏头露尾的？"正在这时，那个声音突然道："什么，你能听到我的声音？"听起来，却是又惊又喜。

二

随着通天塔上传来的一声钟响，几个正在塔底紧束腰带准备登塔的五龙山弟子一下脸上堆满了沮丧，其中一个正是柯鸣进。他还不太相信，追问着边上的陶奉珊道：“陶师弟，穿云钟这是第九响还是第十响啊？”

陶奉珊神情也颇为沮丧，说道：“我记得清楚，这是第十响了。”

离大比之期已然没几天了。师父发了大比举行在即的消息后没几天，穿云钟就响了两下。随后的一个月里，又陆陆续续响了六下。通天塔一百层上十块天星石，第一个月就被取走了八块。柯鸣进日夜苦修，此时已然冲到了九十五层。眼看成功就在眼前，他自是更加刻苦修炼，以求尽快突破。便是陶奉珊，也已冲过了八十九层，亦是信心大增。只不过随着八块天星石被取走，接下来穿云钟竟然有二十余日不曾响起。柯鸣进更是着急，他与另一个名叫阎道真的同门前脚追后脚，两人你追我赶，齐头并进，差不多都以一天一层的进度在冲锋。柯鸣进只盼自己能抢先一步，但就在两天前他冲到九十八层，正向九十九层猛力冲去时，穿云钟响了第九下，阎道真抢先一步拿到了一块天星石。见此情景，柯鸣进越发焦急，但信心也越发足了。剩下来的同门中，他离目标最近，已然是一步之遥。正当他准备孤注一掷，全力冲刺之时，他听到穿云钟响了第十下，这终于让他彻底绝望。

一想到自己若是要升仙，要么就是无比幸运地做千年来第三个肉身飞升者，要么就是活到一百年后参加下一次的百年大比。只是这两条路怎么看都不似能够实现，柯鸣进长叹道："命该如此啊，还是好生打坐练气，要么能肉身飞升，要么就再活一百年，等下回的百年大比吧。"

柯鸣进也知道自己九成九活不到一百年以后了，刚才那句也是气话，说得更是沮丧之极。陶奉珊虽然失望，但自知道行原本就不是出类拔萃，这回能冲到九十层已然超过了他的预计，倒也没柯鸣进那么嗒然若丧，倒是对抢在柯鸣进之前夺得最后一块天星石之人有点好奇，说道："柯师兄，我们去看看吧。"

柯鸣进虽然沮丧，但心中多少仍有点不服。剩下来这些师兄弟中，固然有几个道行与他相差无几，甚至比他还要高一些的，但此番他自觉运气极佳，进展神速，已然没人赶得上自己的登塔进程，拿到最后一块天星石者，舍我其谁，万万没想到居然有人后来居上。他振了振精神，说道："走吧。"

这儿距通天塔还有一段路，不过他二人的御风术都可圈可点，二人脚下生风，很快来到通天塔下，却见有几人正围着一个从塔中出来的少年。一见那少年，陶奉珊失声道："咦！难道是陈简之？"

柯鸣进都忘了陈简之是何许人也，只觉这名字有点熟，问道："陈简之是谁？"

陶奉珊道："柯师兄，他就是一个多月前我们在登仙录石壁前碰到的那个正在发呆的家伙。他虽然比我早一年入门，可道行一直不如我，真不知这家伙怎的撞上了狗屎运，瞎猫碰上死耗子，居然拿到了一块天星石。”

岂止陶奉珊想不通，便是陈简之自己，也是一直不敢相信。这天晚上，他在自己屋中辗转反侧，兴奋得怎么都睡不着觉。到了月上中天，他仍是没有合眼。看着窗外的月光映进来，他从枕下摸出那块天星石又仔细打量着。

天星石上一面刻着云纹，另一面则是“大道”二字。中洲五山，虽然各有不同，却都是为求大道。虽然拿到这块天星石还不能算是最后的胜利，可至少，自己也有十分之一的可能了。而两个多月前师父宣布此次大比的消息时，陈简之根本没想到自己真会拿到一块天星石。

夜色已深，周遭尽是此起彼伏的鼾声。陈简之翻身下了榻，趿着鞋小心走到门边，拔了门闩出来。星月在天，银辉匝地，四处秋虫唱得正欢。五龙山弟子的居所本来就很偏僻，此时更似与世隔绝。

陈简之握着天星石，从后院走了出去。后院是一片松林，平时就少有人来，现在越发僻静。松树四季常青，月光只从松针缝隙中漏下来，更显幽暗。

陈简之走了好一程，到了一棵极高的松树下，闪身到了树后，随后才伸手在树干上虚画了两下，口中一边默默念诵。

这是召灵兽符。五山弟子的道行修到一定程度后，便能召来灵兽与之订约。灵兽与人相辅相成，可攻可守，能与主人一起修行成长。只不过要修到能召灵兽，都已非庸手，陈简之这道行，任谁也不信他也能召到灵兽。而陈简之此时画这道灵符亦是不甚熟练，手指都有些

发抖。当他将符最后一笔画好，口中的召灵咒也正好念完，树干中仿佛忽然有火光闪烁了一下，几乎同一时刻，从树背后传来一个声音：“小子，拿到了？”

这话沉稳中带着一丝嘲弄，正是陈简之先前在观海崖听到的那个声音。陈简之行了一礼道：“大哥，拿到了。”

他的话带着些兴奋，同时也极是恭敬。五山弟子召唤灵兽，其实与修炼法宝相类似，而且灵兽随着主人道行渐深会越来越强，是主人的有力臂助，只是陈简之这般态度，简直是对师长一般，哪里是面对灵兽。

树后的那声音道：“没想到你这小子倒也不是太无能。不过拿到天星石只是第一步，接下来可是比登通天塔难上百倍。”

陈简之嘿嘿一笑道：“神仙也是凡人做，就算再难，总有人能够成功，大哥您说是吧？何况我能赢过一次，就准能赢过第二次！”

能够抢到这最后一块天星石，其实已经让陈简之开心无比，现在他是信心十足。树背后那声音哼了一声道：“小子，你真当自己是块什么料了，若不是我将登塔的捷径告诉你，你怎么到得了一百层！”

以陈简之的道行，确实根本登不上第一百层。但因为得到指点，每上一层该如何抢占要点，然后再如何以他所会的道术武功相配合，他这一路才能够连连过关，最终抢到第十块天星石。被这声音一斥，他多少有点尴尬，又不好嘴硬说全凭自己，只是嗫嚅道：“是，是，大哥说得对。”

树背后那人顿了顿，又道：“当然，小子，你能拿到天星石，也证明你并非朽木不可雕也，资质其实不差。只是接下来的每一步对你来说都极是艰难，若是稍一大意，都会万劫不复，你有胆子走下去吗？”

那人大概也觉得方才自己说陈简之这话未免有点太重，生怕他一蹶不振，因此这两句已然温和了许多。陈简之点头道：“当然当然，大哥，全是靠您指点我才能冲到一百层去的。既然已是过河卒子，就只有拼命向前，别的也不去多想了。”

陈简之这话倒甚得此人之心，那人也“嗯”了一声道：“你既有此心，也是孺子可教。反正走一步看一步，多想无益。此次应是去骷髅山证道殿集合，也不知会派给你们什么任务。”

中洲五山，骷髅山位置最南。与另外四山相比，此山地势最为险恶，而传说骷髅山弟子也最难打交道。陈简之顺口道：“是啊。大哥，反正有您帮忙，总不会有大碍。”

树后那人又是哼了一声道：“别以为我什么都能帮你，靠的还是你自己。”那人顿了顿，又道：“今晚你唤我出来，只是来向我炫耀吗？”

陈简之听这声音已然有点不悦，心头不禁有点着慌，忙道：“我只是想多谢大哥的指点……”

不等陈简之说完，那声音打断了他道：“我教你那招，不到生死关头，绝不可用！别的，我也不会再教你了。记着，以后不要再来唤我，便再唤我也不会出来了。”

那天在观海崖，陈简之意外结识了这位神秘大哥，得他指点拿到了天星石，陈简之对这位大哥实是崇敬无比。在他心目中，有这位大哥在，自己想赢得百年大比也不难，哪知大哥这话已不太耐烦，而且说以后唤他不出来了。他急道：“大哥，那要是有急事找您的话怎么办？”

“你带着巨灵，一旦真有事我自会出来帮你。”

树干上又是微微一闪烁，亮光瞬间消失。陈简之一怔，轻声道：“大哥！”半晌没有回音，他仍不肯死心，探头到树后张望了一下，却见树后空空荡荡，什么都没有，才知大哥真的走了，不由得轻轻叹了口气。

这大哥无形无质，也不说来历，只说自己是五龙山前代弟子。一开始陈简之还吓了一大跳，只道是什么妖物，但大哥对五龙山上下如数家珍，不是本门弟子绝不会知道得如此详细，陈简之这才断定大哥所言非虚。问起大哥为何成为这等有影无形之态，大哥说因为修行有成，本当升仙，然而尘缘未了，因此不成天仙而成鬼仙。

修行有成，飞升成仙，这等事对陈简之而言实属可望不可及，心想就算做鬼仙也是求之不得的事。自己虽然道行浅薄，但大哥在后山观海崖这么多年都无人有缘得见，偏生只有自己才能听到他的声音，自是自己仙缘不浅。他因为资质太差，道行太低，为了不受同门欺负，练就了一身溜须拍马的本事，此时哪里还肯放过？这位大哥性情虽然并不怎么温和，也不敢多问，但溜须拍马是他做惯了的，当下他便谀辞滚滚，狠狠奉承了一番，心想这位大哥脾气纵然不好，但伸手不打笑脸人，看在自己如此殷勤的分上总要指点一二。至少，有了这大哥指点，通天塔里的天星石是顺利拿到了，接下来也便一步步走下去吧。

离大比之期已不过数日。陈简之本来还想着趁这最后几天傍着这大哥临阵磨枪一番，好歹都能再长进一些，但大哥方才这番话无异于兜头一盆凉水。不过陈简之在五龙山这五年，向来也求不到师兄弟帮忙，这等事对他来说也已习以为常，他心道：“大哥教我那招为什么不能用？唉，打通天塔的星君都这般厉害，大哥是怕我一出手伤了人吧。”

通天塔乃五山弟子试练所用，塔中的北斗七星君都是幻象，陈简之平时和师兄弟试练时却还从没赢过，实是很想一试，但大哥说那一招不到生死关头绝不可用，这让他不禁心痒难搔。他在五龙山已有五年，五龙山的法、遁、玄三术，除了大师姐传过他一路太上飞步咒，他会的尽是些基本之术，因此大哥所传的那招实是他的撒手锏，偏生又不能轻易使用，他不禁有点失望。

无论如何，我都要成为道王！

陈简之已下意识地握紧了拳头。仅仅是月余之前，他还因为怎么都上不了通天塔的一百层而灰心绝望，此时却仿佛全然换了一个人，眼中也有异光闪烁。

陈简之拿到五龙山最后一块天星石，是大比之期前五日之事。这五天里找他的师兄弟比他入门前五年里的还多。这些师兄弟有些厚道的前来道贺一句，有些刻薄的如陶奉珊之流则挖苦两句，但众人都很想知道陈简之这么个原本绝无可能拿到天星石的家伙怎么能突飞猛进，后来居上地夺到了最后一个名额。若非门规严禁私下互相斗殴，而且天星石被陈简之拿到手后便已在此次大比集合地的骷髅山证道殿挂了号，旁人便是抢了也不能冒充他，不然只怕真有人会动手抢夺。陈简之便是坦然自若，不论是来道贺的还是来挖苦的，一概笑脸以待，只说自己运气极好。

登通天塔，实力自然是第一位，运气却也极要紧。那些师兄弟到了这时候，除了羡慕陈简之的运气好得爆棚，也不好再说什么。心眼小的一离开，背后便狠狠唾一口，说是狗屎运走得了一时，走不了一世，以陈简之这等三脚猫道行，真去参加大比，只怕会尸骨无存。只是就算这般背地里毒詈一阵出气，终是改变不了事实，一想到自己错过了这个百年一次的大好机会，又偏生被陈简之这么个窝囊废捡了个漏，心中更是伤心。

中洲五山，分别为金系五龙山、木系终南山、水系凤凰山、火系乾元山和土系骷髅山。百年大比的主持以这五山依次轮换，此次正逢第十次百年大比，也正好是五山各轮完了两遍，又轮到骷髅山。

与山明水秀的五龙山不同，骷髅山地形极其险恶，到处是如刀如剑的嶙峋怪石，有几个山头更是还在冒烟的火山，还有熔岩流出，一不小心摔下去便是尸骨无存，因此除了修道之人，寻常人连登山的勇气都没有。

邵淇与另外九个通过了初选的同门从师父石矶娘娘所居的白骨洞中走出来时，天色渐暗。明天便是大比开始的日子了，今年又是骷髅山为主持，他们这些弟子省去了奔波之苦，自是趁着最后的闲暇去聆听师父最后的教诲。邵淇天赋极高，因此虽然是石矶门下年纪最小的弟子，却能后来居上，一举夺得初选资格。

一想到师父方才所言，邵淇心头就不禁有点激动。骷髅山自立山以来，千年间登仙录上一共就九人，也就是前九次百年大比的胜出者。与其余四山相比，骷髅山竟然连一个靠自身修炼得以飞升的都没有，所以对骷髅山弟子而言，百年大比是能够飞升登仙的唯一机会。

骷髅山虽然地形险恶，白骨洞一带更是显得狰狞，但也不是所有地方都如此，邵淇一干弟子所住的弟子居所在的三无坳便是骷髅山难得的一个清静之处。三无岫前立着一块黑色石碑，刻着“无君于上，无臣于下，无四时之事，从然以天地为春秋”四行字，三无岫的“三无”二字正是取意于此。邵淇刚走到那石碑前，正待往自己住处走去，却听得边处有人叫道：“小淇！”

那是个少女的声音。邵淇怔了怔，抬眼望去，只见弟子居前有个穿着蓝色衣裙的女子正在向自己招手。一见这少女，邵淇又惊又喜，三步并作两步便奔了过去，叫道：“慕慈姐姐，你怎么会来？”

这少女生了张鹅蛋脸，肌肤雪白，在斜晖下越发显得光润如玉，右手的中指还戴着个银色的指环。她名叫何慕慈，却是凤凰山门下。何慕慈比邵淇年纪要大得几岁，两人自幼便一块长大，后又同起修道之心，只不过何慕慈因为性情柔顺，拜在了凤凰山龙吉公主门下，邵淇却到了骷髅山。五山之间平时交流并不多，不过邵淇一直都十分想念这位自幼就很照顾自己的姐姐。现在见到何慕慈前来，邵淇实是开心至极。

何慕慈微笑道：“小淇，我是来参加大比的。”她打量了邵淇一眼，又道：“小淇，你长高了不少。”

当初两人分别入门时，邵淇个子还要矮很多，现在却是高了不少，而何慕慈更是态度娴雅，成熟了许多。原来每逢大比，因为五山相距甚远，因此有个不成文的惯例，允许参与大比的女弟子提前一天前来，由当年轮值之山在弟子居中为她们提供住处。其实以何慕慈如今的道行，明天一早赶来也不会误事，只是她甚是想念好几年不见的邵淇，这才提前赶了过来。当初分手时邵淇年纪还小，人亦是又黑又瘦，现在不但个子高了，人也生得十分俊秀，一双杏仁眼更是明亮如朗星，配着一身绿衣，更增几分英气。

两人在那三无碑前刚说了几句，邵淇叫道：“慕慈姐姐，我们在这儿说什么？还是在上边边逛边说吧，我带你看看骷髅山的景致。”

何慕慈心中暗笑，暗想骷髅山在五山中便是以山势险恶著称，若非修道之人，旁人连住都没办法住，哪来什么好景致？邵淇还要献宝似的带自己去看风景。她得知邵淇也通过了此次百年大比的初选时，既为这个好友感到高兴，却也不无吃惊。在她记忆中，邵淇尚是那个一天到晚都跟在自己身后的小豆丁，没想到邵淇的道行增长得如此之快，竟然能在人才济济的骷髅山脱颖而出，夺得参加百年大比的资格。此时见邵淇一副兴致勃勃的模样，她更不忍忤邵淇的好意，便微笑道：“好啊，我也正想听小淇说说你这些年的事呢。”

邵淇是个爱说话的，见到何慕慈后更是高兴，跟何慕慈并肩走着，一路唧唧呱呱说个不停，也不管是得意之事还是出丑之举，将自己上了骷髅山拜入石矶门下后的事都一件件说来。骷髅山别处不是浓烟滚滚便是熔岩横流，也只有三无坳这一片有点草木。两人一路行来，不觉已是暮色沉沉。何慕慈不承想邵淇谈锋如此之健。她性情温婉，更知道邵淇多年未见自己，这一肚子话若不说完，只怕要憋坏了，便一直含着笑容听着。

邵淇此时正说到自己有一次与几个师兄赌斗定输赢，经过一番苦练，抓住了几个师兄的弱点一举胜之的得意之事，正在眉飞色舞之际，忽见何慕慈神情严肃，诧道：“慕慈姐姐，这事不好笑吗？”

何慕慈小声道：“小淇，你们骷髅山证道殿，今晚有人留守吗？”

证道殿就在三无坳外，离弟子居并不远。虽然不远，但证道殿乃五山师长检验弟子修行成果之处，而每逢百年大比之际，就作为颁布大比具体章程之所，因此寻常弟子都不允许靠近，此时邵淇和何慕慈不知不觉，已然走到了证道殿边上了。这儿明天会是大比的起始之处，现在却是岑寂冷清无比，暮色中只见证道殿黑黝黝的屋檐如蝙蝠般张开，甚至有几分怪异。邵淇小声道：“明天便是百年大比了，今天早就关门上锁，谁也进不去，长老先前说过今晚谁也不得靠近，再说里面什么都没有，我们走吧。”

何慕慈皱了皱眉道：“可是我听见证道殿里有人。”

邵淇一怔，诧道：“真的？”

若是旁人说的，邵淇自是理都不理。但这话是何慕慈所言，邵淇绝不敢不当一回事。按理此事应该马上禀报白骨长老，但邵淇其实也拿不定主意。骷髅山的白骨长老祁元脾气不算好，邵淇对他也有点怕，万一证道殿里并没有人，自己被长老骂一顿也就罢了，连何慕慈也要受牵连了。

邵淇想了想，忽地屈膝蹲了下来，伸指在地上虚画了两下。虽是虚画，但手指到处，地面隐隐放出毫光。何慕慈看得清楚，那正是一道召灵兽符。

邵淇一边画着符，口中一边极快地念诵着。当最后一笔画下，地面上忽地凸起一团红光，现出一只火红色的小鸟来。这小红鸟展翅一个扑棱飞到邵淇指尖停下，邵淇指了指那边的证道殿，小声道：“红珠儿，去看看有人没有。”小红鸟似是能听懂人话，点了点头。它身上原本带着点暗光，此时光芒一敛，展翅向空中飞去，一下便隐没在暮色中了。

看着这小鸟飞去，何慕慈小声道：“小淇，你竟然召来了朱雀！”

朱雀作为四灵之一，极少有人能够成功召得，何慕慈实是有些吃惊。邵淇倒是有点不以为意，说道："红珠儿吗？是啊。"在邵淇看来，召来的不论是哪个灵兽，都是一回事，只不过这小红鸟红珠儿聪慧通灵，更讨人喜欢点。

小红鸟飞走没一会儿，夜空中便忽地有一个小黑点飞了过来。邵淇举起手，那黑点落了下来，正是那红珠儿。邵淇将小红鸟放在耳边听了一阵，忽地转过身向何慕慈低低道："慕慈姐姐，真的有人侵入了证道殿！"

何慕慈微微一皱眉，也小声道："马上通知祁长老吧？"

白骨长老祁元是直接主持此次大比之人，现在竟然有这等事，自是应该马上通知他。邵淇道："好！"正待离开，红珠儿却忽地一下飞起，身上也突然间放出一片红光。何慕慈一怔，问道："小淇，它怎么了？"

邵淇看着飞在空中的红珠儿，小声道："红珠儿说，那人要逃了！"

现在去通知白骨长老定然来不及了，两人互相看了一眼，不约而同跟着红珠儿冲了出去。不管潜入证道殿的人到底是何居心，先拿下他再说。

两人都是这样想着，冲出去亦是齐头并进。何慕慈在凤凰山这一代弟子中算是翘楚，但邵淇竟然丝毫不比她慢。红珠儿原本还能飞得更快，现在放慢了许多，但还是有如一道红色的闪电，可何慕慈与邵淇二人却也并不慢多少。只一眨眼，两人已然来到了证道殿的殿后。

殿后平时实在没有人前来，再过去便有一处熔岩池，更是不可向迩。两人到了殿后，何慕慈一下站定。她一身蓝色长裙，被夜风一吹，更显得飘飘欲仙。而方才疾驰而来，突然停下，她也丝毫不见局促。只是邵淇却没停住脚步，一下冲出了五六步，这才站住了，又急急跑回来道："慕慈姐姐，这儿没人啊，已经逃了吗？"

证道殿后，是一片半亩大小的空地。因为距熔岩池较近，在这儿也能感觉到一股热气不住袭来。在这空地上，倒也稀稀拉拉长了些不怕酷热的花木，只不过花朵都是小得只有豆粒一般。何慕慈看了一眼周围，忽然沉声道："没有，他们还在这儿！"

三

何慕慈的手在面前虚画着。她画得极快，口中也极快地默念了几句，开始时轻得完全没声音，但越念到后面便越响，到最后更是如同爆豆一般。只是声音虽急，却如大珠小珠落玉盘，一字不乱："……乾罗荅那，婆罗律罗，速出太清。九天之章，独由我行。急急如玄章律令！"咒声甫落，半空中一闪，一道韭叶形的闪电忽地直直凭空落下。

何慕慈这道太一天章咒威力大为惊人，那道闪电直如一把倚天长剑，这一剑斩下，只怕连顽石都要劈作两半。邵淇暗暗咋舌，心道："听师父说过，凤凰山的道术以水术见长，其中遁、玄两术更是有独得之秘，而法术的威力却是有所不足。可慕慈姐姐的这个法术极是厉害啊。"

寻常闪电总会有雷声随之而来，但这道闪电却是无声无息，映得证道殿殿后这片空地雪白一片。何慕慈心思细密，心知证道殿乃骷髅山重地，不可轻慢，原本这太一天章咒全称为"太一天章阳雷霹雳专司令咒"，闪电霹雳交加，威力方能尽展，此时她只是用出了一半威力。一方面固然是不愿惊动旁人，免得被骷髅山弟子以为自己对主人不敬；另一方面她也不知这潜入证道殿之人的底细，同样不想伤了那人，太一天章咒若是击中，将那人震得暂时失去知觉也就够了。

闪电落得极快，只是眼见闪电到处，地面上忽地有道黑影拔地而起。

本来什么也没有的地面上，突然出现这样一个矫健如龙的黑影，自是让人大吃一惊。邵淇心道：“原来这家伙就躲在这儿！”忽地一掌按向地面。

随着这一掌落地，那突然冒起的黑影四周忽地升起了一堵环形石墙，将黑影围在了当中。石墙急速升高，又向中央收拢。

这正是骷髅山土遁术。五行遁术除了用来遁去身形，另一个用途便是将敌人困住。邵淇年纪虽轻，但这土遁术已相当了得，幻化出的石墙又厚又密，收拢起来也迅捷异常。此时那黑影正在全力和何慕慈的太一天章咒相抗，哪里还逃得过邵淇的土遁术？只是一眨眼的工夫，石墙已然合拢，便如一个碗倒扣着一般，地上已多了半个石球，将那黑影严严实实地困在里面。

邵淇见自己的土遁术得手，不由得松了口气，向何慕慈道：“慕慈姐姐，逮到这家伙了！”心中却想着：“这家伙是什么人？这般了得，若不是慕慈姐姐牵制住他，我休想困住这家伙。”

何慕慈见邵淇这手土遁术干脆利落，却也大为赞叹，心道：“难怪小淇也能通过初选，这道行不比我差多少。”说道：“是啊，马上去向贵山祈长老禀报吧。”

邵淇“嗯”了一声，正待唤出红珠儿来让它向白骨长老传信，这时，一个火球忽地从一边疾射过来。

这火球足有碗口大小，赤焰环绕，直若火齐之珠。虽然骷髅山有不少火山，有时也会有熔岩溅出，但这火球显然是有人在施展法术。何慕慈和邵淇都是一惊，心道："原来还有一人！"下意识地退后了一步。只是这火球眼见要冲到面前，突然间在空中一个拐弯，竟然射向了那半个石球。

原来这人是要破土遁术!

被土遁术困住，除非两人道行有天壤之别，否则要挣脱遁术几无可能。然而若是从外强攻，却又是另一回事了。邵淇因为见那火球原本对着自己而来，已退了一步，此时方知那人真正的目标，正待上前，却已慢了一步，火球正砸在了石球上。

一声轻响，石球一下炸裂。虽然声响并不大，但这石球是邵淇以遁术变成，比寻常的石块更加坚硬，突然间这般炸开，碎石立时四散飞溅，竟比强弓大弩射出的箭矢还要迅猛。本来邵淇已经退后了一步，再闪身退开自然受不到波及，只是因为见到这火球射向的是石球时又待上前，这样子不退反进，正迎向那些飞溅的碎石。

一刹那，邵淇的脸色变得煞白。

如果被碎石击中，就算不死，只怕也会被砸个头破血流。只是现在想躲也躲不开了，邵淇伸臂一下挡住了脸，只盼碎石不会伤到脸，惊恐中却听到有个男子低低惊呼："糟了！"

这是谁?

邵淇的手已挡在了面前，什么都看不到了。本来觉得定会难逃飞石击体之苦，只是意想中的钻心疼痛却没有到来，甚至连一点异样都没有，耳朵倒是传来"嘣嘣"的响声，犹如暴雨天雨点打在伞面上一般。邵淇一怔，小心将手臂挪开一点，却见何慕慈已挡在了自己面前，不禁失声惊叫道：“慕慈姐姐！”

那些飞石劲头如此强劲，邵淇只道何慕慈为了救自己定会被打个遍体鳞伤，但何慕慈转过头，微笑道：“没事的，小淇，你不要紧吧？”

邵淇心想有你挡在面前，自不会有事。因为仍是担心何慕慈，邵淇又抢到了前面道：“慕慈姐姐，你……”

邵淇本以为何慕慈满身是血，都不忍去看，但一到何慕慈身前，却见她一身蓝裙连个褶皱都没有，人也仍是雍容娴雅，神态自若，若不是面前的地上有个破了个大洞的半个石球，真会以为这只是一场梦而已。邵淇又惊又喜，说道：“慕慈姐姐，原来你的道行高到这等地步！”

何慕慈淡淡一笑道：“其实我是跟一位杨前辈习得了这一手，论道行也不比你高。”她说着，目光又转向破裂的石球，喃喃道：“只是最终仍是被那两人逃了啊。”

那碎裂的石球上，还有一些烟气冒出来，显然方才那火球的威力相当惊人。邵淇收了遁术，咬牙道：“这两人准是什么妖人！若是下回被我抓到，我定要将他们碎尸万段！”

何慕慈抬起头，忽然道：“小淇，这事你一定要禀报祁长老吗？”

邵淇又是一怔。出了这样的事，禀报白骨长老那是理所当然的事，但听何慕慈的口气，似乎是要邵淇瞒下来。邵淇压低了声音道：“慕慈姐姐，你难道认得这两人？”

何慕慈摇了摇头道：“我不认得。”她顿了顿，又低声道：“不过我多半猜到了。”

邵淇惊道：“是谁？”

“这两人，前一个很可能是终南山的道友，另一个定是乾元山来的，因为他用的那招正是乾元山的焦金烁石。”

终南山和乾元山，都在五山之列。邵淇一怔，诧道：“可如果是云中师伯和太乙师伯门下，他们不正大光明前来，鬼鬼祟祟地过来要做什么？”

何慕慈微笑道：“明天的大比章程，就放在证道殿里吧？”

邵淇睁大了双眼，喃喃道：“这两个家伙难道是想偷看章程吗？”

证道殿不是藏宝阁，平时是考核本门优秀弟子所用，里面自是空空荡荡。因为明天就是百年大比开始之日，这一次大比的章程今天也搁在里面，以备明日五山师父齐聚时阅览。到了明天一早，这章程也就人人都能知晓了，因此白骨长老并没有特别上心，将证道殿一锁便回去休息，准备明天主持这场大会。因为章程讲述了本次大比两轮比试的细节，如果能先一步知道，自然也能先一步准备起来。只不过再怎么提前准备，也不过提前一晚而已，邵淇实在想不通有什么必要。

何慕慈小声道：“方才你的土遁术被强行攻破，飞石溅出时，我听到那人惊叫了一声。”

邵淇点点头道：“我也听到了。”

“此人没想到你会靠那么近，当时见飞石可能会伤到你，这人还伸手挡下了两块。”

土遁术被火球轰破的时候，邵淇正拿手挡住了脸，什么都不曾看到。待听得还有这等事，邵淇也吃了一惊，诧道：“真的？”

何慕慈道：“是啊。所以我猜他们其实并无恶意，只是想来偷看一下章程。”她顿了顿，小声道：“小淇，听说你们祈长老性子不甚和缓，而乾元山的太乙师伯又最会护短，这事本来没什么大不了的，但若是撕破了脸，很可能会让太乙师伯与石矶师伯有芥蒂。”

邵淇迟疑了一下。邵淇的师父石矶娘娘甚是喜欢邵淇，有时闲聊时，说起乾元山的太乙真人来却是牙痒痒的。听意思，其实石矶和太乙也是故交，只不过当初就因为太乙真人太过护短，与石矶娘娘曾有过冲突。现在当然恩怨俱了，可这份芥蒂却一直不曾完全化解。如果这回石矶娘娘得知乾元山弟子竟敢来骷髅山偷看章程，只怕又会大起波澜。邵淇犹豫了一下，向四周看了看，凑近了何慕慈道：“慕慈姐姐，那你说，就当这事不曾发生？”

何慕慈点了点头。“不错。反正，”何慕慈说着，也向四周看了看，接道，“这事你知我知，天知地知，能化解一场无妄之灾，亦非无益。”

邵淇想了想，心想这样的办法实是最好。白骨长老祁元性如烈火，一点就着，而师父本来就对乾元山太乙真人怀恨在心。那两人想要作弊自是不对，可因为作弊这么件小事，将事态弄到不可收拾，搞不好从此乾元山与骷髅山两山都要反目成仇，这样自己反要铸成大错。想到这儿，邵淇也点了点头，却又恨恨道：“只是那两个家伙如此卑鄙，就这么轻易放过，真叫我心有不甘。”

何慕慈笑了起来。邵淇现在也已长大了，可这神情和小时候跟着自己时相去无几。她柔声道：“小淇，人贵在做事无愧于心。那两位道友只想投机取巧，自是不对，但先前因为怕伤到你，还不顾失风的危险为你挡下了两块大石，可见他们其实也没什么坏心。”

邵淇道：“慕慈姐姐，你啊，就是心软得跟烂泥似的，谁一央求你就答应。小时候别人给我们一人一个果子，我先吃了，看你吃时嘴馋，一央求你就又分我半个。”说到这儿，又长叹一声道：“那我们回去休息吧，便宜那两个家伙了。”

虽说是“便宜那两个家伙了”，但邵淇心中终是放不下。这一晚总是想着这事，只是想到百年大比绝非投机取巧便能过关，这两个家伙想这等歪门邪道，定会自讨苦吃，这样一想也就释然了。

第二天一早，随着骷髅山证道殿前的大钟响起，这一届百年大比正式拉开了序幕。

每次大比，取得资格的弟子都会在证道殿外列队等候。证道殿正对山下的长坡，此时坡上陆陆续续地排满了五山弟子。邵淇和何慕慈两人起得都早，早早便来到证道殿前。五山弟子各站一列，此时已站了有一半，还有人正陆续赶来。邵淇瞟了右手边乾元山那一列，却见乾元山弟子来得最为齐整，此时已经站满了十人。邵淇本想看看哪个人脸上有不安愧疚之色，那人多半就是昨晚与那终南山弟子同来之人，只不过这十个人都是一脸正气，根本看不出有哪个人心怀不轨。看了几眼，邵淇也只得废然，心道：“这家伙作伪的功夫好强，要不就根本不是这十个人里的。”

证道殿前第二次钟声响了。当第三响时，百年大比也就正式开始了。此时五山弟子已基本到齐，就五龙山一列弟子只有九个人。本来这五列队伍，人虽然高矮男女个个不同，但衣分五彩，整齐划一，最左的五龙山一队偏少一个，显得极是突兀。

五龙山那一列站在第二位的名叫秦崇素，年纪也不过二十四五岁，性情却极是方正，在五龙山有“小圣人”的诨号，见证道殿马上就要开门，本门居然还少一个，心中非常不快，小声向最前面的大师姐道：“大师姐。”

大师姐站在队伍最前面，闻声回头道："崇素师弟，怎么了？"

"那陈简之还没到！"

大师姐的双眉微微一挑。陈简之最终能拿到一块天星石，其实她也颇感意外。她道："一早没人叫他吗？"

"我出发前便叫过他，但屋中已不见人影了。"

大师姐诧道："咦，那他去哪儿了？"

她话音刚落，站在队列最后的师弟阎道真小声叫道："大师姐，二师兄，陈简之来了！"

阎道真的眼力极好，在五龙山三术中又特别擅长一路洞微玄术，号称"千里之外明辨秋毫之末"。其实纵然将那洞微玄术修到极致，已达神界的千里眼这等境界，也不可能在千里外看清一根细细的羽毛，这话自然只是夸张，但阎道真的目力实非寻常可比，所以单论此道，便是大师姐与二师兄秦崇素也是远不及他。

阎道真话音刚落，却见一个人影已急急冲了过来。五龙山弟子还少一人，其余诸山的弟子也都已经发现，待见到一个人影疾冲而来，心知多半就是五龙山晚到的最后一人了。他们见来者虽然有点冒冒失失，但身影如电，也都有点吃惊，有些人心中暗道："五龙山元始师伯祖门下，果然都无虚士！只是此人为什么要这样疾冲而来？难道在这当口还要卖弄本领吗？"

来人正是陈简之。五山之间相距甚远，过来一趟并不容易，而今天乃百年大比开始之日，自是人人不敢怠慢。能够取得资格的，全都道行不浅，自是一早或施遁术，或骑御灵而来，用不了太多时间就到了，在此等候证道殿开门。只不过陈简之遁术中只修成一路太上飞步咒，还不能御风而行，他也生怕误事，因此早早就下山了。这一路火急火燎，待赶到时仍是慢了一步，成了最后一个到的。他一入队列，已是气喘吁吁，却没忘了先过来向大师姐行了一礼道：“大师姐，我……我……”只是赶得太急，这口气都喘不过来，一句“我来了”怎么都说不全。秦崇素已是有点不耐烦，小声道：“陈简之，你怎的现在才来？真给五龙山丢人，快去最后站好！”

秦崇素并不知道陈简之连御风术都还未练成，大师姐却很清楚，见陈简之赶得上气不接下气，却也有点吃惊。五龙山在中洲最东北边，而骷髅山是在最东南边，相距甚远，他们以遁术赶来也要花一个多时辰。陈简之是实实在在地狂奔而来，居然只晚了这么一点，实属不易。她柔声道：“简之师弟，快去站好吧，证道殿马上就要开了。”

陈简之没敢再说。喘息了两下，这口气总算平息下来了，他这才说道：“是，是。”说罢，便站到了队伍最后。只不过站是站好了，两眼仍是不住向边上瞟去。五山弟子，平时也会有例行的相互造访切磋之举，但陈简之因为道行浅薄，根本没资格参与切磋，现在还是头一回见到有这许多别派弟子，自是觉得新鲜。他的目力虽然不像阎道真那样能明察秋毫，倒也不弱，一扫之下便把那四十个别派弟子看了个大概，心道：“原来取得资格的人年岁都不算大啊。”

此时坡前的五十个参加大比的弟子，堪称五山弟子中的精英。然而除了四五个头发胡子花白了的，其余大多在二十到四十岁之间，还有八九个与陈简之年纪相仿。陈简之本来以为自己大概算得年纪最轻的了，心里还颇为自得，现在才知道自己实是自大了。自己靠了大哥之助方能顺利通过，那些别派弟子却肯定不会有这么个人相助，靠的完全是自己的真才实学。在陈简之心目中，百年大比这等大事，定然会庄严肃穆无比，然而看来看去，却和五龙山弟子聚会相去不远。而且参加大比的只有五十个人，虽然都是五山精英，可这气势却也不见得有多么惊人。

大概这便是“大道至简”之理吧，陈简之想着。他刚站好了没多久，只听到证道殿上空一声钟响，证道殿大门突然打开。

证道殿的两扇大门，每扇都有数丈之高，开启时也大有威势。待两扇大门一开，一道匹练似的黑白色光带从中席卷而出，在证道殿大门口一下敛起。那团光一下在门前收束住，却是一头巨熊。这巨熊体分黑白，极是威武，熊背上端坐着一个人。

“是白骨长老啊！”

陈简之前面的阎道真小声说了一句。陈简之大为好奇，马上接过话头道：“师兄，他便是白骨长老吗？根本不像白骨啊。”

中洲五山，因为师尊难得一见，师父大多数时间也在闭关修炼，因此每山都有一位长老，担任传授功法、核查道行之类的日常工作。五龙山的云霄长老极是古板，陈简之对他颇为害怕，听得骷髅山的叫白骨长老，不免油然而生惧意，心想名字都叫成这样，真不知该如何冷若冰霜法。只是那白骨长老，居然是个三十来岁模样的男子，一张脸也不是瘦削如白骨，忍不住说了一句。阎道真小声道：“骷髅山白骨洞，所以他才叫白骨长老，又不是长得跟白骨一样。”他见陈简之还要再问，又低低道：“别多说话了。”

阎道真话音甫落，陈简之便见白骨长老从那巨熊身上一跃而下，手在巨熊头顶轻轻一按，巨熊立时消失不见。白骨长老这才朗声道：“在下祁元，恭喜诸位道友。五山师父已在殿内等候诸位，请随我进来。”

那巨熊自是祁元的御灵坐骑。五山修道之人的御灵固然都是召之即来，挥之即去，但祁元能收得如此干脆利落，道行实已非比寻常。陈简之心道："原来白骨长老如此了得，骷髅山看来也不可小觑。"只是想到自己一踏入大殿，也就意味着这次百年大比正式开始，他不禁有些发抖。

四

走出证道殿，阎道真便急不可耐地向大师姐道：“大师姐，为什么不能与同门组队，偏生要与别派组成一队？”

方才在证道殿中，五山师父发下了此次大比的第一个任务，便是以十日为期，要每人上交一颗女娲石。女娲石乃上古时女娲补天所用五色石的残片，在中洲留存极少，蕴含极强的灵力，极其难得。想找到一块女娲石绝非易事，而且因为女娲石具有极强的灵力，妖族若能得之，便能够省去百年炼形的时间，因此山野间的女娲石往往已被妖族所据。妖族与人仙两族势成水火，而且能找到女娲石的妖族都不是易与之辈，寻常的修道之士实非其对手，往往要集数人乃至数十人之力方能与之相抗，想要虎口拔牙，从妖族身上夺到女娲石就更难了，因此大比允许两人组队。阎道真在五龙山已是出类拔萃之辈，要对付寻常的妖族还不在话下，可想独自对付一个拥有女娲石的妖族却是力有不逮。因此当听得第一个任务是要找寻女娲石，他首先想到的便是与大师姐或二师兄搭档。大师姐与二师兄道行高深，已非寻常弟子所能及，与他们联手，完成这第一个任务自然不在话下。可随即听到的却是不能与同门组队，只能与别山弟子联手，不然就只有单干。五山弟子每一山都有两三百人，本门的都认不全，别山的更是不知底细，阎道真一听这消息便大大想不通。在证道殿里当着五位师父之面他不敢多嘴，一出来便忍不住要抱怨。

大师姐道："道真师弟，这应该是历来的规矩。百年大比，最后要决出的便是五山各一个道王。若是同门组队，到最终便不能决定究竟哪一个胜出了。"

阎道真心想大师姐这话也是在理，本来若是能同门组队，自然和这两个道行最高的同门组成一队最好，但现在应该趁早去寻个有力的同伴才是。只是五山弟子有强有弱，强者肯定会先被人拉走，若是晚了，搭上个陈简之这样的菜鸟，可是把自己也耽误了。刚想到这儿，他便听到几个师兄弟已在向大师姐二师兄告辞，大家自然都是和阎道真一样的想法。阎道真也不敢怠慢，急急向师姐师兄道了声别，转身就走。临走时眼睛瞟到了陈简之茫然站在一边，他心中暗笑，心想不知哪个人倒霉，若是搭上了陈简之，这回的百年大比准没戏了。

虽然阎道真并没说出口，但通过他临走时看向自己的那种似笑非笑的表情，陈简之不用猜也知道他在想什么。不过陈简之在五龙山向来是排在最后的数人之一，这等嘲弄的眼神陈简之也见得多了，并不以为意。他听说同门不能组队，反倒松了口气。因为他也极想和大师姐组成一队，但知道凭自己的本事，绝无这个可能。而有这条规矩，那同门中谁也不能与大师姐组队了。旁人是失望，陈简之却是少了个失望的缘由。

不能和大师姐组队，又该找谁？陈简之站在那儿，默然看着一个个师兄弟离去。五山之间偶尔也有互访，但能造访另外四山的都是本门排在最前列的那些弟子，陈简之向来都没这个份，因此几乎不认得别派弟子。

“简之师弟，你不出发吗？”

大师姐的声音打断了陈简之的胡思乱想。陈简之心中一凛，定了定神，只见大师姐正站在面前。他忙道：“大师姐，我……我都不知该去哪里找女娲石。”

大师姐诧道：“你不知道？”

陈简之点了点头。女娲石极为难得，便是大师姐这等顶尖弟子也没见过几回，对陈简之而言，只有耳闻的份，根本都不曾见过。大师姐顿了顿，低声道：“是啊，你的法遁玄三术只修到外七品，要找到女娲石太难了，还是尽快找个同伴吧。”

陈简之对大师姐实是视若天人，实盼着大师姐给自己再指点迷津，只是大师姐的这个主意等于没出一样。他苦着脸道：“大师姐，没别的办法了吗？”

大师姐微微一笑道：“跬步至千里，细流成江海。不管什么事，都必须踏踏实实，不能投机取巧。简之师弟，你既然能拿到天星石，便已不是庸手，要相信自己。”

陈简之心道，自己正是投机取巧才拿到天星石的，若靠真实本事，只怕上不了九十层。他还要再问，大师姐已双手一合，一道黄光忽地自天而落，正降到陈简之面前。陈简之吓了一大跳，那道黄光却是一敛，幻化作一头神骏至极的巨鹿。

是大师姐的御灵！

陈简之一下睁大了眼。御灵即修道之人收服的神兽，可以当坐骑来用。大师姐这御灵神光非凡，定非凡品。先前那白骨长老祁元的御灵是一头黑白巨熊，已让陈简之又惊又羡，但大师姐这头御灵显然不亚于白骨长老的太极熊，他更是惊叹。

大师姐见陈简之看得都有点呆了，忍不住抿嘴一笑，拍拍那头巨鹿。巨鹿俯下身，大师姐跨上了鹿背，向陈简之道：“简之师弟，那我先走了，加油啊。”说罢，伸手一拍鹿角，巨鹿一跃而起，又化作一道金光直射天宇。

陈简之其实还有一肚子话要问，但大师姐说走便走，哪还来得及问？放眼望去，却见四下里不时有五色光芒拔地而起。那自是收有御灵的五山弟子正在出发，而没收到御灵的弟子则正在以遁术出发。陈简之看得有点目瞪口呆，心道：“真不知我几时能收个御灵。”

他现在能召出来的灵兽，也就是大哥给他的那个巨灵。只不过巨灵这名字虽然威风，却不能当成御灵来用，平时赶路都只能以太上飞步咒硬走了。太上飞步咒亦属遁术，但施用之时甚是消耗真气，因此极少有人用此术来赶路。只不过陈简之别无他法，总不能雇个脚夫代步。眼见坡上霎时就少了一大半，他心下着慌，左右张望了一下，却见右手边数十步外还站了个红衣少年。这少年长得倒也貌不惊人，一脸忠厚，一看便是个老实人。陈简之听说过乾元山弟子爱穿红衣，这少年定然便是乾元山弟子。乾元山弟子颇有侠义之名，陈简之在五龙山时就听说过，心想横竖也没别的辙，就依大师姐所言尽早找个同伴。他见那红衣少年正在作势施法，也不知要召唤御灵还是准备施遁术，情急之下，急急默念太上飞步咒“六气浩荡，为道为玄”疾冲而去，一边叫道：“这位师兄，请留步！”

太上飞步咒虽然只是一道遁术，但陈简之几乎只靠着这一招杀上了通天塔一百层。道行勿论，他在这一道遁术上却当真已可圈可点。那乾元山弟子正在默默念咒施法，忽然听到一声高呼，不禁吓了一跳，睁眼看去，却见一个人影疾冲而来。五山之术虽然各不相同，但也有不少大同小异，他乾元山也有一门太乙神行术与之极其相似。那红衣少年在乾元山弟子中算得颇为出色的人物，见有人突然向自己疾冲而来，吓了一大跳，心想难道有人这般无耻，就在证道殿外想向自己下手吗？他一下收住了咒语，退后一步，伸手按向插在腰间的五彩神焰扇，口中喝道："道友，你想做什么？"

陈简之情急之下，自己都没想到身法能这么快。听到那少年的声音中已是饱含戒备，心知让对方误会了，连忙收住身形，深深躬身施礼道："道友，在下五龙山弟子陈简之，请教道友尊姓大名。"

见陈简之如此恭敬，那红衣少年总算稍稍放心，退了一步后还了礼道："在下乾元山田毋忌，不知陈道友有何指教？"

陈简之见他话虽说得客气，但自己上前一步，他就退一步，显然仍没放下戒心，忙道："田道友，我见你法术极是了得，但不知能不能让我沾光聊附骥尾？"

陈简之书读得也不多，不过"聊附骥尾"这四字却是听过的。那田毋忌听到原来是这事，神情一下和缓了，微笑道："陈道友青眼有加，田某感激涕零。但不知陈道友于贵山之术修到了几品？"

陈简之听他问起自己的道行，心中便是"咯噔"了一下，心想这田毋忌看上去仪表非俗，只怕道行精深，自己若是和他相去甚远，只怕会自讨没趣。他道："在下道行浅薄，不知田道友已有多少修为？"

田毋忌道："我很没出息，本山之术，只修到八品。"

听到田毋忌说只修到八品，陈简之心中一宽，心想原来他比自己也高不了多少。不过自己终是比他要低一品，他道："田道友真是了得，唉，我也只修到了八品。"

陈简之其实连七品都不曾修满，他多加了一品，心想这田毋忌在这当口总不会去确认自己到底有几品，只消结成一组，便能沾他的光了。哪知田毋忌一听，一张脸一下僵住了，结结巴巴道："八……八品？"

陈简之见他神色大变，只道自己的吹嘘被看破了。他并不惯于说谎，心中一慌，脸顿时红了一块，说道："这个吗，八品还差一点点。"

田毋忌道："那就是说，其实你还不曾修到八品？"

陈简之被他这句话逼得没法子再耍赖，只好点了点头道："也就差一点点了。"

田毋忌这时才松了口气，叹道："陈道友，本来蒙你抬爱，结为一队亦是无妨。只是以陈道友的道行，只怕……这样吧，陈道友，要不你去找一下，看看另外还有没有适合与你组队的人？"

虽然陈简之也不算老于世故之人，可也听得出这话是在拒绝。就在刚才这田毋忌还一口应承，转眼就变卦，他不由得大为委屈。只不过田毋忌话说到这份上，他也不能硬缠着人家，他叹了口气道："那也没办法，多谢田道友。"

这田毋忌倒也不是个刻薄之人，见陈简之大为失望，心中甚是不忍，说道："陈道友，真是抱歉。只是我的道行不算高，就算与你联手，也定然拿不到女娲石的。"他犹豫了一下，却又道："陈道友，冒昧问一句，你是如何通过初选的？"

陈简之拿到天星石通过初选，全是靠了那个神秘的大哥指点，但这话自不能说。他道："就这般拿到了啊。田道友你不也通过了初选？"

田毋忌见陈简之仍是一副理所当然的模样，不禁又好气又好笑，说道："这个自然。不过陈道友有所不知，你五龙山修道分外七内六十三品，我乾元山却是九品。"

陈简之吓了一跳，叫道："乾元山修到最高是九品？"

"九品也算不得最高，再上还有炼化飞升。不过，"说到这儿，田毋忌脸上已大有得意之色，"本门现今弟子中，能修到八品的，以我年纪最小。"

陈简之肚里不住暗骂着自己。他万万没想到这田毋忌看上去有点呆头呆脑，其实却是乾元山屈指可数的天才弟子，居然这么年轻就快将乾元山道术修满了，难怪他会看不上自己。只不过以田毋忌这等修为，居然说和自己联手根本拿不到女娲石，他也不由得有点不服气，便道："田道友，女娲石就这般难拿吗？"

田毋忌本待出发，见陈简之唠唠叨叨个没完，多少也有点不耐烦，但他仍是耐心道："女娲石若是好拿，也不会当成百年大比的第一项了。此石散落在山野间，极为稀少，若是直接去找，那多半找不到。好在妖族亦是要借女娲石来炼形，因此打倒妖族，很可能找到女娲石。只不过妖族本来就与我们势不两立，善求无望，只有恶取。只是能找到女娲石的妖族，妖力都非同小可，以我如今的道行，独自一人那是休想。"

田毋忌说到这儿，却没再往下说。他的道行远远高过陈简之，连他都不能独自打倒妖族，就算有三四个陈简之绑一块儿，也是连想都不要去想。

虽然这话没说出口，陈简之亦是清楚田毋忌的意思。他也不知该如何开口，心想怪不得大师姐也不说什么，那是因为大师姐清楚自己根本拿不到女娲石，只不过不忍心告诉自己罢了。他抬起头道：“陈道友，妖族真的这么厉害吗？难道比通天塔的七星君还厉害？”

田毋忌道：“七星君不过是幻象，你便是输也无妨。但妖族却是与你要斗个你死我活的敌人，一旦你输了，便是命都丢了。”说到这儿，田毋忌叹了口气道：“陈道友，百年大比已有九次，除了胜出的最后五个道王，每一百年应该还有四十五个落败之人。我先前查过本门名录，仅我乾元山，每逢百年大比过后，名录上总会勾除五到六人。”

陈简之道：“这五六个为何要勾掉？”

“便是未能从大比中生还。”

其实不消田毋忌回答，陈简之也已猜了个八九不离十，然而田毋忌明明白白说来，他还是心头一寒。

陈简之并不曾查过五龙山的历年名录，但猜想也与乾元山相仿。田毋忌的这番话已将他通过初选的欣喜一扫而空，田毋忌见他一言不发，大为同情，便道：“陈道友，你还是放弃吧，回五龙山自去修行。说实话，你五龙山道术若修不到内四品以上，根本不必强撑着来参加大比。”

陈简之点了点头道：“我知道了，多谢田道友。”

田毋忌见陈简之方才还神采飞扬，此时却面如死灰，心道：“我这般跟他明说，其实也是为了他好。凭他这点微末道行来参加大比，那不是送死吗？真不知先前他撞上了什么狗屎运，居然通过了初选。”他不忍再看陈简之，又退了一步道：“陈道友，那我先行一步了。”

陈简之道：“是，田道友一路顺……”

他这“风”字还不曾出口，眼前已有一道金光垂天倒卷，他面前凭空现出了一个金色的大葫芦。陈简之不知这田毋忌乃乾元山这一代弟子中的佼佼者，年纪虽然不大，道行已是弟子中最为顶尖，即便是他的御灵也与众不同，便是这个金色葫芦。

田毋忌轻轻一跃，跨坐在葫芦上，手轻轻一拍葫芦柄。葫芦本非灵兽，但这金色葫芦却极灵巧，不亚于通灵异兽，立时化作一道金光直射天际。陈简之见他这等道行，更是心若死灰，忖道：“没想到他原来有这么高的道行，我比他差得远了，真是自讨没趣！难道……难道就这么灰溜溜地回山去吗？”只是在他心底仿佛有一个声音仍在说着：“我不信！我不信！”

这声音虽然极其细微，却又坚定无比。陈简之在五龙山上也向来被人看不起，与那些被父母送上山来修道的世家子弟不同，他没有显赫家世，连父母都没有，加上资质也不怎么样，旁人修道不成还可以回家继承家业，他却是无路可去，因此有着一股旁人都没有的韧性。能撑到现在，也正是靠着这股韧性。他也知道田毋忌说的都是事实，可就算每回大比有一多半的参加者要丧命，这样试也不试就打退堂鼓，他终是不甘心。他也知道应该不会有人愿意与自己组队了，便索性不再去想，心道：“妖族能找到女娲石，为何我就找不到？好歹这也是一条路。何况这一次只消拿到女娲石就算过关，哪管我怎么拿到。就算偷一块来，那也一样合格。”

想到这儿，陈简之却也一阵心虚。他真没想过偷一块来的主意，但此念一起，却觉并非不可行。做出这等事若是被抓住，定然会被当场逐出山门，只不过要是没被抓住的话……

想到这儿，陈简之忍不住向四周张望了一下。此时坡上已经没有多少人了，收有御灵的都已经出发，剩下的也都在施遁术，眼见马上就要空空荡荡了。陈简之没敢再去想这事，只想着要找女娲石只有去人迹罕至之处，就是往山深处跑。他默念了一遍“六气浩荡，为道为玄……我入天一，混化精轮……”，向山下疾步而去。他这路太上飞步咒倒是练得颇为纯熟，有些施术慢的见有个人居然用这等遁术冲下山去，不知道陈简之其实就会这一手，还以为那是在故意卖弄道行精深，心中暗暗称奇，后悔没早来结识这位名不见经传的五龙山高手。

下山比上山自是要省力得多，陈简之又是用了太上飞步咒，更是如风驰电掣一般。只是他先前从五龙山一路冲到了骷髅山，本来就耗用真气极多，现在又用，自然不能持久。在山中穿行了约莫十里，他只觉胸中这口气息快要炸开来了，再跑下去说不定会吐血，忙收住了咒。只是刚一收住咒，就觉得天旋地转，两脚也软得跟棉花似的，站都站不住，一屁股坐在了地上。这儿是山坡上的小道，人迹罕至，大概只有猎户才偶尔会从这边走过。陈简之喘得跟个风箱似的，心道：“真不该逞强，原来太上飞步咒如此累人。”

力、术两途，本来就是相辅相成。力弱则术不强，而力强者纵然施的都是些低等级之术，也不比力弱者的高等级术弱多少。而术等级越高，消耗的真气也就越多，因此五山修道之人，都必须循序渐进，由低而高。陈简之没修满外七品就修了太上飞步咒，这等越级修炼其实是大忌。亏得太上飞步咒是遁术，陈简之还不算越级太过，但这样连施两遍，体力已是大大透支。现在一停下来，一时间竟是累得瘫作一堆，连手指头都似乎动弹不得。

陈简之躺在地上喘了一阵，只觉气也顺过来了，慢慢站了起来。他正当少年，精力充沛，虽然狂奔了这一阵，但歇息一阵真气居然就已恢复了六七成。抬头看看天色，倒也刚过正午。陈简之只觉肚子有点饿，他把带着的干粮摸出来吃了两口。干粮本就干燥，这样吃下去更觉口渴，陈简之好容易才咽了两口，心道："不成，要是不找口水喝，只怕非噎死不可。"他知道山中定有清泉，找到泉水将干粮送下肚去，体力恢复了才好全力一试，便站了起来向四周张望。只是这地方走的人很少，小道都快被草湮没了，陈简之也不算太高，望出去尽是随风摇摆的野草。他见前面不远处有一棵大树，便走了过去，飞身一跃，一手抓住了一根横生出来的枝杈，翻身跃上了树梢。

虽然在五龙山陈简之排不上号，但他毕竟已在山上修炼了五年，远比常人要轻捷灵巧。这一翻身全无滞涩，陈简之也不禁暗自得意，心道："其实我也没那么差。"他一手扶住了树干，一边向四下里张望，看看哪里有条山溪。极目望去，只见草木葱茏，就算有溪水流过也看不到。陈简之正在看着，却突然看到西边约莫三四十步以外山崖边有一个黑影。这黑影不似山猪野兔这样的活物，还在不住地来回摆动。

五

这是什么?

一瞬间，陈简之心头便涌起一股寒意，心想别这么倒霉，刚一出来就碰上什么妖族。妖族固然有强有弱，但因为与人仙二族有仇，狭路相逢就只有决一死战一途，从来不会相安无事。陈简之心想若是碰上个厉害的妖族，自己现在真气未恢复，只怕连逃都逃不掉。

他连大气都不敢出，默默急念了一遍洞微咒，伸二指在自己眼皮上一抹。他这路洞微玄术自是远不及阎道真精深，但也能将远处之物大部分看清楚，何况那黑影也没多远。

随着手指抹上，眼前立时清晰了许多。原本看不清的草尖树叶，这时也看得清清楚楚。当此际，陈简之才发现那黑影原来是一把撑开的黑纸伞。那黑纸伞的伞面破了好几处大口，被风吹动正在左右摇摆。陈简之不禁失笑，忖道：“真是人吓人，吓杀人，青天白日的，我想妖族也不会这时候出来。”

虽然不是妖族，但陈简之心里也有点担忧。这把黑伞定不会是被风吹到这儿来的，而且已经破了，说不定是什么过路人走过这儿，迷路倒在山涧中动弹不得。他是修道之人，师父长老总是说修道先修德，求德方能求道。扶危济困，那是修道之人的本分，救人乃无上的功德。这些话他耳熟能详，却从没有机会救过人，如果真个有什么路人遇难，这个积功德的机会可不能错过。

想到这儿，陈简之从树上一跃而下，朝着那破伞走去。

那边已经没有路了，但草丛向两边分开，显然是不久前有人从中走过。陈简之走到了石壁边那把破伞近前，捡起来一看，见这把伞的伞骨倒还没坏，也不知是什么木头，黑黝黝的极是沉重，居然比枣木还要重许多，伞柄上刻着一个“谢”字，想来主人应是姓谢，而伞面破了几个大口，看样子应是被什么尖利之物硬生生弄破的。他心中一沉，忖道：“难道拿这伞之人碰到了什么虎豹之类的猛兽，被叼走了？”

他越想越是不安，向四周看了看，仍是不见有什么。山风正紧，四周的草树沙沙作响。一个人在野外听到这种声音，往往会觉得越发寂静冷清。陈简之胆子其实不算小，但这时也有点发毛，心想这边山里若真有猛兽，这人多半已经被咬成碎块吃掉了。一想到野兽吃人的情景，他就不由得打了个寒战。正在这当口，身后忽地传来了一阵“沙沙”的声响。

这声响甚轻，显然是有什么东西正向这边靠近。如果不是看到这把破伞，陈简之自不会当回事。但此时他已成惊弓之鸟，一听到这声音便觉得极为不安，转过身两手摆了个门户喝道：“是谁？”

五龙山弟子，平常惯用长枪。不过长枪因为携带不便，陈简之练得又很是寻常，带了也没什么用，因此向来不带在身边。虽说赤手空拳，但凭他五年的道行，寻常一个野兽想来也能对付。只是他刚摆好架势，身后突然传来了一个声音：“快逃！”

陈简之身后便是那堵石壁，声音竟是从石壁里传出来的。陈简之大吃一惊，正待回头看说话的是谁，一股厉风忽地扑面而来。山风原本就不小，但这股风却是大得异乎寻常，还带着一股极其腥臭的味道。随着厉风乍起，一只长着獠牙的野猪直扑向陈简之。

野猪是极凶猛的野兽，猎人常说一猪二熊三老虎，野猪因为悍不畏死，更是凶猛异常。而更让陈简之慌了手脚的，是这野猪比他还高出一大截，陈简之站立着竟然还不及那野猪的眼睛处。

一刹那，陈简之被吓得魂不附体。他方才还想着让这只野兽尝尝五龙山的法术，但眼前这野猪简直如一座会移动的小山丘，自己会的那几下法术恐怕只配给它搔痒。他也顾不得多想，扭头便跑。

人遇险便逃跑，那也是本能。只是陈简之一转身，才省得背后是一堵石壁。这要被那野猪撞到，自己非成一块肉饼不可。陈简之已是魂飞魄散，正想着是不是回头拼个鱼死网破，忽听到右边有人厉声道：“快进来！”

在他右边四五步远，是一个被草叶掩住了的山洞。那洞口并不算大，陈简之也顾不得一切，猛地向那洞口一蹿。刚冲进洞口，却听“砰”一声响，洞口一下探进一张猪嘴来。

这猪嘴快要和洞口差不多大了，一伸进来便将洞口堵了个严严实实，张嘴便咬向陈简之。陈简之已是吓得浑身都软了，昏暗中什么都看不清，只觉那股腥臭之气越来越重，哪里还有力气再逃？眼看这一嘴要将陈简之一条小腿都咬下来，他忽觉有人一把抓住了他的后领，将他向后一拖。这人的手很冷，但力量极大，陈简之被那人一下拖后了两三尺，而探进来的那张猪嘴咬了个空。

猪妖的头实在太大，只能探进一张嘴。咬空后，那猪妖也根本看不清，只是在发狠乱咬。洞中有几块石头被那猪妖咬中，立时被咬作沙砾。陈简之只能借着洞口缝隙中隐隐透进来的光看到这张狰狞无比的猪嘴，已是吓得腿也软了。好在这猪妖的大脑袋无论如何都钻不进洞来，咬了两下见咬不到什么，便又退了出去。

猪妖一退出洞口，洞中立时亮了不少。极暗处一下变亮，陈简之的双眼也一时间模糊起来。他伸手正要去揉揉眼睛，却觉手中一紧，一直抓着的那把破伞被人一把夺走，随后便听到有个人道："兄台，你把我的伞拿进来了？谢天谢地，总算还有得救。"

陈简之这时才算回过神来，他扭头看了看。方才将他拉离了猪嘴的那人此时正抓着那把黑伞，此人穿了件浅色的长袍，虽然看不清面貌，但听声音，年纪却也不大，与自己相仿，顶多就比自己大个三四岁。虽然猪妖定然还守在洞口，但这人视若无睹，只是细细打量着黑伞。陈简之想起了伞柄上所刻的那"谢"字，问道："兄台姓谢吗？外面这是什么？"

那人已将黑伞翻来覆去地看了一遍，骂道："这畜生居然坏了我的勾魂伞！"这才省得陈简之在问他，忙道："在下谢必安，多谢兄台相救之恩。"

陈简之暗自苦笑，心想自己的确有相救之心，可这个"恩"字还谈不上，现在连自己也被堵到洞里了。那猪妖看起来就不大好惹，凭自己的道行定然斗不过它，而这人也被猪妖困在洞中，显然亦不是对手。他道："谢兄，你先别谢我，外面那头猪怎么办？这洞有别个出口吗？"

谢必安摇了摇头道："这洞哪有别个出口。"他见陈简之跃跃欲试地想探头出去看看，一把拉住他道：“兄台，那只大猪也不知是什么来头，狡诈无比，肯定还守在洞口，你现在万万不可出去！”

陈简之一阵语塞。他并不是不曾见过妖族，但所见的妖族从没有如此凶悍的。他道：“难道没办法对付它了？”

谢必安道：“若是我的勾魂伞未破，应该还能与它周旋一番，兄台你……”说到这儿，他忽然正色道：“多谢兄台相救，但不知兄台尊姓大名？”

陈简之见谢必安说得文绉绉的，也正色道：“在下五龙山陈简之，见过谢大哥。但不知谢大哥是哪一山？”

谢必安道：“五龙山？原来陈兄弟你也是来参加大比的？难怪如此英雄了得。”

陈简之道：“谢大哥过奖了。谢大哥临危不惧，方才救我于妖物利口之下，才让我万分佩服。”

谢必安被那猪妖逼得一直龟缩洞中，陈简之方才也被那猪妖吓得快要哭爹喊妈了，但千穿万穿，马屁不穿，两人互相吹捧一句，都觉颇为受用。只不过奉承归奉承，现在两人都躲在洞里出不去也是事实，陈简之想到大敌在外，若是那猪妖不走，两人只怕要被活活困死在洞里。

谢必安倒似乎颇有信心，与陈简之有一搭没一搭地说着闲话。说了一阵，陈简之再忍不住，小声道：“谢大哥，你说那妖物会不会已经走了？现在都没声音了。”

谢必安道：“不会。这畜生是冲着我来的，绝不会走，定然还守在外面呢，我是封住了洞口，它才听不到我们的声音。”

陈简之怔了怔道：“可难道就在这里躲一辈子吗？”

大概觉得陈简之这副魂不守舍的模样大为可笑，谢必安笑道："陈兄弟，你也不必太担心了，我们再等一会儿。"

陈简之不知谢必安哪来的这份底气，心想那勾魂伞定然是谢必安的法宝，但法宝也被那大猪破了，真不知他还有什么咒可念。

正想着，洞中忽然亮了许多。这洞是朝向西边的，平时里面都暗无天日，但此时夕阳西斜，正在将坠未坠之际，余晖已几乎平平射来，正映到了这山洞里。谢必安向角落里退了退，喜道："陈兄弟，时候快到了！"

陈简之道："现在？可天马上就要黑了！"

"正是要等到天黑。"

陈简之一怔，但马上恍然大悟，心道："那妖物定然是一入夜就会元神大损，实力下降什么的，谢大哥定是看准了这点。"他也站了起来，小声道："谢大哥，你要我做什么？"

谢必安看了看他，微微一笑道："你就坐着吧，等完事了我叫你出来。"

夕阳下山时的余晖最是短暂。当一轮斜阳刚要落下之时，夕晖纵横，气象万千，但只不过短短一瞬，马上就会霞光敛尽，天色昏沉。在这山坡上更是如此，当山洞刚被照亮，仅仅过了不到半炷香的时间，洞中一下重归黑暗。谢必安小声道："成了，陈兄弟，看我的吧。"

陈简之听他说话声音很低，也压低声音道："谢大哥，那夯货冲撞之力极大，你可要小心。"

谢必安微微一笑道："力量虽大，但若能以速度压制，便不足为惧。陈兄弟，你瞧我的本事吧！"

谢必安显然是个爱炫耀之人，口气颇为得意。陈简之听他说得如此肯定，心想他定然有拿手的本领。想到自己唯一拿得出的本事大概也就是一门逃跑用的太上飞步咒，不禁更加沮丧，却也更好奇谢必安的本事了。他道："谢大哥，可是你的法宝……"

谢必安一怔，马上嘿嘿一笑道："勾魂伞算什么法宝，我的法宝多着呢！"说着，他伸手束了束腰带，伸出一手小声道："陈兄弟，你瞧好吧！"

陈简之正待答应，却见谢必安掌心中突然出现了一截黑黝黝的刀头。他大吃一惊，这一句答应立时忘了个一干二净，双眼眨都不眨地盯着谢必安的手掌。

刀头越伸越长，伸出来的速度也是越来越快，"呼"的一下，谢必安掌中已多了一把黑色的腰刀。这腰刀比谢必安的手臂还宽些，真不知是怎么从他掌中伸出来的。陈简之也听说过修道的高手有将长剑炼成剑丸吞入腹中，待用时吐出来，随着一道白光闪过，一把寒气逼人的长剑便出现在手上。谢必安这一手定然就是同一类的道术，只是他比自己大了没几岁，居然已练成这等手段，看样子只怕比那田毋忌还要高明。

陈简之大气都不敢出，谢必安已握住了那把腰刀，伸手一拍腰带，人影一闪，一下便冲出了山洞。他这身法倒与五龙山的太上飞步咒异曲同工，陈简之更是吃惊，正在心底暗暗赞叹，外面却突然发出一声惊天动地的嘶吼，随之腥风大起。陈简之心道："谢大哥定然一刀将那大猪斩了！"只是还没等他生出艳羡之情，一道白影如电光般疾射而进，正是谢必安。

谢必安冲进来的势头比冲出去时更快，这山洞也并不长，他冲得如此之快，哪里还收得住脚步？“砰”一声撞在了洞底石壁上。而就在同时，那张猪嘴又直插进洞来。这回猪嘴上却多了层血沫，越发显得狰狞，虽然陈简之站在靠里的位置，猪嘴咬不到他，可他仍是下意识地又向后退了一步，与贴在洞壁上的谢必安并排站在一起。

猪嘴乱咬了两下，仍然没咬到什么，这才收了回去。待这张巨大的猪嘴消失，陈简之才长吁了口气，却见谢必安瘫坐在洞底的地上，正在大口喘息，一件灰白长袍上却有几处暗黑，只怕沾了点血迹。他道：“谢大哥，你受伤了不曾？”

谢必安又喘了两口粗气，这才站起来道：“没受伤。只不过，这夯货绝非寻常妖物！”

谢必安说着，抬起了右手。他右手中那把黑刀此时缺了一大块，看样子是被硬生生咬下来的。陈简之心头发毛，小声道：“被咬的？”

谢必安点了点头，眼中却也有了点惧意，小声道：“不但身法能超过我的鬼步，竟然还能破我的无常刀，真不知这夯货到底是什么东西。”

陈简之心想：相斗之时，自是力强者胜。谢大哥的法宝无常刀被毁，证明技不如人，有什么好惊叹的。他本来已是跃跃欲试，心想自己的太上飞步咒不比谢必安的身法弱多少，两人合力对付这猪妖，想必有取胜的机会，可见到谢必安都如此，哪里还敢请缨，讪讪道：“谢大哥，你的刀都坏了，还能对付它吗？”

陈简之并不知道谢必安的无常刀不是寻常法宝，此物根本不是一般妖物所能抵挡。谢必安因为勾魂伞被破，不能白昼出现，所以必须等到太阳下山才出手。他身怀专克妖族的无常刀，所以才会自信满满。没想到一冲出去，无常刀居然被那头大猪硬咬掉了一块，便是谢必安也不由得大惊失色，虽然斫中了猪嘴一刀，却根本没伤到这巨猪的根本，反倒更增其凶性了。此时谢必安仍惊魂未定，听到陈简之一问，他定了定神道："无常刀无妨，我左臂还炼有一柄，这柄残刀只消取两个月圆之夕的帝流浆修补，便能恢复。只是这夯货恐怕大有来历，不是轻易能对付的。"

陈简之只觉头也有点晕，他到现在都不知谢必安怎么会和这样一头难缠至极的恶猪结上了仇，而自己受池鱼之灾，也被困在这儿动弹不得。想了想，他忽道："对了，谢大哥，我还有个办法！"

谢必安听他说有办法，精神为之一振，问道："说来听听。"

"这夯货是以谢大哥你为目标的，若我能冲出去，它未必会来追我……"

陈简之还不曾说完，谢必安已道："真没想到这夯货的速度竟然如此惊人，我用鬼步都比不上它，你难道能比我的鬼步更快吗？"

陈简之一怔。方才谢必安冲出去的时候形同鬼魅，只会比他的太上飞步咒更快。陈简之本来还觉得想的是个好主意，一来可以请大师姐这样的好手来帮忙救出谢必安，二来自己也不必被困在这儿担惊受怕了。但谢必安这等身法仍比不上那大猪，自己一冲出去，只怕逃不出三四步就会被它拦腰咬断。他顿时又没了信心，叹道："看来那还是不成，谢大哥，你……"

他这话没说完，谢必安又打断他道："陈兄弟，你也会类似我这鬼步这等本领吧？"

陈简之点了点头道："是。只不过我准没谢大哥你的身法快。"

"只要没相差太远便成！你行不行？"

谢必安此时的口气已是大为期待，陈简之却没来由地有点害怕，隐约觉得若是行的话，自己只怕也要去历险了。谢必安的本领已然让他瞠目结舌，要是让他去面对那头大猪，自己恐怕已吓得腿都软了。只是自己若不动手，那真要被这大猪困死在洞中。他心下一横，说道："应该相去不远。"

谢必安长长吁了口气，小声道："谢天谢地，那还有一个办法可想。"说罢，他从腰带上取出了一块小牌道："陈兄弟，这是我的鬼步牌，你看看。"

陈简之接了过来，只觉这牌非金非玉，手感冰凉，约莫寸许长，七分宽，看上去似是个腰带扣，却是黯淡无光。他道："谢大哥，这有什么用？"

谢必安道："你扣在腰带上，每次用时只消伸手一拍，百步之内迅如闪电，但一出百步便恢复原样了。"

陈简之听得大为神往。他五龙山道术固然也能这般加快速度，却没有如此简便易行的。只是刚一转念，马上便一脸沮丧道："谢大哥，只怕没什么用，我用了也不会比谢大哥你更快。"

"单用自然还不够，但你若能与你自己的道术合用，便足以超过那夯货的速度了。"

陈简之一怔，叫道："竟然可以叠加着用？"

谢必安道："自然。"

陈简之又惊又喜，心想原来还有这等用法，怪不得谢必安说还有这一个方法可想。将鬼步牌与太上飞步咒叠加在一起用，等于将太上飞步咒加倍，速度应该能超过那头大猪了。他看了看道："现在就能用了？"

“伸出手来。”

陈简之不知谢必安要做什么，将手伸了出来。他刚伸出手，谢必安手中那把黑刀忽地一闪，在陈简之掌心割了一下。这把黑刀虽然被大猪咬掉了一块，锋刃却还在，幸好谢必安只是将刀锋轻轻划过，仅将陈简之掌心的皮肤划开了一道，并无大碍，但血仍是一下涌了出来。陈简之大吃一惊，还不知谢必安为何要割自己一刀，却听谢必安道：“将鬼步牌握在掌心，不要松开！”

陈简之不敢不依，紧紧抓住了那块鬼步牌，只觉如同握住了一块冰一般。伤口涌出的鲜血已溢满了掌心，只是掌心冰冷一片，倒不觉疼痛。他握了一会儿，掌中隐隐透出了一些亮光，他吃了一惊，叫道：“谢大哥，亮了！”

谢必安松了口气，将那把残刀往自己右掌中一插，手臂便如刀鞘一般将那黑刀收了回去，这才道：“还好，现在松开吧。”

陈简之松开了手，却见那块鬼步牌此时如玉般湿润，上面隐隐有一层光流动，而自己掌心的伤口也不知何时已然愈合了，连条疤都没有，手掌里也没见血迹，似乎都被这块牌吸了进去。他怔了怔，谢必安也猜到了他的心思，说道：“陈兄弟，现在你已能用鬼步牌了。不过记着，百步之内会恢复原样，别太得意忘形了。”

谢必安最后一句，却是见陈简之听到能用鬼步牌便眉飞色舞，连洞口仍有猪妖都似乎忘了。陈简之心头一凛，忖道：“也是，现在也不是得意的时候。”他迟疑了一下道：“谢大哥，你把鬼步牌给了我，那你怎么办？”

谢必安有这鬼步牌都逃不过那大猪的追杀，现在鬼步牌给了自己，而那大猪又是认准了他，谢必安岂不是必死无疑？虽然与谢必安只是初识，但他对自己全无歧视，陈简之对他已大有知己之感，心想谢必安若是死在这猪妖口中，自己于心难安。

谢必安嘿嘿一笑道：“鬼步牌不是白给你的，取胜就要靠你了。陈兄弟，时辰还未到，你先养养精神，等我跟你说出发，咱哥儿俩接下来就给这夯货一点厉害尝尝！”

六

这样真的能行吗?

虽然谢必安拍胸脯打包票，但陈简之还是有点担心。毕竟这猪妖是他从未见过的强大妖物，先前若不是谢必安拉了他一把，说不定他都已被那猪妖细嚼慢咽吞落肚了。谢必安跟他说鬼步牌和太上飞步咒能叠用，但这等事亦是破题儿第一遭，天晓得到底能不能用。如果并不如谢必安说的那样能叠加，自己跑不过猪妖，岂不是成了送羊入虎口?

站在洞口，他深吸了一口气，小声道："谢大哥……"只是没等他说完，便听到谢必安在身后森然道："不要再说话了！鬼步牌发动后，一旦泄气，就连百步都跑不到。"

也就是一句话都不能再说了。陈简之咬了咬牙，硬生生把一个"好"字咽了回去，又将双脚活动两下，这才默念起那道太上飞步咒。

只要冲出洞口，那猪妖必定会扑上来，所以自己定要在冲出洞口的那一瞬发动鬼步牌，活命的机会也就取决于这一刻。

太上飞步咒已是十分熟练，最后那句“是空是尘”刚默念完，陈简之将身一纵，便向洞口冲去。

他站立的地方离洞口不过丈许，便是一个寻常人，这也是一蹴即至的距离，更不要说是陈简之这等力术都多少有点根底的修道之士。这时他心头光风霁月，清空一片，正是这道太上飞步咒的真谛，这几步比以往更为轻捷，真有点御风而行的意思了。

一步。两步。三步。

冲出洞口，一共也就需五步。虽然快得异乎寻常，但在陈简之眼中反倒显得慢得出奇。再跨出两步便出了洞口，他的手已虚按在腰间的鬼步牌上。

四步。

明月在天，月光正洒在洞口。与洞中一比，外面明亮非常。

五步。

陈简之的一脚踏出了洞口。就在这一刹那，斜刺里突然伸过了一张长满了獠牙的巨口，正咬向陈简之的上半身。

正是那猪妖。猪妖在洞口以逸待劳，等到了现在，见到有个人影疾冲出来，立时一口便咬了过来。

这猪妖皮糙肉厚，寻常刀剑不能伤，便是谢必安的无常刀，先前也只是在那猪嘴上割出道口子。此时这张大口沾满了鲜血，腥臭之气更甚，陈简之已是吓得魂飞魄散，好在双手还能听指挥，他猛地在腰间鬼步牌上一拍。

此时陈简之正在施太上飞步咒，速度本来已是极快，但手一拍到鬼步牌上，身形突然间又快了一倍。那猪妖本来算定这一口定能将洞中冲出来的这人咬断，却没想到陈简之竟会有这等速度，一口下去，就咬在了陈简之的身后。陈简之只觉一股腥臭无比的热浪贴着自己的后背掠过，自是那猪嘴虽然没咬中，但离得已经非常近了。他已是冷汗直流，脑海中只剩下一个念头，便是对着月亮的方向冲去。

这也是谢必安教给他的计略。谢必安说陈简之以两术合一冲出去，那猪妖定然咬不中他。但鬼步牌仅在百步内有用，就算以直线冲出去，一步二尺，那也仅能冲出二十丈而已。二十丈里猪妖追不到他，二十丈外仍将难逃一劫，因此唯一的办法就是向着月亮的方向冲去。先前月亮在西北边，朝那儿冲不过两三丈远便是山崖，所以谢必安等到了现在月亮转向西南边时才让陈简之冲出来。西南方向是一道绵延数里的长坡，如果那猪妖在二十丈内追之不及，而谢必安又在后边吸引住猪妖的注意，猪妖很可能就会放过陈简之不追了。陈简之听了也觉得颇有道理，心想自己别的本事不怎么样，跑路的功夫大概是一等一了，连那天才田毋忌都大为惊叹，这一路狂奔定能成功逃脱。

陈简之冲出了十来步，也不敢分心，忽觉眼前一暗。他正对着月亮在跑，这般突然暗下来实非寻常。百忙中陈简之用眼角余光向身后一瞟，哪知不瞟还好，一瞟之下，仿佛有一股冰冷的寒气从心底直冲上顶心。

那头大猪一跃而起，以泰山压顶之势正向他飞扑而来！

那猪妖体形如此庞大，看起来狼犺笨拙，不料竟如此灵活。先前一口没咬中陈简之，那猪妖也知这对手的速度快得异乎寻常，便一跃而起，借着下坡之势飞扑。若是在平地上，陈简之将鬼步牌与太上飞步咒合二为一，那猪妖确是追不上他，可这是下坡，猪妖等于抄了近路。

陈简之哪里想到猪妖原来根本不肯放过自己，吓得肝胆俱碎，失声叫道："谢……"刚喊出一个字便知不对，只是喊也喊了，再闭上嘴亦为时已晚。他若不出声，还能冲出一程，一叫出声音来，真气已泄，速度登时少了一半，那大猪的影子几乎已将陈简之都覆盖了起来。

完了！

陈简之只觉脑海中空荡荡一片。若是被猪妖压住，都不消它咬，自己马上就会变成个肉饼。茫茫中只觉眼前越来越暗，应是那猪妖马上就要扑到他的头顶了。

此时那猪妖在陈简之头顶已不过数尺。这样的距离，陈简之已能闻到那猪妖身上的腥臭气，似乎都能感受到猪妖口中獠牙的寒意。就在他魂不守舍之际，后背忽地一紧，仿佛有个人用力在他后背上拍了一掌，一股奇异的力量直涌了进来。借着这股力量，陈简之忽地又向前一蹿。

"咣"！

那猪妖重重落在了地上，差两尺多就压到陈简之了。然而纵然未压到他，这仅仅两尺多的距离，那猪妖只消一探头便能咬到他了。

当猪妖落地之时，陈简之已然吓得六神无主，只觉一股厉风从背后直刮过来，一瞬间还只道自己已被压得七窍喷血，骨肉成泥了，不由得闭上了眼。待发觉原来身上并没有异样，他这才睁开眼，扭头看去。刚转过头，却见那猪鼻子离自己只有两尺光景。此时他其实尚未跑出百步，真气也不曾用尽，但刹那间四肢没一丝一毫的力量，别说跑，连屈屈手指都办不到，只来得及想："我要死了！我要死了！"

他只道自己已然难逃一劫了。此时月亮正在头顶，映得满山尽白，正将陈简之的身影投在猪妖的头上。就在猪妖即将伸头过来咬中陈简之之际，从陈简之投在猪头上的影子里，忽然现出了一个人影。

那人一身灰白色长袍，正是谢必安。

谢必安手中握着一柄漆黑的腰刀，与先前被猪妖咬了一口的那把一般无二，但刀身完整，锋芒毕露。

谢必安左右臂都有一柄无常刀，右刀虽损，左刀却还完好。谢必安也已觉察到这猪妖非比寻常，无常刀乃妖族克星，这猪妖虽然并不如何畏惧无常刀，但无常刀还是能伤它的，因此机会只有一次，自己绝不能再失手。

谢必安出现得如此意外，那猪妖亦不曾料到，下意识便将头一摆，想要将谢必安甩下来。但谢必安出手如电，无常刀已照准了猪妖后颈疾刺而下。无常刀锋利无比，而谢必安这一刀更是用尽了浑身之力，刀锋如切腐木，直切入猪妖的颈部。刀光到处，随着猪妖一声惊天动地的惨吼，一个极大的猪头被一刀切落，鲜血直喷出来，将正对着猪嘴的陈简之浇得猪血喷头。

猪血火烫，陈简之本来已是吓得目瞪口呆，被兜头浇得通红，一下回过神来，也不知哪来的力气一跃而起，转身便要逃。刚迈出两步，这才省得猪妖已被谢必安杀了，根本不必再逃。他转身看去，却正好看见谢必安身子一晃，从那猪妖尸身上摔了下来。陈简之大是担心，壮起胆跑了过去。那猪妖虽然已经身首异处，可躺在地上如小山似的，仍是让人不寒而栗。

跑到了猪尸边，只见谢必安已倒在了地上一摊猪血中。陈简之赶紧扶他起来，叫道："谢大哥！你没事吧？"

谢必安睁开眼，赫然见眼前一个红通通的怪物，若不是方才斩杀猪妖用尽了力，差点就要一刀将陈简之的脑袋砍下来了。待他回过神来，省得扶住自己的是陈简之，才淡淡一笑道：“陈兄弟，幸不辱命。”

谢必安一边说着，一边从血泊中站了起来。陈简之见他身上这件灰袍明明就浸在血泊中，站起来那些血沫却纷纷掉落，竟然不沾分毫，不禁又是诧异又是羡慕，心想谢大哥的道行果真了得，连衣服都是法宝。他从腰间取下了那块鬼步牌道：“谢大哥，总算干掉妖兽了，这块牌还你吧。”

先前鬼步牌极是光润，但此时变得粗糙不堪。谢必安却盯着猪妖的尸身细看，头也不回道：“陈兄弟，鬼步牌现在是你的东西了，你留着吧。”

陈简之一怔道：“我的？”

“自然。已经滴血易主，所以你才能使用鬼步牌，而这牌也成了你的东西了。”谢必安说着，这才抬头叹了口气道，“不过陈兄弟你的道行是差了点，险些就被那夯货扑着了。”

陈简之听他批评自己道行差，脸上不禁一红。好在此时他从头到脚尽是猪血，脸再红旁人也看不出来。方才千钧一发之际，他本来已经逃不脱猪妖的一扑了，但突然背心处涌来一股力量，让他多冲出数尺，这才得以逃过。当时他哪里回得过味来，现在却已猜到，这定然是那个神秘的大哥在危急时刻助了自己一臂之力。不过那大哥不许自己透露行踪，陈简之自也不会多嘴，便道：“是啊。只是谢大哥你是怎么突然出现的？”

谢必安将无常刀纳入了左臂，说道：“我其实是以影遁藏身在你的影子里，让你带着我冲出来的。当时你若没能逃过那夯货的一扑，那你我二人就全完蛋了。好在陈兄弟你道行虽然不高，运气倒是极好，居然被你逃过了。”

陈简之恍然大悟，叫道：“难怪谢大哥你让我对着月亮跑，为的就是让我的影子投到这猪妖头上是吧？”

谢必安微笑道：“不错。我的身法不及这夯货，力量也远不及它，正面相抗，根本没有胜算，唯有出奇制胜了。”

谢必安说得似是轻描淡写，其实他也是心有余悸。这猪妖完全出乎他的意料，险些将他逼得走投无路，这条计策已是铤而走险了。若陈简之的太上飞步咒加上鬼步牌仍然比不过那猪妖的速度，那就算谢必安来历不凡，此番也难逃一劫。好在行险招侥幸成功，这厉害无比的猪妖最终还是丧命在无常刀下了。本来鬼步牌再做一次滴血易主便能收回，但谢必安先前生怕陈简之会畏缩不前，所以并不曾跟他说明此事的凶险。但陈简之面对如此凶险之事居然并没退缩，他多少有点意外，此时见陈简之惊魂未定，浑身还被猪血淋得不成个人样，心中更觉内疚，因此有意将鬼步牌送给他以作补偿。他顿了顿，又道：“陈兄弟，过了这个山嘴就有个水潭，去那边洗洗吧，你身上好腥。”

此时陈简之身上的猪血已经有点干了，凝成了一团团，实是难受至极，只不过他经历了这么一场险遇，一时间回不过神来。听到谢必安说起，他道：“那儿有水啊，谢大哥，那我先去洗一下。”

谢必安说得没错，转过山嘴，在一堵峭壁下果然有一个浅浅的水潭。水潭虽浅，却是清澈无比，月光照下来，几乎看不出有水，陈简之待踏入潭中才发现。他脱下衣服先洗去身上的血痕，又将衣服也搓了一遍。虽然算是洗净了，但猪血终究洗不干净，将他的一身灰衣都染成了粉红色。好在陈简之也不是什么世家公子，对这些倒不讲究。他身边也没有换洗的衣服，只得将这一身仍旧穿上，心中记挂着谢必安，赶紧转过山嘴回去。

一回到那坡上，却见谢必安仍然聚精会神地看着猪妖的尸首。陈简之心道一只死猪有啥好看的，无非大了点。他走过去道："谢大哥……"话未说完，鼻子一痒，便是一个喷嚏。原来身上的衣服虽然拧干了，终究不是晒干的，穿在身上甚是潮湿。他鼻子痒痒的又要打第二个喷嚏，谢必安忽地将手按在陈简之肩头，口中默默念诵了两句什么，陈简之只觉周身掠过一阵彻骨阴寒，打了个寒噤，但身上的衣服却一下干透了，他方知谢必安原来是施术为他除去衣服中的湿气。他又惊又喜，说道："谢大哥，你是凤凰山一脉的吧？"

凤凰山龙吉公主门下，多擅水系道术。而五山中，凤凰山一脉最为恬淡，很少在外间走动。虽说凤凰山弟子多穿青衣，惯常也是用剑，但哪一山总有几个例外，便是陈简之的师兄弟中也有一两个不爱用枪的。谢必安只是淡淡一笑，便马上又去看那猪尸了。陈简之走到他身边也打量了一下，却见这死猪躺在山坡上，从头到尾竟有十余丈长，而一张猪嘴中的獠牙更是锋利如刀。想想方才自己若是稍稍慢得一步，现在大概已经进了这猪妖肚里了，不由得又打了个寒噤。不过这回是因为后怕，倒不是因为寒冷。他见谢必安仍在细细打量，诧道："谢大哥，你在找什么？"

谢必安抬起头，小声道："奇怪，这猪妖身上没有女娲石。"

一听到"女娲石"三字，陈简之心头一动，说道："没有吗？"

女娲石灵力很强，能助妖族炼形，因此尽管十分稀有，但越强的妖族就越有可能找到女娲石。这猪妖如此强大，已经远远超越了寻常妖族，在它身上找不到女娲石实是异事。不过世事无一定，有时一些小妖族也能找到女娲石，而一些非常强的反而找不到，因此陈简之并不觉得奇怪，只是有点失望。

谢必安没有说话。陈简之有所不知，这谢必安不是寻常之人，但这猪妖能嗅出他的踪迹，而且不怕无常刀，而谢必安的地行术对这猪妖亦是无效，因此谢必安只道这猪妖定是靠了女娲石的灵力方能如此凶悍。哪知从猪妖尸身中找不到女娲石，那么如此厉害的猪妖竟然全是真实本领了？想到自己居然能侥幸将这猪妖斩了，谢必安也不禁暗暗倒吸了口凉气，心想待办好了手头这件事，定要好生查查这猪妖的来历。

正想着，一边的陈简之忽然发出“咕”一声响。谢必安一怔，问道：“陈兄弟，你说什么？”

陈简之讪讪笑了笑道：“谢大哥，我没说话，是肚子在叫了。”

陈简之一路疲于奔命地赶来，先前没吃几口干粮，因为太干吃不下去。随后便是这一番恶斗，一时忘了饥饿。可他又用鬼步牌又用太上飞步咒，消耗极大，此时更觉饿得前胸贴后背，便从怀里摸出那包干粮。只是一打开布包，便觉一股血腥气扑鼻而来。他被猪血从头到脚浇了个透，这包干粮放在怀中也沾到了点血，更是无法下咽。他苦着脸掰下一小块正要搁嘴里，谢必安忽道：“陈兄弟，放着这上万斤的好肉在这儿，你还吃这些做甚？”

陈简之一怔，惊道：“难道要吃这妖物？”

谢必安道：“当然。这夯货修炼成精了，可身上的肉却仍是寻常猪肉，凭什么不吃？”他伸手把那死猪的左前蹄撕了下来，说道：

“陈兄弟，你来生火，我去褪毛洗干净。这夯货吃不了我们，就轮到我们吃它了。”

猪的前蹄较后蹄要小一点，谢必安撕下的仅是前蹄，但仅仅一个猪蹄就有上百斤重。陈简之见他撕下猪蹄如撕废纸，惊得目瞪口呆，哪敢说个“不”字？何况干粮本来也吃不下，他甚想弄点肉吃吃，便道：“那有劳谢大哥了。”

陈简之没有手撕猪蹄的本事，但捡柴生火这些，他却是干得熟了。在五龙山上有时嘴馋了，打个山鸡野兔，往往就在野地里生火烤熟了吃。这片坡上有的是枯枝败叶，陈简之先找了个凹地扒了一大堆柴火，弄了点干松的苔藓松针堆了一小堆，拣两块燧石敲出火来点着，吹出明火，再添柴续火，待谢必安回来时已生了好大一堆火，还拿几根木棍搭出了个架子。

见谢必安扛着猪蹄回来，那猪蹄已被洗剥得干干净净，陈简之忙道：“谢大哥，我来干，你歇着吧。”

他从谢必安肩上接过那猪蹄，将它穿在了一根干净枝条上，搁上架子，开始烤肉。谢必安杀猪妖的本事大，但烤肉似乎还真是个门外汉，便坐下来看着陈简之忙上忙下。见陈简之极是麻利，居然还摘了点野葱野蒜塞进猪蹄里一块烤，转眼就香气四溢，他赞道：“陈兄弟，真有你的！除了逃命的本事，你烤肉的功夫也是一等一。”

陈简之苦笑道：“谢大哥，你这是骂我了。我因为从小就没人照料，什么都得自己干，所以练这些比练道术还要多些。谢大哥你先等等，要将肉烧得熟透，那层油化了渗出来才好吃。”

陈简之的手艺还真个不差，翻烤了一阵，这猪蹄渐渐烤得外皮焦黄，皮下的那层油化了，正不住地渗出来，在表皮上“滋滋”作响。

陈简之道："差不多了。谢大哥，借你的刀一用，把它切开吧。"

谢必安道："若是用我的无常刀切过，便不能吃了。"说着伸过手去往那猪蹄上一撕。刚烤得的猪蹄烫如火炭，但谢必安浑然不觉，一下撕落了有皮有肉有筋有油的长长一条，有两三斤重。他递给陈简之道："陈兄弟，你先尝尝。"

陈简之接过来，在嘴边吹了一阵，待不烫手了再吃。他还在吹，谢必安已然又撕下了一条往嘴里送。这一条也有两三斤，谢必安一口咬下，只觉外皮焦脆，咬下去"咔嚓"作响，外面这层微焦的皮立时粉碎，皮下那层薄油已化得如水晶一般透明，一咬破，油脂便若水一般流了出来。再咬下去，腱子肉鲜嫩无比，蹄筋韧而且糯，而塞在肉里的野葱野蒜烤过后香气极是馥郁，没等这口肉吞下，他便含含糊糊地赞道："好肉！这夯货生得又凶又丑，没想到一身的肉却又香又嫩！陈兄弟你烤得更好！"

陈简之见谢必安狼吞虎咽，心下也大感欣喜，只觉自己并不是全然无用。他也饿得狠了，便张嘴咬了一口下来，心想除了淡了点，这猪妖还真是好吃。

陈简之虽然饿了，但吃下大半条肉，肚子已饱了。只是谢必安的肚子却似个无底洞，这只猪蹄骨头虽多，但净肉少说也有二三十斤，谢必安就着火一条条撕下，到口便吃，不多时将一只猪蹄吃得干干净净。吃完了，谢必安拍了拍肚子，叹道："好饱！这辈子还头一回吃得这么快活。"

陈简之心想：以你的饭量，要吃饱还真个不易。他也已饱了，困意渐渐上来，便道："谢大哥，趁天还没亮，先睡一会儿吧。"

谢必安道："陈兄弟你要睡了吗？那我先走了，日后有缘再见。"

陈简之本来上下眼皮都要粘在一处了，听得此言，一骨碌坐了起来，叫道："谢大哥，你要走了？我们不是组队了吗？"

谢必安也是一怔，马上笑道："陈兄弟，你想错了，我不是参加大比的，乃有事前来。此事极为要紧，勾魂伞也被撕破了，我得赶紧回去补一下，耽搁不得。"

陈简之本来只道谢必安是参加此次大比的凤凰山弟子，心想这一次虽然没找到女娲石，但与这般有本事的谢大哥组成一队，照方吃炒肉，下回仍是由他遁入自己影子里，自己再以太上飞步咒加鬼步牌以超高速诱敌，岂不是无往而不利，再厉害的妖族又何足道哉？可听谢必安说要走，满腔希望顿时化作乌有，更为沮丧。只不过谢必安有自己的事要做，也不能强求他帮忙，陈简之点点头道："那好吧，谢大哥一路顺风。"

谢必安见陈简之几乎要落下泪来，心中终是不忍，但还是道："陈兄弟，那我先走一步了。"说着，将那把破伞往背后一插，也不见他如何作势，人影一下就消失不见了。陈简之知道谢必安道术高强，所施展之术自己大半闻所未闻，但高到这等程度却也未曾想到，心道："唉，我若能有谢大哥这等道行，定不会和现在这样束手无策了。还有那位大哥……"

一想到那位神秘的大哥，陈简之更是有点茫然。全靠那神秘的大哥之力自己才能在通天塔拿到天星石，先前也靠了这大哥的一臂之力才逃过了猪妖的飞扑，但这大哥从不愿露面，现在更是连唤都唤不出来了，也不知将来还靠不靠得住。

陈简之越想越是沮丧，只是纵然沮丧，仍是倔强地想着："不管怎样，只要还有一口气，我定要一直往前走。"

七

这一夜陈简之在鬼门关前打了个转，人自是疲倦至极，就着火堆便睡下了。虽是露宿，好在天气不算太凉，躺在火堆边更是暖洋洋的，甚是舒服。只是睡梦中陈简之忽而被一个妖族一口咬断，忽而又在深潭中泥足深陷，动弹不得，也不知做了多少怪梦。正惊出了一身冷汗之际，却觉有人推了推自己，轻声道："陈兄弟。"

这正是谢必安的声音。迷迷糊糊中陈简之半睁开眼，见谢必安站在自己跟前，一时也只道仍在做梦，嘀咕道："谢大哥你回来了。"这话一出口，忽地想起谢必安昨晚已经走了，怎么还会在跟前？心中一疑，睡意立散，睁开了眼，却见有个身着灰白长袍之人打着把黑伞站在自己跟前，正是谢必安。他又惊又喜，一骨碌爬了起来叫道："谢大哥，你怎么回来了？"

谢必安淡然一笑道："是我。我想起我要办的事是去东海，那边颇多海上妖物，应该能顺便帮你弄一块女娲石回来。"

陈简之又惊又喜，心想以谢大哥这等本事，女娲石岂不是唾手可得？他本来都快绝望，谁知这一觉睡醒，居然有这等峰回路转的好事，叫道："太好了！谢大哥，真不知该如何谢你。"

谢必安道："也不必谢我，陈兄弟，昨晚若不是你，我大概都没命了，何况此事也是顺道。"

陈简之心想：对你来说是顺道，对我却是可望而不可即的事。现在谢必安既然肯答应帮忙，那自是不用再担心了。他已是吃饱睡足，这回倒是精神十足，说道："多谢谢大哥。我们出发吧？"

谢必安道："好，我们便在东海渔村的喜来客栈碰头。"

陈简之听谢必安的意思是各自出发，他本来还想着谢必安若是乘御灵出发，自己好沾个光，但看样子谢必安也没有御灵，他又不愿示弱，便道："是，谢大哥请。"

他刚说罢，却见谢必安身形一晃，人又消失不见了。陈简之所见过的不论是五行遁术还是召唤御灵，都有一个施术的时间，从未见过谢必安这等说施术就施术的。想起他给自己的鬼步牌也是一拍便见效，心道："听说凤凰山的师父龙吉公主不喜争斗，凤凰山一脉的法术威力并不很大，但遁玄两术却颇有独到之处，看来果然不假。只是谢大哥臂中有双刀，这等威力，实不比最厉害的法术逊色了。"

陈简之因为一直都在五龙山上，因此见识并不广，田毋忌召唤御灵便已让他大开眼界，而谢必安这等神乎其技的道术更是令人佩服得五体投地，心想原来可以修炼到这等道行，自己实是井底之蛙，更不能有丝毫懈怠。女娲石有谢大哥帮忙定能拿到，但下一轮谢大哥未必还会帮自己，那时就尽要靠自己的本事了。只不过这一轮以十日为期，十天里就算自己不眠不休地勤修苦练，又能到什么程度？看来真像田毋忌说的一般，自己不能把五龙山道术修到内四品，那还是别来参加大比。然而就算清楚地知道自己胜出的可能微乎其微，陈简之的心底仿佛仍有个声音说着：“我不信。”

陈简之还记得大师姐说过“神仙也是凡人做，只怕凡人心不坚”这两句话。他咬了咬了牙，忖道：“便是死了又如何？也不过早死数十年，反正我求的，只是能入琅环阁便已足矣。”

琅环阁乃五山共同设立的一处藏书阁。百年大比中，能进入最后一轮的都有一次进入琅环阁的机会。与夺得道王后飞升登仙相比，陈简之更希望实现的是这个切实一点的目标。只是若通不过大比第一轮，自然也休想进琅环阁了。

要赶往东海渔村路途不短，鬼步牌派不上大用，只有以太上飞步咒硬走。用此咒来走长途极耗真气，好在吃饱喝足，又睡了一大觉，陈简之现在精神倍长。只不过东海渔村着实不近，待他上气不接下气地进了东海渔村，已然接近正午。

东海渔村其实就在五龙山的观海崖底。只不过观海崖壁立千仞，五龙山弟子等闲不下山，渔民更不会上山来，因此向无往来，陈简之亦是第一次来到此处。进了渔村，便有一股鱼腥味扑面而来。靠山吃山，靠水吃水，东海渔村的人成天都在海上，每每十天半个月不回家，此时村中也就是一些妇孺，以及一些收买渔货的商贩，整个村子冷冷清清，鸡犬之声相闻。

喜来客栈便在村中心。其实东海渔村虽然不是太大，但因为是个渔港，来此购渔货的客人络绎不绝，因此这儿的喜来客栈倒是不小。天墉城乃中洲第一大城，可天墉城的几处喜来客栈也不比东海渔村的大。陈简之喘着粗气一迈进喜来客栈，小二马上迎了上来道：“哎呀，客官你打尖还是住店？”

陈简之道：“我找人。”

他话音刚落，那小二就道："是了，客官定然也是从乾元山来的，可是要找那位田毋忌公子？真个不巧，田公子出去还不曾回来。"

陈简之一怔，心想自己脸上也没写字，这小二怎么一口就说自己是从乾元山来的？他低头看了看身上的衣服，这才恍然大悟。五龙山弟子多穿金衣，但陈简之没有父母，这套衣服洗了又洗，已然成了灰白色，昨晚被猪血兜头浇了个透，虽然洗净了，但猪血仍是将一身衣服都染成了粉红。乾元山尚赤，因此田毋忌就穿了身红衣。这小二定然见自己衣服是淡红色，就当自己是乾元山弟子了。只是田毋忌原来也来了东海渔村，看来在这儿确实有找到女娲石的希望。他正待向小二说自己不是找田毋忌，却听有个人道："陈兄弟，你怎么现在才到？"

出来的正是谢必安。陈简之欣喜万分，上前道："谢大哥，我刚到。"

谢必安小声道："路上没出乱子吧？"

陈简之道："什么事也没有。"

谢必安微微一怔，见陈简之的遁术不弱，完全能与鬼步牌的速度相比，只道陈简之纵然比不上自己的地行术，也不会慢多少。谁知他到了喜来客栈，一壶茶喝了又续，喝得都没茶味了还不见陈简之人影，心中不禁有点惊慌，心想难道那猪妖还有同党，趁自己不在将陈简之劫了不成？正要回去看看，这时才听到陈简之的声音。听陈简之说路上并没出乱子，不禁有些诧异。他做梦也没想到，陈简之在这一道太上飞步咒上已然称得上高手了，可遁术中其他几路却几乎一窍不通，只花两个时辰赶到东海渔村，陈简之快把吃奶的力气都使出来了。

既然陈简之没别的事，谢必安也不多想，低声道："那我们走吧，船已叫好了。"

陈简之一怔，问道："要去哪儿？"

"蓬莱岛。"

东海之外，有小岛无数，这蓬莱岛便是其中一个。蓬莱岛主名叫曾罗睺，在蓬莱岛上营建了一座名为"不夜"的小城。海上航行，白天看日色，晚上看星辰，如此来辨明方向，最怕的就是风雨之夜，在海上根本分不清东南西北，一旦迷失方向，就永远都回不来了。而不夜城上立有一座明光塔，塔顶有一颗夜明珠，入夜即能放光，为过往海船指明方向，因此曾罗睺的名声倒是极好。陈简之虽然没来过东海渔村，但也听说过东海不夜城主曾罗睺之名。只是谢必安找曾罗睺所为何事，陈简之也不敢多问。

谢必安已经叫好了一艘小船，与陈简之二人登船出海。现在青天白日，也没有下雨，谢必安却仍是撑着那把勾魂伞。先前陈简之听谢必安说起这把黑伞名谓勾魂伞，只道是件厉害法宝，但谢必安撑着的时候也与寻常雨伞无异。那摇船的船夫倒是个不多事之人，反正给钱办事，一路摇着船出了港口，向蓬莱岛方向驶去。

就在谢必安与陈简之出海的当口，山中那猪妖尸首边上，正有两个人站着。

"朱四哥竟然被那姓谢的杀了！"

说话的是左边一个矮一些的人。这人穿着一身短衣，手脚也短得出奇，身子却越发显得长了，眼中时有凶光闪烁。站在他右边的则是个长相颇为清秀的中年男人，下巴上留了一缕三寸多长的胡子。这中年男人年纪也不是很大，但须发都已雪白。

“姓谢的竟然如此厉害？”

闻到空气中残留的淡淡烤肉香，地上还有几根明显是被啃干净了的烤过的骨头，白须人的眼里带了一丝惧意。他们几个结义兄弟相互之间知根知底，除了大哥本领特高，二哥也远在他人之上，其余五个则相去不远。短手短脚的那人排行第五，白须人则排行第六，比起朱四哥自是要逊色一些。朱四哥的追踪术仅次于戴三哥，道行比他二人都要高得多，追击谢必安，原来以为定是手到擒来之事，谁知竟是这样的结局。看样子，朱四哥正是丧生在谢必安的无常刀下，而且竟然有一个前蹄被烤熟吃了……

纵然白须人已经位列神族，也不禁打了个寒战。很久以前，他自己也一样吃过人，但被人吃无论如何都不是件舒服之事。他看了看身边那短手短脚之人，却见同伴眼中亦有一丝隐隐的不安，但同伴摇了摇头道：“姓谢的绝对伤不了朱四哥。”

白须人一怔。眼前死的是朱四哥而不是姓谢的，为什么常五哥还硬要这么说？只是没等他问，那短手短脚之人道：“姓谢的最厉害的地行术也奈何不了朱四哥，定然是有人帮了他。”顿了顿，这人才道：“这个不知底细的人，才是个绝顶高手！”

白须人的胆子其实并不大，听五哥说姓谢的竟然还有个绝顶高手的帮手，他心头便是一沉，喃喃道：“这个高手如此残忍，究竟是谁？”

当这两人在山中为那猪妖被杀而惊惧，猜测到底是何方高手在帮助谢必安的时候，陈简之则在回味着烤肉的香味。跑了这么长一段路，此时他肚子又快要空了。昨天这一顿烤肉吃得畅快淋漓，他现在实是后悔临走时没再割点好肉下来，正想着肉香，突然重重地打了个喷嚏。

这喷嚏打得极是突然，那船也不大，陈简之身形一动，弄得小船一阵摇晃。船夫慌忙稳住船道："客官小心了，蓬莱岛就在前面，这一段会很急。"

陈简之扶住船帮抬头望去，却见前方不远处果然出现了一座小岛。这岛虽然不是很大，但方圆也有数里。只是岛上笼着一团雾气，不太看得清，雾气上方却现出一个琉璃塔尖，定然就是不夜城的那座明光塔了。他道："那是明光塔吧？怎么不亮？"

船夫道："客官不曾来过吧？眼下还是白天，看不出来，到了晚上就亮了。"

进入蓬莱岛有一道洋流，很是湍急，小船一驶进去，果然快了许多。大海变幻莫测，这等洋流便如同水中之河一般，外面是看不出来的，只有老于此道的行家方能辨别。那船夫便是个老操舵手，本来还要划桨，到了这儿就只需掌舵便可。陈简之见那船夫驾轻就熟，小船几如飞起来一般，叹道："船家大哥，你驾船的本事可真大！"

那船夫道："客官过奖了。其实世上无难事，只怕有心人，不管什么事，用心做下去，自会熟能生巧。我第一回跟师父出海时，可是吓得都尿了裤子，呵呵。"他一边说着，一边扳动船舵，冲着站在船头的谢必安道："那位客官，小心了，马上便要靠岸。"

谢必安一直如钉子般站在船头，不论船如何晃动，他一直动也不动，只是撑着那把黑伞。听到船夫的招呼，他头也不回道："靠岸吧。"

蓬莱岛不算太大，码头却是异样的大，竟然比东海渔村的码头还要大很多，港口挤满了船只，若是巨舰只怕还一时间靠不上岸。好在谢必安与陈简之所乘的只是艘小舢板，船夫又极其熟练，很快挤上了码头。他们这艘船的船身比码头还要矮好几尺，原本应该靠上跳板方能走上去，但谢必安只是轻轻一跃，便径自跳了上去。

陈简之没他这等本事，只能小心翼翼地竖起跳板，这才上了码头。蓬莱岛有两千多个居民，但这码头颇为忙碌，来来去去人流不断，只怕就有好几百了。陈简之一眼便见到有好几个与自己一样的五山弟子打扮的人来来去去，小声道："谢大哥，原来有好多道友先来了。"

谢必安道："海上妖族，亦是不弱，却比山中的妖族更不易找到，因此带有女娲石的可能性更大，他们自然要来。陈兄弟，走吧，我们见曾岛主去。"

陈简之道："见曾岛主？"

"不错。"

谢必安不再多说，大踏步便走，陈简之也不敢多问，只得快步跟上。这样一个大晴天，谢必安一直打着把黑伞，自然有些异常。好在蓬莱岛来往船只甚多，现在又值大比之年，五山弟子来岛上的更有不少，比谢必安怪异百倍的人蓬莱岛上的人也都见过，自是见怪不怪，只管忙自己的事。倒是陈简之从没来过这地方，他小时候住在天墉城里，那是中洲第一繁华的所在，但这不夜城具体而微，繁华居然较天墉城不遑多让，房屋则大有特色，因为是在海岛上，为防海风，所以房屋大多不高，但建得错落有致，玲珑可爱。

沿着大路一路走去，却见前面是一片极大的宅院。不夜城不算太大，这片宅院几乎占去了不夜城的三分之一，大门更是足有两丈宽，便是一辆四匹马的大车亦能通行无阻。

这便是曾罗睺的宅第。陈简之没想到这样一个小岛居然有如此豪华气派的宅第，惊叹道："这房子好大！"

他不知曾罗睺乃蓬莱岛岛主，整个岛都是他的。东海渔村乃渔夫聚居之所，而且滩涂不宜巨舰靠拢，而蓬莱岛位于东海咽喉之地，又因为有那座明光塔，日夜皆能停靠，所以过往商船无不将蓬莱岛当成卸货之处，而蓬莱岛也因此异乎寻常地繁华。

谢必安和陈简之进了曾宅，说明求见曾岛主，司阍引他们到了客厅，没一会儿便见一个穿着长衫的人走了出来。这人生得极瘦，头发也已所剩无几，却梳理得一丝不乱，也不知擦了多少刨花油。这人虽然长得不够排场，但态度极为和蔼，一出来便拱手道："两位先生大驾光临，有失远迎。在下包礼，乃不夜城的管家，不知两位先生求见我家岛主所为何事？"

陈简之一见到这包礼时还想着曾岛主富甲一方，怎的生了这么个模样，这时才知道原来这只是个管家。原来这包礼字无息，为人精细无比，是曾罗睺的得力臂助。这些日子正值大比，求见岛主的不少，有些是五山弟子，有些却是趁机来打秋风的。曾罗睺很会做人，就算是那些来打秋风的也都让包礼打发了，不让他们空手而归。这已经成了惯例，司阍一听谢必安说求见岛主，便把他们当成是打秋风来的，直接引去见包礼了。

包礼的礼节甚是周到，谢必安也站了起来道："原来是包管家。还请向曾岛主转告，便说森罗殿的人到了。"

陈简之在边上一怔，忖道："谢大哥不是凤凰山龙吉公主门下吗？怎么又说是森罗殿？啊，是了，龙吉公主所居之处名叫斗阙宫，大概其中主殿就叫森罗殿。"

陈简之见识并不算广，包礼并非修道之人，其实还不如陈简之，更不知道森罗殿是什么地方，见谢必安说得如此直接，心道：“森罗殿了得吗？好大的面子，非要亲见岛主不可。”只是见谢必安一副有恃无恐的样子，转念一想这两人说不定真个与岛主有什么关系，自己一口回绝了他们，万一误了事可担当不起，便点头哈腰道：“原来两位是森罗殿来的，久仰久仰，兄弟我即刻去回禀岛主。”

包礼转身进去了没多久，便听到一阵急急的脚步声传来，这回出来的却是个头戴方巾的中年人。这中年人方面大耳，衣着也甚是华美，只是眼神中却大为慌张。一看见谢必安和陈简之，他立时抢上前来，一躬到地道：“不知两位森罗殿的大人来此，小人曾罗睽失礼，死罪死罪。”

陈简之见这曾罗睽竟然如此恭敬，不禁大吃一惊，心道：“怎么，难道这姓曾的欠了谢大哥一大笔钱吗？”谢必安倒是不敢怠慢，还了一礼道：“曾岛主，你自然知晓我来所为何事，但不知可以出发吗？”

曾罗睽的一张脸仿佛霎时被糨糊涂满了一般僵住了，他干笑了笑道：“这个当然，两位有命，小人岂敢有违。只是小人家中尚有不少俗事要料理，还请两位大人通融一二，暂给我两个时辰，不知可否？”

陈简之越听越是诧异。谢必安竟是要带曾罗睽走。可曾罗睽有这样大的家产，难道真肯弃之若敝屣吗？而听曾罗睽的意思，竟然丝毫不敢违抗。见曾罗睽一脸惶恐地央求，他不禁有点心软，向谢必安道：“谢大哥……”

谢必安其实也是头一次做这等事，一样被曾罗睽苦苦央求得心软，心想就推后两个时辰也是无妨，便点了点头道：“好吧。”

一见谢必安答应了，曾罗睺的脸顿时雨过天晴，几乎一下变得满面春风，说道：“多谢两位大人。包礼！包礼！”

曾罗睺一叫，包礼便又急匆匆出来道：“岛主，包礼在。”

“快给两位大人开一桌上等鱼翅席，再开一坛好酒。”

陈简之正饿得难受，听到曾罗睺要摆酒款待，只觉喉咙口都快伸出手来了，看了看谢必安。谢必安道：“曾岛主，不必了……”

“要的要的！两位大人如此通融，小人岂可不恭？包礼，快摆席！”

曾罗睺一边说着，几个家人一边已流水价端着菜上来了，片刻间便在客厅里摆了一桌子。谢必安也没想到上菜上得如此之快，心头不禁一动，忖道：“原来曾岛主早有准备。”他见陈简之对着一桌子酒菜已是馋涎欲滴，其实谢必安自己对人间酒食也颇为上心，不然也不会想着烤了那猪妖的前蹄吃了，心想曾罗睺如此豪富，吃他一顿不算什么，而且曾罗睺并非修道之人，两个时辰谅他也逃不到哪里去，便道：“那好吧，曾岛主请便，两个时辰后请过来。”

八

这一桌鱼翅席做得甚是精致，陈简之出娘胎尚是头一回吃到这等好菜，看谢必安也是难得一尝的样子。而作陪的包礼生得不怎么样，却当真能说会道，在一旁插科打诨，既凑趣助兴，又不失礼数。陈简之颇感过意不去，说道："包管家，你也坐下来吧。"

包礼笑道："两位大人在上，小人岂敢。只是酒怎么还不送上来？小人去催一下。"

此时菜都已上得齐了，但酒却一直不上。包礼说着，躬身行礼道："那小人失陪一下。"

包礼刚出去没多久，门口响起一阵沉重的脚步声。陈简之抬头看去，只见一个家人抱着一个酒坛子走了进来。这酒坛确是不小，总有二三十斤重，那家人抱在怀中大感吃力。那人端到桌前，将酒坛放下了道："两位大人，小人即刻就开泥封。"

这家人先前捧着酒坛时还不太看得出来，此时将酒坛一放，却原来是个手脚都奇短的汉子，怪不得捧着酒坛如此吃力。那坛酒还不曾开封，泥封甚厚，也不知藏了多久，上面还有些蛛网。那家人放下酒坛，伸掌便向封泥劈去。

当那家人抱着酒进来时，谢必安并不曾多想。直到那人放下酒坛，说要开封泥的时候，他仍然没觉得有何异样。但那家人伸掌便要去劈封泥，谢必安心头忽地一动，喝道：“且慢！”

酒坛上的封泥虽然并不如何坚实，但年深日久的话，便会干得如同砖块，要打开的时候非得用凿子锤子不可。谢必安因为常处森罗殿，因此更爱人间酒食，得空便去喝上两杯，看酒保开封泥也不是一次两次了。见这家人居然要赤手去劈封泥，他隐隐觉得不对。只是他话音甫落，那家人的一掌已劈在了封泥上。此人手足甚短，可出手却是迅捷异常，一掌如刀，将封泥连坛口都切下了一块。

然而，从缺口中涌出的，却不是酒，而是一股黄烟。

这股黄烟几同有形有质，从坛中直涌出来，一瞬间便充满了屋子。陈简之这时还夹着一筷子雪菜炒望潮在吃。望潮就是小八爪鱼，肉质鲜嫩无比，与雪菜同炒更是美味。陈简之吃得开心，刚将一个望潮塞到嘴里还没来得及咀嚼，便觉黄烟弥漫。他其实根本没回过神来发生了什么事，就觉得黄烟辛辣无比，定然不是好事。此时再念太上飞步咒来不及了，便伸手一拍腰间的鬼步牌。

鬼步牌一用，速度不比太上飞步咒慢，而且说用便用，自是方便得多。陈简之手刚触到鬼步牌上，人已然向门口疾闪过去，真个电光石火一般。只是他刚到门口，便觉谢必安没出来，心下一惊，这才想起谢必安已将鬼步牌给了自己，那自是不能身形一闪就出来了。

仅仅这眨眼的工夫，屋中已是黄烟滚滚，根本什么都看不清了。陈简之也不知这黄烟有毒没毒，但味道如此辛辣，他仅仅吸入了一丝便觉鼻根处隐隐作痛，定然不是什么好东西，心下一急，身形便是一顿。就在这一瞬间，门口突然出现了一个人影，忽地一掌拍在他肩头。

这人相貌甚是清癯，下巴上还留着一绺白须，看上去像是个读书人，但这一掌力量着实不小，陈简之只觉如遭巨锤重重锤了一下，立时站不住脚，一个踉跄，跌跌撞撞又跌回屋里去了。

屋中放着那一桌酒菜，陈简之一没入黄烟中，只道会撞到桌椅，正在叫苦，脚下忽地一空，人便直往下坠，客厅的地面竟然是块翻板。陈简之不会御风术这等能够凌空而行的遁术，伸手虚抓了两下，也根本抓不到什么，身体仍是直直下落。他吓得魂飞魄散，心道："这回非摔死不可！"只是就算要活活摔死，他终究心有不甘，好在一飞冲天他办不到，摔下去时还能把握住身形。正在担心不知多久会摔下去，脚下忽地一重，却是踩到了软软的地面，他一个踉跄，站立不稳，一屁股坐在了地上，后臀一阵疼痛，好在地底是软泥，倒不曾受伤。他抬头望去，眼前昏暗一片，什么都看不到，只觉得周围极是潮湿，正在担心，忽听"啪"一声响，却是有个人也摔了下来。

地洞中极是昏暗，陈简之睁大了眼睛也看不清，只能隐隐约约见那人摔下来后更挣扎着要起身，想来定然是谢必安。他不敢贸然上前，试探着叫道："谢大哥！"

黑暗中只听那人道："陈兄弟，是你吗？"

一听正是谢必安，陈简之长吁了一口气。他对谢必安实是有种不切实际的信心，只觉有这位谢大哥在，那就什么都不用怕。见谢必安要起身，急急跑过去道："谢大哥，我们中了暗算……"只是话还没说完，谢必安"啪"一下又摔倒在地，竟是连坐都坐不稳了。陈简之大吃一惊，忙扶起他道："谢大哥，你受伤了？"

一搭上谢必安的肩头，陈简之只觉手感冰凉。谢必安喘息了一下，却不开口，陈简之正待再问，谢必安忽然低低道：“别说话！”

谢必安话音刚落，头顶方才他们摔下来的地方忽然现出了一片亮光。摔下来时也不知有多高，此时有亮光，才发现原来足有四五丈高。

这样的高度纵然有亮光照下来，也似被周遭的黑暗吞没。上面那人显然看不出底下究竟有什么，只听得有人道：“常五哥，这两人摔死了吗？”

这人的声音甚是尖细，随即有个人冷冷道：“森罗殿的人怎会如此不济？只不过中了我的极乐瘴，谅他们也翻不起什么浪来了。六弟，你下去干掉他们！”

这常五哥正是假扮家人送酒、劈开坛子放出毒烟那人，而那六弟则是一掌将陈简之推回屋里的那小胡子。这小胡子道行不浅，却偏生就个胆小的性子，先前他们便猜测谢必安身边有一个极强的好手，所以能反杀了朱四哥，因此一直对陈简之心生忌惮，才弄了这等玄虚引他们入彀。谢必安没能逃出那常五哥的极乐瘴，陈简之却能在千钧一发之际逃到门口，更是坐实了他们的猜测。此时两人料定谢必安已不足为惧，怕的是陈简之。小胡子听到那常五哥要自己下去干掉这两人，心里便打了个突，忖道：“若真能这般轻易就干掉他们，你为什么自己不下去？还不是让我去探路。”他心中害怕，嘴上却不肯承认，说道：“这两人如此了得，只怕还有一战之力，不如让万年来收拾他们吧。”

那常五哥方才劈破酒坛，放出毒烟之际，谢必安已然一掌斩向他的手腕。若不是自己手快，只怕反要被谢必安治住，因此他其实也有点后怕，心想谢必安已如此了得，另一个只会更强，自己以极乐瘴好不容易才将他们困在地洞中，要是冒冒失失跳下去，万一这两人中毒尚浅，反被他们捉住，逼自己交出解药来，岂不是弄巧成拙？听到六弟说让万年收拾这两人，倒也赞同。反正也看不清下面，他伸手将翻板盖好了，说道："万年还有几时能醒？"

小胡子屈指算了算道："今天是初七，那到戌时就会醒，约莫还有两个时辰吧。"

那地洞中的万年每日随潮汐来时醒一个时辰，今天初七，晚潮大约在戌时。这两个森罗殿来的人再厉害，也绝不可能是万年的对手。就算万年对付不了他们，到时自己二人再下去，亦是能收渔翁之利。那常五哥点了点头道："好，那到了戌时我们再下去，助万年一臂之力。"

他们正在商议，忽听到曾罗睺在门口道："两位先生，干掉这两个小鬼了不曾？"

姓常的见是曾罗睺过来，倒也不敢怠慢，说道："曾岛主，那两个森罗殿的人已被我兄弟打入地穴中去了。"

曾罗睺设下此计，其实也已是破釜沉舟，只许成功，不能失败。现在这么做，便与森罗殿结下了死仇，如果不能将此事做得干手净脚，一点痕迹都不露的话，那位大人庇护得自己一时，也庇护不了一世，因此他实是焦急万分。这常杨两位先生乃修道之士，本领非凡，他也知道的，只不过此事关系到他的身家性命，绝不能有什么差池，因此一听到客厅声音平息，便马上过来查看。待见到只有常杨二人，曾罗睺的心中一宽，不过仍是不太放心，便问了一句。听得只是被打入地穴，曾罗睺惊道："什么？你没除掉他们？那可怎生是好！"

姓常的见曾罗睺话中有责怪之意，心中大为不快，心想我兄弟冒此奇险为你对付这两人，你没一句感谢还要怪人，冷冷道："曾岛主，森罗殿的人不是好对付的，我兄弟既然接下了此事，定会为你做到底。"

曾罗睺见这姓常的双目灼灼，寒气逼人，心头便是一颤。他背后虽然有人撑腰，但这常杨二人并非他背后那主人的属下，原本就是个客卿的身份，实不能得罪。他咽了口唾沫，小心翼翼地道："常先生，杨先生，此事实非比寻常……"

不等他说完，那姓常的打断他道："曾岛主，此事的干系，我兄弟二人也清楚。我家大哥既然答应了令主之请，那我们定会为岛主办妥此事。但森罗殿之人不是易与之辈，我四哥一时不慎，便丧命在这两人手下，我兄弟绝不能重蹈覆辙。"

曾罗睺并不知这常杨还有什么兄弟，却也知道这两人道行不浅。而他们居然有个四哥丧生在了那姓谢的手上，不禁吓了一大跳，说道："两位先生，那你们有把握吗？"

姓常的还不曾说话，小胡子在一边插嘴道："曾岛主，这两个森罗殿的人极其了得，我兄弟实无必胜把握，因此要借助万年之力。"

小胡子比那姓常的心思要灵敏得多，心想常五哥以极乐瘴暗算了对手，胜算应该极大。但万一曾罗睺问起既然有如此胜算为何不乘胜追击的话，岂不是自己二人要被逼着下去出手了？姓常的虽然脑筋比小胡子慢半拍，但也不算迟钝，顿时明白六弟之意，点头道："我杨六弟所言极是。曾岛主，你奉令主之命在此养了万年多年，自是知晓万年的本事。有万年坐镇，什么人能逃出来？嘿嘿。"

曾罗睺察言观色，已知这两人颇为忌惮那两个森罗殿来人，要他们现在下去追击，多半是不肯了。不过他也清楚万年之能，这些年来只消有人被扔下地穴，就绝不可能生还。昨天便扔下了两个来参加大比的修道之士，那两人至今毫无消息，定然已成万年的腹中之物了。森罗殿的人纵然比那两个修道之士更强，也绝强不过万年去。他道：“常先生说得是，此事便有劳常先生了。”

姓常的见曾罗睺不再逼自己下去追击了，倒是暗暗松了口气，说道：“曾岛主放心，我兄弟便坐镇在此。除了这一条路，下去的人便再出不来了。”他说着，拖过一张椅子，往那翻板之处一搁。其实这等完全是作态，这翻板乃曾罗睺的主人所设，纵然是修道之士，落下去也休想再冲破这儿出来，姓常的这么做无非是让曾罗睺放心，以示自己有了结此事之心。

此时他们身下那地洞里，陈简之见这扇小窗开了又关上，并没人追下来，不由得松了口气。

谢必安中毒后已四肢无力，自己倒是除了身上多了几块青紫还没什么大碍，他最怕的便是这两个异人追下来。此时他们若是到了下面，自己与谢必安实是全无还手之力，只能任人宰割。万幸那两人居然并不追击，陈简之顿有绝处逢生之感。

陈简之自是不知，那常杨二人其实不知他的底细，只道他是个比谢必安还要强得多的高手，因此才不敢下来。只是陈简之也知道株守此处实是坐以待毙，他扶起谢必安道：“谢大哥，能走吗？”

谢必安平时生龙活虎，就算被那猪妖堵在洞中时仍是身形如电，来去倏忽，但此时却是浑身瘫软。听到陈简之的声音，他苦笑道：“陈兄弟，我不成了，你还是自己找路逃了吧。”

陈简之脸上有点微微发烧。他其实方才就想若是谢必安中毒太深，动弹不得的话，就只能自己先逃了，再想办法回来救他。没想到这话却让谢必安先说了，他哪里还敢动这念头？忖道："陈简之啊陈简之，谢大哥救了你性命，你却打这等主意。你本事差劲，难道人品也差劲成这样吗？"他生怕上面那两人会突然跳下，心想无论如何先带谢大哥离开这是非之地再想办法，便背起了谢必安道："谢大哥，我背着你走。"

谢必安个头甚高，陈简之本以为会背不动他，所以才会闪过扔下他自己先逃的念头，哪知一背上身，才发觉谢必安竟是轻得异常。他甚是诧异，不过这等情形也没工夫去想这些细枝末节了，心道："原来我的道行已经增长那么多了，真是好心有好报。"他背起谢必安便跑。

这地洞分岔极多，陈简之也是慌不择路，天晓得哪条道能通到外面，见到左手边一条分岔中隐隐透出光来，心道那儿可能通到外面。他的道行虽然不甚高，但这五年来天天在五龙山跑上跑下，力术两道，这个"力"倒还修得可圈可点。地道里分岔虽多，好在地面却异常平整，跑起来也并不吃力，只是湿漉漉的有点打滑。也亏得在那姓常的暗算之前，他因为贪嘴多吃了好几口肉。肚中有食，现在越跑越快，却一点都不觉得累。

跑过两个岔道，只觉前面已是越来越亮，他心下一宽，小声道："谢大哥，前面大概有出口。"

谢必安在他背上迷迷糊糊地哼了一声，并不曾回话，但前面却传来了一个阴恻恻的声音："原来又有吃的扔下来了。"

陈简之一怔，忽地站住，下意识地抬头看了看。可这儿顶上并没有开口，哪有什么吃的扔下来？心中忽地一动，他失声叫道：

“你……你就是万年？”

前面那人嘿嘿一笑道：“不错不错，你很聪明，一定很好吃。”

先前那两人不愿冒险追下来，说是要让一个什么“万年”来收拾自己。那时陈简之还不知这“万年”究竟是什么，但听到这个阴恻恻的声音，这才恍然大悟。心道：“原来曾岛主在下面养了这个叫‘万年’的妖物，把我们扔下来是喂给这家伙吃啊。”只是这条岔道有那万年挡路，而且也只有这里透出亮光来，显然此处是唯一的出口。他将谢必安从背后放下，见谢必安仍是昏迷不醒，忖道：“现在没谢大哥帮我，只有自己上了。”

谢必安的无常刀吹毛立断，是一件神兵，可那是收在谢必安手臂里的，自己也没办法取出来。陈简之这时实是大为后悔，心想不该不带兵器。五龙山弟子惯用长枪，道行修得高了，能将兵器修到如意通灵，这样带在身边也就方便。陈简之道行远没到这程度，若是随身带着条五六尺长枪到处跑着实不便，现在也只能赤手空拳与这妖物对抗了。好在他的枪术本来就不怎么样，就算带了只怕也派不上什么用场，还不如用拳头。

他把谢必安靠地洞壁放下，心道：“我练得最强的就是太上飞步咒，加上一百步的鬼步，便是那猪妖都追不上我，这个妖物多半也追不上。若是能用极高的速度靠近，将它打倒的话……”

他正在盘算着该如何出手，忽然听到身后又传来一个声音：“小心！”

这声音虽然也有点尖，但声调清脆，并不似那万年一般阴恻恻。陈简之做梦也没想到从身后也有声音传来，下意识便向后看去。他只一分神，从前面突然如疾风飞电一般，一根足有杯口粗的尖刺直刺而来。

这尖刺曲曲弯弯，射来时却是快得异常，长得也是异乎寻常，尖端如枪尖一般锐利。陈简之正分心要往身后去看，哪里想到万年突然间就出手。他吓得魂飞魄散，太上飞步咒在这当口自然没工夫念，伸手往腰间一拍，人猛然间向一边闪去。他闪得倒也极快，只是情急之下，全然忘了自己是在一个洞中。这洞宽不过五六尺，他冲得极快，却是一头重重地撞在了洞壁上，“砰”一声，眼前立时金花飞舞，连看也看不见了，他一屁股坐倒在地，脑海中倒还来得及想道：“糟糕！”

如果站着的话，那万年以长刺发起攻击，自己总还能抵挡一两下，可现在已根本不可能再挡，躲也根本躲不开了。陈简之心中一亮，只来得及伸手挡住眼前，心想就算死了，也不用看到自己血肉模糊的样子。

然而身上的剧痛并没有如预料一般而来，倒是又听到方才那个清脆的声音喝道：“傻瓜，还不逃！”随即便有人一把抓住了他的后领，将他向后一拖。此人力量之大，真个非同寻常，陈简之虽不算胖，也有百来斤的分量，但这人如提婴孩，将陈简之一下就拎出了数尺远。

这救了自己的是谁？

陈简之将挡住眼的手臂放下来。他本想回头看，只是刚拿下手臂，前面的一切先跃入他的眼帘，一股凉气便仿佛从他头顶直贯而下。

在他身边，不知何时出现了一个穿着蓝裙的女子。

这女子的年纪应该与陈简之相去无几，身形甚是窈窕，但这个看

似娇怯的少女站在陈简之面前，正分开双手，如同顶着什么。而在她面前，那根青黑色的肉刺正如一条毒蛇般不住地刺击，但眼看就要刺到那少女身前时，仿佛有一层无形的屏障将它挡住了。那肉刺每一下刺击都力大无比，随着它一刺，少女身子也是一震，只不过那肉刺纵然凶险，仍是被这层无形屏障挡住，怎么都不能越雷池一步。

九

那人将陈简之往后拖了几步，又高声叫道：“慕慈姐姐，你当心啊！”

陈简之这时才算有工夫转向身后看了一眼。一看之下，却是一怔。他本来已是一肚皮的感谢之言要向这位救了自己的恩公倾诉，但回头见到这位恩公居然比自己还要矮半个头，脸上还有点稚气，两个眼睛睁得又大又圆，却全神贯注地看着那少女，根本没在意自己。陈简之心道：“他原来比我还小。”

听到那人的叫声，正在与肉刺相抗的少女头也不回，沉声道：“你们快走！”

她的声音里已有些痛苦之意，显然要挡住肉刺的猛扑亦是大为不易。少年又拖了一下陈简之，喝道：“快跑！”说罢，扭头便跑。陈简之这时回过神来，一骨碌起身，背起坐在洞壁边的谢必安，跟着少年跑去。

少年跑向的却是边上一条极暗的岔道里。陈简之虽然跟着他跑，心中却不禁有点生疑，忖道：“他别也不是正道上的，想把我引去哪儿吧？”可转念一想，自己方才差点就被那肉刺当心刺了个对穿，是这少年救下自己的。总之已是人为刀俎，我为鱼肉，就算这少年有歹心，自己也不过是早死晚死的区别，当下不再多想，跟着少年进了那条岔道。

一进岔道，少年这才舒了口气，向着少女那边高声叫道：“慕慈姐姐，我们逃出来了。”

远远的，只听那少女道：“好的，我马上过来。”

这少女说话斯斯文文，就算这个时候，语气仍是一丝不乱，倒不似在那肉刺猛攻之下的千钧一发之际，反如同平时的闲聊一般。只是她话音甫落，却听到“砰”一声响，也不知是什么。少年吃了一惊，待向外望去，却又有点不敢。随着这声音，一道蓝影一闪，倒跃到他们所在的这岔道口。这人影轻盈美妙，正是那个名叫“慕慈”的少女，随即又有一条长长的黑影如长鞭一般劈下，“啪”一声，正抽在少女身前尺许之地。这一抽的力量极大，将地上的一层淤泥抽出了一条深深的沟。若是抽到人身上，只怕这一下便能让人骨肉成泥，却堪堪抽了个空。陈简之与少年都吃了一惊，同时“啊”了一声。而这时那万年阴恻恻的声音又响了起来：“想不到现在还有会八九玄功之人，难怪先前没找到你。好极了，这回看你再往哪里逃！”

肉刺极快地收了回去。虽然知道已经伤不到自己，但看着那条粗长长的肉刺如巨蛇一般缩回去，陈简之还是有点毛骨悚然。那少女却仍是作势看着肉刺缩回，一直站立在那儿不敢有丝毫松懈，待肉刺缩回一尺，她才倒着退后一步。待肉刺终于消失不见，她这才松了口气，向陈简之他们躲着的这个岔道口跑了过来。

少年见那少女过来，忙迎了上去道：“慕慈姐姐，你没事吧？”

少女道："我不要紧。"说罢，便向陈简之道："这位道友，你们也是受曾岛主所欺，落入洞里来的吧？"

这少女年纪与陈简之差不多，长眉入鬓，生得极是清秀，但神情极是沉稳。陈简之方才见她挡住万年那肉刺的一连串疯狂攻击，已是钦佩得五体投地，听她问自己，忙道："是，是。我叫陈简之，这是谢必安大哥。谢必安大哥被那曾岛主的手下下了毒……"

陈简之一说"曾岛主"，少年在一边打断他道："姓曾的！这家伙无耻下流，配做什么岛主！"

陈简之上了曾罗睺的当，实是对曾罗睺恨之入骨，只不过听这少女仍称为"曾岛主"，便不由自主地也跟着说了。听得少年打断自己，他便改口道："是。那姓曾的无耻下流，忌惮我谢大哥道行高深，所以在设酒宴款待我们之际布圈套让谢大哥中了毒，把我们丢入了这地洞里。"

少年听他这般说，道："原来你们是吃喝的时候上当的。姓曾的一看就不是个好人，你们还吃他的东西，真笨！"

其实曾罗睺长得方面大耳，甚是正气，当时陈简之确是连半点疑心都没有，而且直到现在，他还有点后悔没多吃几口，导致有两个菜都没尝到滋味。虽然被这少年骂了句笨，但这少年声音清脆，口齿伶俐，说话如贯珠一般，而陈简之在山上因为道行甚低，总是被那些师兄呼来喝去惯了，那些师兄骂起来更刻薄，因此纵然被这少年骂了一句也不觉得有什么。倒是那少女有点过意不去，小声道："小淇，你也别怪这位陈道友，我们还不是一样上了曾岛主的当？"她说着，又正色道："陈道友，你们应该也是参加此次大比的五山弟子吧？但不知是哪一位师伯门下？"

陈简之道：“啊，我是五龙山的。不知两位是哪一山的高足？”

少年在一边插嘴道：“你是五龙山的吗？我是骷髅山的邵淇，这是凤凰山的何慕慈姐姐，……你便叫我邵兄吧。”

陈简之见这少年邵淇看去比自己总要小一两岁，生得也甚是瘦弱，居然还嘴硬要自己称他为兄，定然是个爱充大的。他心里暗暗好笑，却仍是正色道：“原来是邵兄和何师姐，难怪有这等高明的本领，陈简之多谢两位救命之恩，真是佩服之至。”

他在山上因为自知没有后台给自己撑腰，这五年来除修炼道术以外，这路溜须拍马的功夫倒也练得甚勤，何况何慕慈能硬挡住万年的猛攻，他当真颇为佩服。

这一句牛刀小试，何慕慈十分沉稳，还没什么，邵淇却是眉花眼笑，说道：“陈师弟你也是来参加大比的吧？那也不弱啊。只是怎么会上那姓曾的当的？”

陈简之见邵淇明明比自己小，却蹬鼻子上脸地称自己为“师弟”，还揪住自己中了曾罗睺之计的小辫子不放，苦着脸道：“我是参加大比的，谢大哥则是另有要事……对了，何师姐，谢大哥是你同门吧？”

何慕慈一怔，看了一眼躺在一边人事不知的谢必安，诧道：“这位谢师兄也是凤凰山的吗？”

五山弟子，每一山最少也有两三百人。如果算上半途而废下山回去的那些人，那么总有个四五百人。无论是哪个弟子，能认得山上的同门也是记性极强了，想认全所有人，实是真个不可能。陈简之道：“谢大哥精于水术，我猜他是凤凰山门下，他则自称是来自森罗殿。何师姐，你们凤凰山斗阙宫，是不是有座殿叫森罗殿？”

何慕慈摇了摇头："斗阙宫没有森罗殿，这位谢师兄想必是别山门下。小淇，你们骷髅山有森罗殿吗？"

邵淇摇了摇头道："也没有，想必是乾元山的，要么是终南山的。只是这两山应该不会水术啊。"

先前谢必安见陈简之一身衣服湿淋淋的，施术帮他将衣服弄干，陈简之只道那是水术，所以才猜谢必安乃凤凰山门下。听得何慕慈和邵淇都否认了自己一门有森罗殿这地方，他有点心虚，心道："糟了，我准是猜错了。"忙道："谢大哥用的也不一定是水术，是我乱猜的。何师姐，你看看谢大哥中了什么毒，能治吗？"

何慕慈心想不管这谢必安是哪一派的，既然曾罗睺要向他下了毒再将他扔下这地洞，定然是忌惮他了得，如果能替他解去所中之毒，四人合力，纵然不能说必胜，力量总会大一些。只是她伸手搭了搭谢必安的脉，只觉谢必安体温极低，脉象也大异寻常，叹道："唉，我实在看不出来。"

陈简之见何慕慈也看不出来，仍不肯死心，问道："何师姐，向谢大哥下毒的那妖人说他用的是极乐瘴，你听说过吗？"

何慕慈茫然摇了摇头，正待开口，一边的邵淇突然道："是极乐瘴？"

陈简之没想到邵淇知道这个名字，诧道："你知道？"

邵淇道："我有一回听师父说起过。师父……"说到这儿，他却皱起了眉又道："后来也没往下说。"

陈简之本以为邵淇总能说出些门道来，没想到接了这一句，不禁大失所望，嘀咕道："不知道还说得这么热闹。"

他也只是顺口嘀咕了一句，哪知邵淇的耳朵特灵，一下蹦了起来道："我不知道又怎么了？连慕慈姐姐都不知道。当时师父说了一句就没再说，我又不知道真会有人中了这极乐瘴！"

何慕慈见邵淇不依不饶地似要和陈简之拌嘴一般，忙道："小淇，当务之急，还是尽快逃出去，揭破曾岛主的真面目，不要让别个道友再遭他的毒手。"

陈简之忙道："是啊是啊。何师姐，把我们扔下来的两个妖人本来要追下来斩草除根的，后来说是让万年来对付我们……"

他说到这儿，何慕慈与邵淇异口同声地叫道："万年！"

邵淇说话向来有点一惊一乍，何慕慈却向来斯斯文文，有泰山崩于前而色不变之能，可此时两人的神情却是一模一样，一样是惊愕中带了点恐惧。陈简之诧道："是啊，先前那个便是万年。这家伙很厉害吗？"

邵淇道："你是呆的吗？连万年都没听过！"

虽然斥了陈简之一句，但邵淇这话的尾音却有些发颤，显得心中满怀惧意。这时何慕慈轻声道："陈师弟，若真是万年，那我们真遇到大麻烦了。"

陈简之抓了抓头皮。他上五龙山虽然已有五年，但师兄们向来也不跟他做伴，平时旁人聊天，他也很难插嘴，因此真没听过万年。他道："万年到底是什么？"

邵淇张了张嘴，大概想骂陈简之实在是个榆木脑瓜不开窍，何慕慈已然道："陈师弟，万年便是上古五妖之一。"

原来千年以前，妖族中有"上古五妖"之号，乃妖祖混沌以下最强的五个妖族。自封神大战后，五妖中的万年从此失踪，传说是在封神大战中被除掉了，不料竟然一直躲在这蓬莱岛的地洞里。邵淇看了一眼何慕慈，小声道：“慕慈姐姐，怪不得姓曾的要把我们扔下来……”

在传说中，万年在上古五妖中最为凶悍，能够吸食修道之人的道行为己用，所以才会在封神大战中被除去。邵淇先前中了曾罗睺之计被扔下地洞时还莫名其妙，不知自己究竟哪里得罪了这位曾岛主，他要如此对付自己，此时才算明白过来，原来自己几人都被曾罗睺当成了喂给万年的饵料。纵然胆大，邵淇此时也觉得有点发毛，又看了一眼何慕慈，小声道：“慕慈姐姐，万年先前说能找到你了，是在吓唬人吧？”

何慕慈的神情也异样地凝重，低声道：“它没有胡说，我的八九玄功还不曾圆满。被它直接接触后，我再用八九玄功，马上就能被它觉察到了。”

原来何慕慈乃凤凰山的弟子，昔年曾有奇遇，从一位凤凰山的前辈高人处习得了这路八九玄功。虽然限于功力尚不能功德圆满，但已是寻常刀剑不能伤，水火不能侵了。她和邵淇被扔下地洞，其实比陈简之他们早了整整一天，这一天里二人正是以八九玄功隐藏身形，万年虽然凶悍异常，却一直没能发现他们。然而方才为了救下陈简之，何慕慈以八九玄功与万年直接相抗，虽然万年用肉刺无法突破她的玄功障壁，却也因此知道了八九玄功的存在。现在再用八九玄功，万年定然马上就会感应到，再想隐藏身形已是不可能了。

邵淇叫道：“哎呀……”待叫出声后才觉得有些失态，又压低了声音道：“慕慈姐姐，那再过一个多时辰就要涨潮了，怎么对付它？”

陈简之在一边叫道：“对了，我听那两个妖人说，万年要到戌时才醒，那个定然不是万年！”

邵淇听得他突然叫起来，只道他有什么真知灼见，听他这样说，白了他一眼道："傻瓜，万年能够化出幻身，它的真身一直都睡着呢。要是真身醒了，你那么简单就逃得掉？"

陈简之一怔。方才万年向他突袭，他已然吓了个魂飞魄散，若不是何慕慈替他挡下，现在自己定然当胸一个透明窟窿了。待听得自己遇到的原来只是万年所化的幻身，他倒吸了口凉气，说道："还有真身？真身醒了的话那该怎么办？"

邵淇道："嘿嘿，你这么想知道，到了戌时你去看看它啊。"

何慕慈见邵淇一句比一句紧，老是针对陈简之，心中却也好笑。她知道邵淇年纪甚小，却向来最怕别人因为自己年纪而小看轻自己，所以口舌上总不肯饶人。骷髅山上尽是些师兄师姐，邵淇实在没有斗嘴的对手，好不容易碰到个好欺负的陈简之，自然要一试舌锋。她生怕陈简之挂不住脸，轻声插话道："无论如何，终不能束手就擒。陈师弟，小淇，你们说是不是？"

何慕慈的声音温柔甜美，却又坚定异常，陈简之与邵淇两人忘了斗嘴，齐齐点头。陈简之心道："不错，纵然不敌，也非斗一斗不可。昨天谢大哥也自承不是猪妖的对手，可他一样想尽方法，最终还是除掉了猪妖。"想到这儿，他便道："何师姐说得极是。要对付万年，力敌不成，唯有出奇制胜。"

邵淇本来又要和他顶嘴，但陈简之这话却也没办法顶。想了想，他道："怎么个出奇制胜法？"

陈简之一怔。他这句话也是顺口说的，心想这么说绝无错讹，可到底该怎么个出奇制胜法，他也是一头雾水，漫无头绪。何慕慈却道："陈师弟说得不错。这万年老妖一直躲在蓬莱岛下，但以往从未听说过，应该是不能离开这里，所以曾岛主才会把人投入地穴来喂它，因此我们若能离开这地穴，便能脱险。”

曾罗睺此时听不到何慕慈的话，若能听到，只怕会又惊又佩。这万年乃千年前封神大战后遁入蓬莱岛的，因为封印千年来未除，一直逃不出岛底地穴。若不是被曾罗睺的主人发现，万年只怕就要被困在岛下直到天荒地老，永无出头之日。曾罗睺受命来岛上看守万年，正是为了引人前来喂给万年。万年的真身虽然受封印所制出不了地穴，可它的幻身却能伸出数里之遥。不夜城中那座明光塔，表面上是泽惠八方的灯塔，其实却是将海船引到万年洞穴边上的陷阱。一旦有船只落单，万年便会伸出幻身将那船只拖入海底，将船上之人全都食尽。这些年来其实已不知有多少海船葬送于万年幻身之下，但海船出海本来就是危险之事，遇上大风浪更是刀头舔血，损失个一两艘都是正常之事，那些海船客谁也想不到正是蓬莱岛下的怪物造成的惊涛骇浪，还只道若没有蓬莱岛明光塔指引航程，在暴风雨中损失的定然要多得多。纵然有人想到可能是妖物作祟，也猜不到这妖物一直躲在蓬莱岛下出不去，因此这等事曾罗睺在这些年里不知已干了多少回了，从未被发现，他还被视作善心之人。

陈简之想了想，点头道：“何师姐说得极是……”

他还不曾说完，邵淇道：“你也只会这一句。马上就要涨晚潮了，慕慈姐姐的八九玄功再瞒不过万年，再说这等废话，就只有坐以待毙。”

陈简之心头一沉。方才那万年屡次突击，虽然突不破何慕慈的拦阻，但何慕慈显然也极为吃力。那仅仅是万年所化出的一个幻身而已。一旦涨潮后万年苏醒，只怕何慕慈再挡不住。先前还能借她的八九玄功隐藏起来，可如今万年已知她身怀此功，已无法再躲藏。他道："所以只有逃出去！对了，没有出口，便开一个出来！邵兄，你不是骷髅山弟子吗？你们一脉擅长土术，就不能以土遁带我们出去？"

邵淇"嗤"了一声，何慕慈生怕邵淇又会说出嘲笑陈简之的话，忙道："陈师弟，如果真能如此轻易的话，万年早就逃出去了。"

陈简之一怔，恍然道："啊，这地穴被下过禁咒？"

邵淇道："是啊，我和慕慈姐姐早试过了，根本别想借道术出去。"

陈简之哑然无语，心道："不错，这儿本来是关押万年的地方。连万年都出不去，别人更是休想。"

他见识并不多，原先连万年到底是什么都不知道，实在想不出什么好主意来。正在沉思，忽觉脚底一凉，低头看去，只见一道水流不知打哪儿流了过来。只听到邵淇忽然小声道："慕慈姐姐，涨潮了！"

那万年每到涨潮，便会苏醒。邵淇和何慕慈中了曾罗睺之计被扔下地穴，已经经历过两回万年的苏醒了。那两次万年都不知何慕慈有八九玄功护体，因此并不曾发觉，但这一次已然藏不住了。邵淇看了看何慕慈，正觉茫然，忽听陈简之道："奇怪，这水哪里来的？"邵淇恼道："你个猪脑袋！涨潮了，海水倒灌进来，还能从哪里来？"

陈简之又被骂了一句，倒也不着恼，说道："可是有进便有出。水从哪里进来的必定就能从那里出去！"他目光灼灼，小声道："邵兄，何师姐，你们说是不是？找到这个口子，不就能出去了？"

他正觉自己想出了个好主意，但一眼已见邵淇一脸的鄙夷。何慕慈知邵淇又要骂人，忙道："陈师弟，这地穴确实有一处出口，但这出口便在万年巢穴之中，被这妖物堵住了。"

邵淇在一边插嘴道："我和慕慈姐姐一下来便去找了，还用你现在才说？"

邵淇说着，不由自主地打了个寒战。原来昨天邵淇与何慕慈寻找出口时便找到了万年的巢穴。当时正值涨潮，万年刚好苏醒，若不是何慕慈借八九玄功布防，两人躲在洞壁凹陷处方才躲过万年追踪的话，昨天两人就要被万年活活吃了。一想到当时的险状，邵淇仍是有点后怕。

陈简之怔道："那万年醒后仍出不去吗？"

邵淇冷笑道："这妖物能化出多个幻身，所有岔路都被它封死。谁还过得去？"

陈简之心想，再严实，总有人能冲过去，只不过自己几人中，就算道行最高的何慕慈也多半闯不过去。他想了半天才想出这样一个主意，本以为值得一试，现在发现原来是自投罗网。回头看了看身后的来处。按理说落下来之处应当也能出去，但那儿离地足有四五丈，四周全无可以攀缘之处，而且顶上还有两个妖人坐镇，就算能冲到掉下来的翻板处，一露头就会遭到迎头痛击，比硬闯万年的巢穴还不可能。此时走投无路，陈简之不禁有点绝望，喃喃道："难道就没有别的办法了？"

邵淇心想若有办法的话早就出去了，哪里还要你来问。只是看着陈简之茫然的样子，这句骂终是说不出口。何慕慈这时道："办法总是有的。现在已经开始涨潮，万年随时都会苏醒，我们一定要先想好一个应对之策。陈师弟，不知你的灵兽是什么？"

陈简之见她问起自己的灵兽，不禁有点心虚，说道："我吗？我的灵兽叫巨灵，就是……"

以陈简之的道行，现在其实还没到能召灵兽的地步，巨灵也是那个神秘的大哥给他的。旁人的灵兽一召即至，但他得到巨灵时日未久，想召出来甚是不易，何况那神秘的大哥还放话了，说再不会应他之召而来，便是召出巨灵也得不到大哥之助了，因此这话全无底气。只是邵淇却大感好奇，问道：“你的灵兽叫巨灵？是哪种？疆良？白矖？还是玄武？”

疆良、白矖和玄武，都是传说中最强的神兽，其中玄武更是与邵淇的灵兽朱雀并称为四灵。疆良和白矖虽不入四灵之列，也不遑多让。陈简之被邵淇这一番追问问得有点尴尬，说道：“不是不是不是，巨灵是一个……海龟……”

他说到最后底气不足，声音也轻了，邵淇倒是大吃一惊，叫道：“海龟？”

纵然陈简之说他的灵兽是疆良或白矖，邵淇也不至于如此惊奇。在诸多可以召唤的灵兽中，海龟行动迟缓，样样都十分普通，因此是最容易召来的灵兽。邵淇本想陈简之要让曾罗睽设计下毒才扔下地穴，定然道行深不可测，若也能召出个神兽来，那己方的胜算就更大了一分。谁知陈简之居然说自己的灵兽是海龟，不禁大失所望。

何慕慈心中也甚是失望，只不过她并不似邵淇一般直接就表露出来，轻声道：“这样啊……”

陈简之见何慕慈沉思不语，心道：“若是何师姐知道其实连巨灵都不是我的，又不知会怎么想。”他想来想去，心想自己唯一拿得出手的本事也就是那太上飞步咒加鬼步牌。只不过这都是逃命的招数，现在这地穴里却是根本没地方可逃，也不知能派什么用场。正在沮丧之际，耳边突然传来一声嘶吼。

十

这一声吼叫极是怪异，也听不出是什么东西发出来的，如同发自地底深处。邵淇打了个哆嗦，向何慕慈道："慕慈姐姐，这是什么？"

何慕慈也听到了这声音。她向着声音传来的那边看了看，但那边只有一些隐约的亮光，根本看不出什么。

随着每天两次涨潮，万年每天也会苏醒两次。邵淇与何慕慈是昨天过午中了曾罗睺之计落入地穴的，其实已经见过万年苏醒了两次，但那两次万年根本没有发出过这等撕心裂肺的嘶吼。

万年能在蓬莱岛隐藏这么多年，岛民根本不知地底有这么个怪物，显然它并不会随意发出叫声。难道，有什么意外发生？她还没来得及说话，陈简之已然抢道："我知道了，定是万年正被人攻击！"

邵淇正待说万年可不是轻易能遭到攻击的，这时又传来了一声嘶吼。这声响又闷又沉，听得出是在护痛。邵淇也没听万年惨叫过，心中不禁有些迟疑，忖道："难道真有人向万年发起攻击了？是不是让红珠儿去看看。"

邵淇的灵兽乃小红鸟红珠儿。如果是在旷野之上，红珠儿要查探些什么自是无往而不利，但这地方是个地底深窟，而且到处是水，红珠儿飞出去的话危险极大。正在犹豫，却见何慕慈一屈身，将一掌按在地上，一刹那，她身前出现了一头黑色细犬。

这细犬细腰长腿，个头不算大，极是俊朗，一出现便走到何慕慈脚边，在她身上蹭了蹭，甚是亲热，这便是她的灵兽。何慕慈拍了拍细犬头，小声道：“阿瓠，去看看发生了什么事。”

那细犬阿瓠点了点头，转身便向着亮处飞奔而去。陈简之在一旁看得目瞪口呆，心道：“何师姐的灵兽原来已能通灵！唉，大哥说巨灵能助我一臂之力，只是那么个又笨又慢的乌龟，也不知有什么用。”

他这念头还不曾转完，却见有一个黑点从远处跑来。此时地穴里已经开始淌水，将地上的软泥浸得又烂又滑，但阿瓠飞奔如电，直如蜻蜓点水，一眨眼便跑到了何慕慈身边，举头似乎说了两句，何慕慈惊愕道：“真的？”她抬起头，看向邵淇和陈简之道：“真个有人在攻击万年，而且是两人。”

邵淇听得万年真的被攻击了，也是一怔，诧道：“是谁那么大胆？”

“阿瓠说尚不得而知，但出手之人应该不是万年的对手。”

邵淇再也待不住了，急道：“那还不快去帮忙！”

虽然不知道这两个突如其来的帮手是哪里冒出来的，但同仇敌忾，既然是对付同一个敌人，自然要帮忙，何况阿瓠说那两人并不是万年的对手，如果不快点出手，便要被万年各个击破，更难取胜了。邵淇性子也急，说罢便要冲出去，见陈简之还有些犹豫，怒道：“姓陈的，你还拖拉什么？快走啊！”

陈简之道：“可是，谢大哥他……”

邵淇原来以为陈简之生了惧意不敢上前，此时方知他原来是担心昏迷在一边的谢必安，心道：“原来这家伙倒也不是胆小。”原本想骂他的那一句自然又吞了回去，说道：“没关系，涨潮后洞里的水顶多没到膝盖，让他靠墙坐着便没事。”

陈简之最担心的便是水涨上来，而谢必安现在人事不知，万一自己不在边上看着，万一海水没过了头顶，谢必安岂不是要活活淹死？虽然他与谢必安也只是初识，但除那位神秘的大哥之外，陈简之最为佩服的就是这位谢大哥了。何况那大哥未免太过神秘，而谢必安一直伴他走到这儿，特别是斩杀猪妖后，谢必安去而复返，答应陈简之帮他弄到一块女娲石，让陈简之大为感动。虽然邵淇说让谢必安靠墙坐着就没事，陈简之却怎么都放不下心，说道：“不成不成！要没人看着谢大哥，万一他一下滑到了水里，岂不是要铸成大错？”说着，弯腰将谢必安背到了背上。

邵淇见他居然这当口还要背了个人走，险些一句臭骂又要出口，只是这句骂到了嘴边又吞了回去。不知怎的，见陈简之对谢必安不离不弃，邵淇也有几分佩服，心道：“这家伙虽然道行差劲，灵兽也如此低劣，不过倒是颇有侠气。”不忍再骂，便柔声道：“那走吧，到了靠近万年的地方，再找个安全之处将这位谢兄放下。”

陈简之答应一声，背起谢必安便走。谢必安虽然并不重，但个头比陈简之还高，背在背后终有点不便，不过陈简之也顾不得什么，只是奋力跟在何慕慈和邵淇二人身后。这时陈简之并不曾用道术，但他常年在五龙山跑上跑下，体力倒还不错，跑得也不慢。邵淇一开始怕他跟不上，但见陈简之脚下生风，步履一丝不乱，暗想着这个姓陈的原来也并非如自己所想的那么差劲，看来能夺得参加大比的资格也有他的本事。

这地穴岔道密密麻麻，也不知有多少个，好在声音在洞穴中传来，辨别方向远比旷野上要容易。一路奔走，拐了七八个弯，最前面的何慕慈忽地站住了。

在前方约莫百步之遥，地穴突然变大，现出了一个足有半亩方圆的大厅。虽然十分阴暗，但那儿不时有亮光闪烁。借着这一闪即逝的亮光，可以看到有几个人影正在交错缠斗。虽然昏暗，却也能看得出有两人是一边的，另外有三个则是另一边。那两人已落下风，被围在当中屡屡冲突不出，却仍在竭力反抗。

这两人定是五山弟子。陈简之第一眼看到时，便这么想。只不过他见识浅薄，上山五年根本轮不到去与另外四山弟子切磋，也看不出那两人用的是哪一山的道术。正待发问，却听得那两人中有一个厉声喝道："……青莫卢牯泮，敕役雷电火。急急如长生大帝律令！"

咒语其实不在念得出不出声，但那人显然已是情急，这一段咒语念到最后不自觉便成了大吼。随着这"令"字出口，一个火球突然疾射而出。正与他二人放对的那三人被这火球一逼，立时两下分开。只是不待这两人趁隙冲出来，那些人又瞬间合拢，再次将这两人牢牢围在当中。而借这火球发出的闪光，陈简之一眼便看到了另外那三人，不禁倒吸了口凉气。远远望去，那三个人也没什么异样，但细细看，却见那三人浑身都是一丝不挂，身上长着一个个白瘢，只不过隐约有个人形。

是万年的幻身啊！

陈简之险些就要叫出声来。先前邵淇跟他说过，万年能化出多个幻身，他曾面对过一个，却没有直接见到幻身。此时见那三个妖族怪模怪样，定然是万年化出的三个幻身了。只是没等他叫出声来，邵淇已然道："慕慈姐姐，这是乾元山的焦金烁石！"

陈简之听说是乾元山弟子，将谢必安小心放下，让他靠在洞壁上一个凹陷处，叫道："我们上吧！"一个箭步便冲了出去。他与谢必安苦斗猪妖得胜，胆子无形中大了不少。万年的幻身虽然厉害，但绝没有猪妖那么凶悍。先前何慕慈施术便能让其中一个无法冲破屏障，最终知难而退。现在既然还有两个五山弟子，如果五人能够合力一处，对付这三个幻身应该没什么问题。他道行虽然不深，脑筋转得倒是不慢，眼见那两个五山弟子已是岌岌可危，心想必须尽快出手相助，因此一放下谢必安便一边默念着太上飞步咒，"六气浩荡，为道为玄……我入天一，混化精轮……"，一边直冲过去。邵淇虽然也知于情于理，救那两个五山弟子都是势在必行，却不曾想到陈简之竟会如此之快，待与何慕慈同时冲出时已比陈简之慢了一拍。只不过邵淇与何慕慈比陈简之的道行高出不少，虽然稍慢一步，但只不过跨出五六步便已赶上了。谁知刚赶到陈简之边上，却见陈简之身形一晃，风驰电掣一般疾冲向前。邵淇暗暗吃惊，心道："这家伙原来也不全然是在吹牛，果然也有几分本领。"

这正是陈简之的太上飞步咒。太上飞步咒有十四句，陈简之虽然对这段咒语已是极其熟练，但也得跨出六到七步方能念完。只不过他已算计停当，待用出太上飞步咒后靠近那三个怪人二十多步远的时候，突然再用出鬼步牌，以加倍速度直取那三人中的首领。虽然陈简之自知拳掌之力算不得如何厉害，但一击之力终究还有。就算不能击倒一个，只消能够解得那两个五山弟子的燃眉之急，邵淇和何慕慈也已赶到了，那时以五对三，定能大获全胜。

他自觉这主意十拿九稳，哪知刚冲出五十余步，眼前忽地一花，面前凭空出现了一个人挡住了他的去路。此人身无寸缕，也不长一根须发，身上还长着一个个圆形白瘢，与那三个幻身一般无二，仿佛从地底长出来的一般突然出现。陈简之虽然知道万年能化出幻身，却万万没料到这第四个幻身竟然会出现得如此突然。他正以太上飞步咒疾冲，哪里还收得住势头，仍是疾冲向前。

邵淇与何慕慈二人这时还在陈简之身后十余步。邵淇见那怪物对准了陈简之的前心，不禁心惊。这怪物的一根前肢长枪似的，陈简之这样直直冲去，岂不是要跟穿糖葫芦般刺个对穿？可是陈简之的太上飞步咒还当真不俗，邵淇道行纵然高过陈简之，这一手却真个有所不如，想要抢到陈简之面前替他挡下那怪物的这一击却是不能。正在惊心，忽见陈简之身形又是一晃，人突然间再次加速，一下从那怪物身边绕了过去。

这一招匪夷所思，便是何慕慈也大吃一惊。增加速度的道术，在五山各派里都有，名称虽然各有不同，但本源都相去无几。只不过速度越高，想再要精进便越发困难，所以很多弟子修到了一定程度后也就罢手，自觉为了增加一点点的速度而浪费数年道行，实属因小失大，太不值得。但陈简之本来已经很快了，竟然还能加倍的快，实在难以想象。邵淇更是想道：“这家伙……难道把所有道行都花在了修行这路神行术上去了？”

陈简之此时用的，实是鬼步牌。鬼步牌每次只能在百步内有效，本来他还想再靠近些再用出，这样一击成功后便能逃得远远的，但突然出现了这样一个怪物挡路，已是不得不用。虽然成功避开了致命一击，可陈简之心里不住地叫苦。只不过事已至此，生米已成熟饭，后悔也来不及了，他只盼着邵淇和何慕慈能快点上来，一举将这四个怪物击垮。

陈简之此时的速度实已颇为惊人，先前那放出一招焦金烁石的乾元山弟子正在竭尽全力对付面前那三个妖物，见到有个人影风驰电掣般向自己疾冲而来，暗暗吃惊，忖道："这人好厉害！"

这乾元山弟子与那个终南山弟子是好友，二人知根知底，此次一同取得参加大比的资格，自然马上就组成搭档了。他们二人一属火，一属木，乾元山的道术以攻击见长，终南山则以防御见长，两人取长补短，自命女娲石唾手可得。因为得知东海外有极厉害的妖物出没，越厉害的妖物就越可能有女娲石，两人二话不说便直接赶了过来。本来以为抢到了先手，谁知正落入万年的陷阱，结果小船被毁，二人也被万年的幻身拖入地穴之中。亏得这二人是五山中出类拔萃的弟子，道行不浅，虽然中招，却不甘心这样束手待毙，竭力反抗。本来他二人也根本不是万年幻身的对手，偏生这时候陈简之他们也在与万年对抗，万年虽强，终究还不曾苏醒，只能以几个幻身来对付他们。饶是如此，这两人也将油尽灯枯。这时候见到陈简之飞电一般疾驰而来，他们并不知道陈简之是以鬼步牌配合太上飞步咒使用，只道来者竟能达到如此高速，道行之高，起码也有五山长老这一级了，只道来了个了不得的强援，不禁又惊又喜。那乾元山弟子本就擅攻，此时信心大增，眼见一个怪物已冲到了自己近前，左手往袖中一缩一伸，掌中已现出三张黄表纸，向着身前那怪物一指，舌绽春雷，喝道："破！"

五山道术，运用之法都分为咒、符两途。咒要默念，总得花费一定的时间，而符则是事先在黄表纸上画好符文，随时都可取出使用。只不过符纸用一张少一张，只能救急之时使用，而且一味用符，往往会疏于练习用咒，因此五山长老在传授道术时都千叮咛万嘱咐，要弟子们万万不可一味依赖符纸。只不过现在这等情形，再不用符也来不及了，这乾元山弟子身边原本备了二十余道符，先前被万年拖入洞时已连用了十多道，才算暂时摆脱万年幻身的纠缠，现在身边只剩下七道符。这七道符是他用来保命的，但此时那怪物已到了自己面前，他本来就是攻强守弱，现在想守也守不住，索性就一力强攻。他见陈简之飞身而来，定是来救自己的，心想只消自己能挨过这一刻，那位大高手定能一举将这些怪物消灭，现在正是用这几张保命符的时候了，因此一掏就掏出了三张。

符纸本来只是一张黄表纸，轻如羽毛，微风一吹都吹得起来，但这乾元山弟子道术颇为不凡，信手一掷，三道符鱼贯飞出，简直和三块铁板相仿。乾元山道术都是火术，这三道符都是欻火诛邪符。寻常用出一道，一般的妖物便已承受不住，而他一用便是三道，更是势在必得。他面前那三个怪物这时正一齐攻上，见符纸飞来，这三个怪物便要闪躲。只是没等它们闪开，另一个终南山弟子已在厉声喝道："……山魈木客，无路逃形。神灵到处，斩邪灭精。闻吾召请，速现威灵。急奉玉皇上帝敕东方青帝令！"

这终南山弟子用的，乃木遁术。五山遁术，各有巧妙。但木遁术适用之处却是最广。世间草木，只消有水有土，便无处不生，就算骷髅山这等险恶的所在，一样也会有不畏炎热的草木生长，因此木遁术也被称为五遁术中广博第一。这终南山弟子与那乾元山弟子自幼便是好友，两人平时切磋甚多，配合也极为默契，一个擅守，一个擅攻，因此出手时都不需多说。那乾元山弟子一掷出三道欻火诛邪符，这终南山弟子马上就使出木遁术，以期困住对手，不让敌人闪躲。终南山木遁术名下无虚，而这人的道行也颇为精深，咒声甫落，地上忽地生出了一条长藤，沿着地面直取那怪物。这长藤浑若巨蟒，一到那怪物脚下立时分枝散叶，活物一般攀缘而上，也就眨眼间，立时将这怪物缠得动弹不得。这还是因为他是在这地穴中用这木遁术，地穴里空气不厚，如果是在深山大泽中用出，以此人的道行，这条长藤足以将对手缠个密不透风。而他的木遁术一招得手，那三道欻火诛邪符也已飞到，一下贴到了那怪物头顶。

欻火诛邪符乃乾元山镇山之符，号称“飞雷掣电，斩鬼灭形”，威力极大。这乾元山弟子道行着实不低，三道符齐出，那怪物又被木遁术困住，一贴上头顶，轰然一声，立时如同一支巨烛一般燃起。而此时陈简之也已冲到了近前，一拳击向那三个怪物中最靠后的一个。

那个怪物乃是万年的一个幻身，本来以为第四个幻身定能挡住陈简之，因此这三个都全神贯注于面前的两个五山弟子，却没料到陈简之竟然能闪过阻挡，冲到跟前。

便是陈简之自己亦不曾想到。这一拳看似平平击出，却是陈简之深思熟虑的结果。五山都以力、术并举，力为术之体，术为力之用。只不过陈简之的术练得马虎，力也一样平常，这一拳若是平平击出，只不过比常人的力量稍大一些而已。然而此时他是以超过寻常修道之士一倍的速度在飞驰，平平常常的一拳有这样的速度加成，却也非比寻常了。

快点！再快点！

陈简之一拳击出时，拳风似乎都有火星迸出。也只有这个时候，他才真正理解了先前谢必安告诉他的“出奇制胜”四字的含义。胜负，并不全以道行深浅决定，更重要的是扬长避短，善于用智。将自己的一分长处用到十分，将敌人的十分长处压至一分，此消彼长，就算是弱势一方，一样有胜机可寻。先前谢必安正是这样斩杀了实力远在自己之上的猪妖，而现在自己与这万年幻身的距离还没有如此之远，一样也可以！

陈简之几乎已将所有的力量都逼到了拳端，这一拳实已超越了他的极限，他都能感觉得到拳端传来的火烫的感觉。那是拳头以极高的高速劈破空气时发出的酷热，以至这拳头都仿佛在燃烧。那个万年幻身正准备攻击那乾元山弟子，百忙中伸起左手想要格挡。它的双手与人类的手也大不相同，手上并无五指，只是枪尖一般。只不过它的速度哪里及得上陈简之的拳速，左手刚抬起挡在身前，陈简之的拳已然击中。

“啪”一声响。陈简之只觉身体为之一震，拳锋到处，倒似击在了一团极其坚韧的软泥上一般。如果是棵树，陈简之这样一拳击上，不断也得现出个凹坑来，只是他一拳击出，那怪物被击得如同烧熟了的面条一般从中弯折，却又一下反弹回来。

这怪物居然身无骨骼，浑身都如牛筋一般！陈简之本来想得甚好，心想自己这一拳无坚不摧，定能立威，哪知拳势确是强到了自己都想象不到，可竟全然无用！还没等他吃惊，那个怪物已然转过身，对着他，一手如长枪一般突刺过来。

这正是他最初遇到万年幻身时险些被击中的那一招。此时故技重施，好在这时候陈简之所施的太上飞步咒与鬼步牌尚未失效，他身形一转，一下掠过了这一刺。那万年幻身被陈简之击中时柔若无骨，周身软韧，可伸手刺来的时候，这一手却一下变得坚逾金石。陈简之闪得虽快，仍是被它在腰间擦过，衣服上立时被割出一道口子来，险些伤到皮肉。

陈简之已是吓出了一身冷汗。他原本还指望着自己这一拳能一鸣惊人，哪知全然无用，自己还险被开膛剖肚。只是那怪物的一击虽然也落空了，却仍不肯放过他，一只手突然挥起，一下变得长了许多，长鞭一般向着陈简之劈头甩下。但陈简之此时的太上飞步咒与鬼步牌效用仍在，没等这怪物一手斩落，脚下一错，已一下闪到了那乾元山弟子身后去了。他见这乾元山弟子放出三道欻火诛邪符，一下将一个怪物烧作一团烈火，心中实是大为佩服，心想这人有这等本事，只消再放出个十七八道来，就算万年的真身也能消灭。

那人也没料到这个本以为是来救自己的大高手居然还要借自己来躲避，不由得一怔。就在这一瞬间，面前那团火忽地熄灭，而另一个终南山弟子以木遁术放出的巨藤也霎时寸寸断裂，那个本来应该被烧得焦烂的怪物却从一堆灰烬中挣脱出来。

这情景让几个人都大惊失色，陈简之更是叫道：“快！快接着放符！”

那乾元山弟子听着陈简之乱叫，心下也有点着慌。显然，自己的欻火诛邪符并不能消灭这些怪物，何况符纸已只剩了四张，更不能乱用了。只是眼见这本来应该被烧作灰烬的怪物竟然若无其事地钻出来，他顿时慌了手脚，一手从袖中拈了张符纸，却怎么都掷不出去。正在慌张，却听得身后有个人喝道：“烈牙，出来！”

十一

呼喝的正是那个终南山弟子。此人方面大耳，长相颇为忠厚，但出手干脆利落，随着这一声断喝，一道夹着黑条的黄影忽地扑了出去，一口咬住了那个正在从灰烬中挣扎出来的怪物。

那黄影是一头老虎。只不过，那是头幼虎，只有两尺来高，三尺多长。只是猛虎虽幼，爪牙已具，扑出去时呼啸生风，威不可当。待一口咬住那怪物，便要撕咬。只是没等咬下，一边有一道黑影忽地如长枪般突刺过来。那幼虎虽然威猛，却没有陈简之这等躲闪逃命的本领，加上更待撕咬口中的一个怪物，更是躲不开了，“啪”的一下，左肩胛已中了一刺，立刻锦毛纷飞，红光崩现。

五山弟子所收的灵兽，虽然都是通灵之物，但一旦召了出来，便也是有血有肉，一样会受创。伤了这乳虎的正是另一个万年幻身，那头乳虎的左肩胛上被刺出了一条长长的伤口，痛得从喉咙口发出一声低呼，却仍是咬住了口中那个万年的幻身。它口里的那怪物虽然没被欻火诛邪符消灭，却也受创不轻，一出来又被这乳虎咬住，只是不住地挣扎，而挣扎中一只左手已越伸越长，竟然在幻化成刀形。放出了这乳虎的那个终南山弟子已知万年的幻身能够将身体都幻变为武器，若只有一个，自己这灵兽烈牙还能对付，但敌人有好几个，烈牙又已遭到了重创，他哪还舍得？伸手在地上一拍，喝道："烈牙，回来！"

这一掌拍下，那乳虎一下消失不见。只是如此一来，被这乳虎咬住了的怪物已然一跃而出。尽管吃了三道欻火诛邪符，但这怪物却如毫发无伤。这个怪物的一只手已然伸长到足有四尺许，尺半阔，一边更是锋芒毕露，完全成了一把锋利无比的快刀。被那乳虎咬住时，这怪物还挣扎不脱，可现在一旦脱困，手中那把快刀便一刀横扫。

糟了！

这两个字几乎同时出现在陈简之他们三人的脑海中。这等攻击法，实是以硬碰硬。而那乾元山弟子并不擅长此道，原本终南山道术可以与之一敌，可那终南山弟子刚收回了灵兽烈牙，那怪物却偏偏趁了这当口攻击。至于陈简之，更没有硬碰硬的本事了。这一刀横扫，只怕三个人都要被那怪物腰斩。

就在他们为之色变，也几乎就要绝望的当口，眼前一道蓝影一闪，挡在了他们面前。那怪物的手刀正在横扫之时，却如被一个无形屏障挡了下来，竟然再进不了分毫。而就在这时，又有一个绿衣人抢到他们跟前，手中握着一个黑色小锤，一锤击向那怪物的手刀。

这蓝衣人乃何慕慈，而绿衣人正是邵淇。何慕慈和邵淇都没有陈简之这等足尺加二的神行之术，又被先前扫阻陈简之的那个万年幻身挡了一下，因此慢了一步赶到。何慕慈身怀八九玄功，便是万年的幻身亦无法攻破，而邵淇手中那黑色小锤虽然不大，挥出之时竟极具威势，那怪物的手刀被何慕慈以八九玄功挡住，正在进退不能之际，邵淇一锤已然击下。那万年的幻身固然能在至刚至柔之间变化，可变化终也要有点时间，邵淇出手却也快若闪电。这一锤用的是骷髅山的“力破千钧”，邵淇手中的黑色小锤虽然个头并不大，其实足有三十余斤的分量，这一招挥出，正砸在手刀之上，竟是发出“当”一声响，那手刀被邵淇的小锤打得从中裂成了两半，而那怪物也顿时失了方才的凶悍，惨呼一声，一下缩了回去。而这几个万年的幻身形状既差不多，动作也相仿，随着一个缩了回去，另外几个亦是随着收缩，只一瞬间，方才这四个怪物一下子合成了一个肉球似的东西，聚在那大厅中央，不住地翻滚挣扎。

陈简之见何慕慈跟邵淇一出手，就将四个极其难缠的怪物击退，心中大为钦佩，上前道：“何师姐，邵兄，要不要……”

先前邵淇要他称自己为“邵兄”，他嘴上叫了，心中终有点不愿。可见识过邵淇的本领，他这回倒是心悦诚服。邵淇一锤将那怪物的手刀都震裂了，显然万年已遭重创，趁热打铁，说不定能一举取胜。

他想得很好，然而何慕慈却没有什么欣慰之色，面色仍是凝重异常，沉声道：“此处是万年的巢穴。虽然我们击退了它的四个幻身，但万年真身马上就会醒来，快退到安全的地方去！”

何慕慈虽然是个年轻女子，但她的神情中却有种异样的威严。陈简之自不待言，那两个五山弟子本是桀骜不驯之辈，对她不知怎的都有点敬畏，听得何慕慈说面前的竟然是传说中上古五妖之首的万年幻身，两人都觉得心头一震，不自觉便齐声道：“遵命。”一说完才省得这话实是自己在山中学艺时对师长所说的，何慕慈只是个别派的师姐。只是话已出口，也不好再多嘴，那乾元山弟子马上便道：“在下乾元山徐仙策，这位是终南山的乔野雄乔师兄，但不知师姐是哪一山的。”

徐仙策生得甚瘦，颇有几分仙风道骨，只是双眼却是明亮得有点过分，稍显飘忽。他心思颇细，因此说到那终南山的乔野雄时故意说是“乔师兄”。其实乔野雄比他要小一岁，向来也以这徐仙策马首是瞻，徐仙策这般说，无形中便在口舌上找回点面子。只是何慕慈心性坦荡，并没有徐仙策那么多小心思，说道：“我是凤凰山何慕慈，这位乃骷髅山石矶师伯门下的邵淇，还有这位是五龙山的陈简之师弟。”

何慕慈虽然坦诚大度，心思却也极细。乾元山师父太乙真人与骷髅山的师父石矶娘娘曾经存有芥蒂，虽然这等上一辈的恩怨与这一辈的弟子无涉，但两山弟子间难保会因为师父之事而抱有敌意。邵淇一锤将那个化出手刀的万年幻身击退，因此何慕慈有意将邵淇的来历说得一清二楚。她口中说话，却见那个正在不住变幻的肉球中突然伸出了三四道长长的黑影，突刺向她。徐仙策惊道：“小心！”他虽然有点小心眼，但见何慕慈遇险，终是担心，正待施术相助，却见那几条黑影已如长枪也似直刺何慕慈前心，到了她身前三尺外却如撞到了一堵无形的墙壁，一下被挡住了。

这便是八九玄功吧。一边的陈简之看得又惊又羡。但何慕慈这回挡住万年的乱枪突刺已不似先前那样好整以暇，脸上泛起一丝红晕，显然以八九玄功抵挡这攻击颇为吃力。邵淇见几支触手如暴雨般乱刺，何慕慈若是稍有失手，只怕身上马上就会被刺个对穿，心下着急，提着手中黑锤正待上前，却听得“咣咣”两声，何慕慈面前突然平地升起了两根木桩，将万年的攻击接去了一半。那触手虽然锐利如枪，但也刺不透木桩，立时便缩了回去。

出手助了何慕慈一臂之力的，正是那个终南山的乔野雄。何慕慈压力大减，这才松了口气，沉声道："此间不是说话的所在，大家暂且退后，再商量对策。"

徐仙策看了看四周。这片空地不小，四壁也有好多个洞口，实不知会不会又有万年的幻身钻出来。一想到方才对付那几个幻身都如此吃力，如果不是陈简之他们帮忙，自己和乔野雄两人多半已遭不测。他对何慕慈虽然还有点不服，可终是敬畏居多，点了点头道："请何师姐定夺。"

几人由何慕慈与乔野雄二人断后，不住后退，已到了先前陈简之放下谢必安之处。陈简之见谢必安仍然靠坐在洞壁，忙过去扶起他来。他又经历了一回死里逃生，谢必安倒没什么变化，仍是人事不知。陈简之扶着谢必安，一旁的徐仙策已抢过来帮着他扶着另一边，问道："陈师弟，这位兄台是哪一山门下？他怎么成了这样？"

徐仙策心中实在甚为诧异。现在这一轮大比，按规则可以两人一组，因此他与乔野雄马上组了一组，但何慕慈、邵淇和陈简之三人实让他摸不着头脑，不懂是怎么组合法，心想这三人难道作弊，三人组了一队不成？待看到谢必安才算恍然大悟，心想此人定然是与陈简之一组之人。但见谢必安全无神智，都不知是死是活，他也大为担忧，心想自己可千万别落得这样一个下场，因此连忙打听。

陈简之道："这是谢必安谢大哥，他被那曾罗睺岛主的阴谋所害，中了极乐瘴之毒。徐师兄，请问你有没有办法医治谢大哥所中之毒？"

徐仙策听得是中了曾罗睺之毒，这才多少放宽了心，心道："我还以为万年身上也有毒呢。”他伸手搭了搭谢必安的脉，手刚搭上便惊道：“他的手好凉！”试过脉搏，他沉吟了一下，转向乔野雄道：“阿雄，你来看看吧。”

乔野雄显然是沉默寡言之人，到现在为止，连一句话都不曾说过。他的遁术防御不亚于何慕慈，因此一直与何慕慈走在最后，以防万年突然又袭击过来。听得徐仙策的话，他这才走上前，伸手一搭谢必安的脉，却沉吟不语。徐仙策见他不说话，有点着急，问道：“阿雄，这位兄台中的毒很深吗？”

乔野雄小声道：“我从这位兄弟的脉象中，看不出有中毒迹象。”

陈简之怔道：“没中毒？”

乔野雄摇了摇头道：“我只是看不出。《毒典》中似乎并无记载。”

乔野雄说得很是平淡，陈简之还不觉如何，但何慕慈忽地转过头道：“《毒典》中也没有记载？”

乔野雄生得威猛雄壮，何慕慈的声音则温婉轻柔，但听得何慕慈对自己说话，乔野雄下意识顿了顿，这才道：“回何师姐，野雄鲁钝，但《毒典》中所记四部二百五十七种毒物，不论哪一部都似乎与这位谢兄弟所中之毒对不起来。”

一旁邵淇皱起眉道：“连《毒典》都不记吗？奇怪，我师父怎么会说起此物的？”

原来五山之中，终南山最精于医毒之术，山中有《医》《毒》两典，医道之深，浩如烟海，《医典》尚不能说包罗万有，但世上毒物其实有限，《毒典》风、花、雪、月四部所记二百五十七种毒，却差不多已然涵括了世上所有奇毒了。乔野雄沉默寡言，在山上时日日攻读典籍，他看上去木讷，其实是终南山这一代弟子中最为渊博的一个，《毒典》中这两百多种毒物，虽然大半他也不曾见过实物，但其形、其效，全都烂熟于胸，只是搜罗腹笥，既想不出有“极乐瘴”这名目，也想不出有哪种和谢必安所中之毒状况相符的。听得邵淇说听到过，乔野雄又惊又喜，问道：“石矶师伯知道此物吗？那是什么样的奇毒？”

邵淇摇了摇头道：“我师父只提起过，是不是毒都没说。”

乔野雄甚是失望，叹道：“那没办法了，只有将来我去向石矶师伯直接讨教……”

陈简之见他到了这时候，想到的居然还是要向石矶娘娘讨教这等奇毒，心想这人还真有点冬烘。只是乔野雄这话音未落，从先前那边突然传来了一声沉厚之极的呼吼。这声音便如狂风穿过无数微细孔穴时所发，又似无数深陷在无底深渊中的人发出的哭喊，比先前那一声更是凄惨阴森。一听得这声音，几个人都觉毛骨悚然，陈简之更是一下蹦了起来，叫道：“这……这是万年醒了？”

这是陈简之最怕的事。万年的幻身都如此厉害，真身对他来说简直不可想象。他盯着何慕慈和邵淇，只盼这两人说一句“不是”，但何慕慈和邵淇对视了一眼，轻声道：“陈师弟，确是万年醒来了。”

徐仙策在一旁打了个哆嗦，小声道：“万年这家伙，不是在千年前的封神大战中被铲除了吗？怎么还在？”

千年前的封神大战，是五山弟子人人耳熟能详，又谁也不知确切情形的一件大事，只知封神大战之前，妖族曾经有极大的势力，甚至隐隐要凌驾于人仙两族之上。然而自从封神大战后，此族很多高手要么被斩杀，要么失踪，妖族从此一蹶不振。不过尽管妖族的势力已经不能与千年前同日而语，但厉害的妖族比比皆是，他们这一次要取得女娲石来通过大比第一轮，最好的办法也就是击倒妖族。只不过徐仙策本来打的主意是找到一个正好有女娲石，又尽量弱一点的妖族打打，所以才与乔野雄来到东海，可万万不承想碰上的竟然是上古五妖之首的万年。

何慕慈道："这等事不是我们能知晓的，我们唯一的出路，便是逃出去。"她扫了一眼面前的四个人，慢慢道："徐师弟，乔师弟，陈师弟，小淇，我们既已同陷于危境，就只能同舟共济，共赴危难，绝不可弃同伴于不顾。"

何慕慈虽然比其余几人年长无多，但为人处世，实远在他人之上。除了邵淇，另外三人她也是初见，但已然看出几人的性情。她对陈简之倒还没太大担心，最担心的还是徐仙策与乔野雄，特别是徐仙策。

徐仙策其实听得出何慕慈的言外之意。他心头还有点犹豫，却听乔野雄忽道："何师姐放心，我和阿策一定与大家共进退，定要一同脱险！"

乔野雄向来话不多，但这话说得却是铿锵有力。徐仙策心一横，点头道："阿雄说得不错，我们定要齐心协力，方能逃过此难。"

陈简之在一边忙道："何师姐，你说，现在我们该怎么办最好？"

陈简之见到何慕慈与邵淇两人的道行，便已佩服不已，而乔野雄和徐仙策二人的道行亦是让他自惭形秽，现在这等情形，更是有点茫然不知所措，不论是谁拿个主意都是好的。何慕慈略一沉吟便道：

“硬闯是闯不过去的，水也越来越大，先找个安全的地方再说。”

现在已是晚潮了，海水不断涌进洞来，虽然不至于将整个地穴都淹没在水中，但现在水已漫上了小腿，只怕很快就会有没膝之深。徐仙策是乾元山弟子，精擅火术，在这等拖泥带水的地方连一半的威力都发挥不出来，见水越来越多，本来就有点发慌，听得何慕慈此言，连连点头道：“何师姐说得极是，快找个干燥的地方吧。”

他刚说罢，身后突然传来了一阵轰隆隆的响动。这声音有若排山倒海，仿佛整个地穴都要塌下来一般。陈简之吓了一大跳，扭头看去，只见身后突然间洪波涌起。他吓得魂不附体，叫道：“是……是万年醒了！”

这等声势，自然是万年醒来了。何慕慈心中一沉，万年醒来这事，她比旁人更为担忧。自己的八九玄功能够挡住万年的幻身，但她也很清楚肯定然挡不住万年的真身。岂但自己，己方这五人合力，只怕亦不是万年的对手。好在万年的封印并未解除，每天只醒来两次，每次也不过醒一个多时辰，过后仍将沉睡，只消撑过这一个时辰，便又赢得五个时辰了。在这段时间，未必就不可能逃出去。只不过要逃过万年的真身实非易事，以前万年不知自己有八九玄功，还能凭借此术隐藏起来，躲过万年的搜捕，可现在却没这机会了。此时地穴中水势大涨，定是万年醒来后全力催动水势，为的正是要逼何慕慈用出八九玄功来。一旦用出了玄功，万年马上就能觉察到自己的所在，那时这雷霆一击便再没有人能挡得住了。

她正在犹豫，水却升得极快，方才还刚没过脚脖子，马上已然过了膝盖。这水再涨起来，便要连头顶都淹了，陈简之扶着谢必安，更是着急，叫道：“何师姐……”

他心想邵淇和何慕慈是昨天中了曾罗睽之计被打下地穴来的，万年每六个时辰醒来一次，何慕慈至少经历过两次万年醒来了。她能躲过万年两次，必定能躲过第三次。何慕慈咬了咬牙，心想纵然饮鸩止渴，也只能且顾眼下了。正欲施术，哪知面前“咣咣”数声，却是平地升出了一排木桩，将这凹陷处围了起来。这些木桩一根接着一根，便如精心凿好了打下的一般，水透不入，立时将那些奔涌的水挡在了外面。何慕慈略略一怔，已知定然是那个终南山的乔野雄使出的木遁术。她向乔野雄微微一颔首，心道：“这乔师弟挺强啊，那天为什么要打这等投机取巧的主意？”

那天她与邵淇遇到的两个偷入证道殿偷看大比章程之人，正是一个终南山弟子，另一个来自乾元山。那终南山弟子能硬扛自己的半式太一天章咒，另一个乾元山弟子更是强行击破了邵淇的土遁术，都大非寻常，让何慕慈印象极深。方才见到徐仙策用了那招“焦金烁石”时，她便有点怀疑，但那天接下“焦金烁石”的是邵淇，她只是与那终南山弟子过了一招，因此还无法确认。待乔野雄使出木遁术，其中精微处正与那一日扛下她那半式太一天章咒时一般无二，她这才再无疑问，那天晚上遇到的那两人定然就是这徐乔二人。这两人定然是知道了大比第一轮是要取得女娲石，所以已在东海做好了准备，结果阴差阳错，反被万年拖了进来。

好在小淇尚未觉察。何慕慈想着。邵淇疾恶如仇，眼里揉不得沙子，如果发现徐仙策和乔野雄正是私入证道殿之人，只怕会当场翻脸。现在大家都在万年的威胁之下，只有同舟共济方有逃生的机会，这当口绝不能起内讧，所以还是权作不知。想到此处，她小声道：“乔师弟，多谢你了。”

乔野雄其实也已认出了何慕慈正是那天在骷髅山证道殿后险些擒下自己的那人。他性情耿直，那一回被徐仙策撺掇去偷看章程后，心中一直有点自责。当时何慕慈手下留情，他亦是清楚，现在又是她救了自己，更让乔野雄有点不敢面对这位凤凰山师姐了。见何慕慈感谢自己，他眼中已然闪过了一丝不安，徐仙策眼快，心想乔野雄是个老实人，只怕要将那天的事不打自招了，忙道："这地方还有别的出口吗？"

陈简之道："出口嘛，倒是有一个……"

徐仙策和乔野雄二人是小船被万年的幻身打翻后，被万年从水底拖下来的。若非乔野雄的木遁术强悍，一路护住自身，只怕早已被万年的幻身撕成碎片了。他对万年已是心有余悸，心想进来的那个口子被万年封住，想出去非得击倒万年不可。只是与万年的几个幻身一战，徐仙策已知纵然集五人之力都未必斗得过，更不要说对付万年的真身了。唯一的办法，就是另寻出路。听得陈简之说还有一个，他急道："有那地方，为什么不从那儿走？"眼珠转了转，又道："是不是被封住了？"

陈简之点点头道："有两个妖人守住了洞口，而且离地数丈，出不去的。"

徐仙策听得有妖人，却也有点迟疑，问道："那妖人厉害吗？"

陈简之一怔，心道那两个妖人都不是易与之辈，但要问究竟有多厉害，却也说不出来。但那姓常的有极乐瘴奇毒，而那姓杨的亦曾一掌将自己击落地穴，即使那个翻板洞口真能出去，但这两人守在洞口，当真是一夫当关，万夫莫开，只怕比击倒万年还要难。虽然万年要更厉害，但万年毕竟不能自由行动，而那两个妖人却是在守株待兔，想从来路冲出去，怎么想都没多少可能。他正在踌躇着不知如何答话，乔野雄忽道："能不能想个办法将这两人引下来？"

陈简之和徐仙策两人却是眼前一亮，异口同声道："不错！"

他二人几乎同时开口，两人亦是一怔。徐仙策看了看陈简之，一拱手道："陈师兄，还请指教。"

陈简之道："他们守在上面，我们想出去确是难于登天。但假如把他们诱到下面来，我们有五个人，他们两人总不会比万年还难对付吧？"他越想越是不错，忖道："我真是笨，怎么一直没想到入处便是出处？"

其实陈简之也并非笨，他实是先入为主。谢必安这等本领，中了极乐瘴后神智尽失，而他自己虽然还没觉得异样，也不知会不会突然发作，因此总觉得那常杨二人根本不是自己所能敌，所以也根本没往这边想，直到乔野雄说起，他才省得己方其实已有了五个人了，实力应该已凌驾于那两人之上。而徐仙策做事向来就有点喜欢投机取巧，能走捷径就绝不多走半步。听得只有两个妖人守住洞口时，他便想到这条诱敌之计了。只不过徐仙策也没想到陈简之居然和自己想到一块去了。

邵淇听得陈简之说得热闹，仍是有些犹豫，问道："可是，这两个妖人先前就不肯追下来，现在想诱他们下来，办得到吗？"

陈简之被邵淇一反问，便是兜头浇了盆冷水，顿时哑然无言。邵淇看向何慕慈道："慕慈姐姐，你说这办法成吗？"

邵淇自幼对何慕慈坚信不疑，陈简之不论说行还是不行，邵淇都不太相信，只想听听何慕慈的主意，但何慕慈只是沉吟不语。

何慕慈和邵淇并不曾见过那两个妖人，先前她和邵淇刚被曾罗睺骗入地穴时便曾想强行攻破翻板破壁而出，但那翻板上下过禁咒，邵淇以黑锤强攻，竟然不能伤其分毫，无计可施之下二人这才只好另寻出路。如今听陈简之说上面又有两个妖人镇守，那就更没机会了。何况陈简之也说，先前那两个妖人便不愿冒险下来追击，只想让万年来收拾这些囊中之物，所以要引这两人下来只怕不太可能。只是想来想去，不论要击败万年冲出去，还是将那两个妖人诱下地穴捉住，从那翻板处出去，希望都是如此渺茫，因此纵然邵淇追问，何慕慈也仍是不语。

此时水声越来越急，乔野雄布下的那堵挡水的木桩墙有四尺许，但地穴中的海水已经涨到了三尺半。五人心知万年醒来后定然已在四处搜寻着，躲在这儿虽然暂时避开了水淹，却也成了坐以待毙，但下一步该怎么做，却是谁也没有主意。除了陈简之，另外四人都算得中洲这一代修道弟子中的佼佼者，但一时间都有点茫然不知所措。

十三

当听得不夜城下隐隐传来的海潮之声，曾罗睺心中忽然有点不安。

这是涨潮时海水涌入地穴发出的。对岛民来说，这等声音在海岛上极为平常，谁也不会在意，但曾罗睺知道，随着涨潮，地穴中的万年就会醒来。

其实直到现在，曾罗睺根本不知万年到底是什么模样，但他知道自己在蓬莱岛上安享荣华富贵，其实全是倚仗主人交给他的看护万年之任务。

万年乃上古五妖之首，受困于此，如果能解除封印，将会成为主人的最大臂助，而自己也就为主人立下了不世之功，那时岂止荣华富贵享受不尽，自己一介凡人，也定能够与天地同寿。

一想到这等美事，曾罗睺便极是兴奋。长生不死，永享富贵，从古至今，多少帝王将相都有这个梦想，而这些年来他也为此而无所不为，从修道人到无名百姓，已不知害了多少。虽然有时午夜梦回时也会心惊肉跳，但终究是开弓没有回头的箭，既然已经将身心都出卖给了主人，便只能跟着主人一路走下去。只是主人终究也不是无所不能，虽然能让他在不夜城安逸这么多年，但大限终究还是来了。主人虽然替他请动了七圣中的朱、常、杨三圣，但不曾想到原先截杀森罗殿的那朱四哥被反杀，两个森罗殿来使仍是来到不夜城里。好在主人请来的这常昊、杨显二人虽然排名靠后点，却比那朱四哥更靠谱，一举便将两个森罗殿来使打入地穴。只不过没看到这两人的死尸，也没能在勾魂伞上将自己的名字勾去，这事终是不放心。听得海潮响，曾罗睺再也坐不住，带着包礼又来到客房看个究竟。

客房中倒是安安静静，那常杨二人正相对坐在屋中，居然正在好整以暇地下棋。两人之间的棋案下便是那块翻板。翻板做得极是巧妙，外面根本看不出破绽来，看去这两人也就是对着棋枰长考，完全没什么异样。曾罗睺向包礼使了个眼色，让他去外面望风，别让不相干的人过来，便走进屋里道："常先生，杨先生，已经两个时辰了，不知这事如何了？"

曾罗睺城府极深，虽然已是心急火燎，只盼着能早点见到那两个森罗殿来人的死尸，可谈吐仍然和缓，不过心里终是在乱骂："你们这两个贼厮鸟，居然还有闲心下棋，若耽搁了这等要紧之事，看主人如何收拾你们！"

曾罗睺听主人说起过，这七圣都是极其了得之人，便是主人对他们也颇为客气，只依客卿之礼，不当他们为下属。常昊和杨显二人还不过尔尔，这七圣中的大哥却是足以与主人并驾齐驱的高手，成名也有千年之久，那是绝对惹不起的人物。俗话说打狗看主人，这常昊杨显两人奉命来为他办事，曾罗睺自然也不敢怠慢了，可这两人居然出工不出力，却也让他着恼。

棋枰上，那常昊执的白子已占上风，但他头也不抬，亦不开口。杨显倒是站了起来道："曾岛主，你来了啊。请放心，现在万老已醒，那两个森罗殿来的家伙已是死到临头了。"

曾罗睺心想这两人死不死其实没什么打紧，可自己的名字还在那人的勾魂伞上，不把勾魂伞上的名字勾了，就算杀了这两个阴差，过几天仍会有人来，自己还是在劫难逃。他道："这个啊……只是两位先生，主人说过，万年之事耽搁不得，也不能出任何差池，还请两位先生多多费心，早日了结了此事。"

这时那常昊将一颗白子往棋枰上一放，淡淡道："曾岛主，令主人是令主人，我们七圣是七圣，若不是令主与我家大哥有约，这件事本来也不干我兄弟之事。为了曾岛主，我们朱四哥已死在了这两人手上，我们比你还急着取他性命。但什么事都是欲速则不达，这两人如此了得，若是贸然出手，那才会弄巧成拙。"

常昊这人生得手短脚短，相貌也甚是粗鄙，但谈吐倒是比长得文秀的杨显还显得斯文些。只不过这话虽然还算斯文，但也说得一清二楚，便是不让曾罗睺再催了。曾罗睺没口子道："是，是。"连说了几句，又赔着笑道："不过万年每回醒来，也不过一个时辰。若是这两人能顶过这一个时辰，岂不是真要弄巧成拙了？那时便是令兄面前，也说不过去吧？"

曾罗睺是个城府极深之人，这一席话绵里藏针，面上不催，其实已然近乎威胁了，甚是厉害。杨显在七圣中胆量最小，已然有些心慌，忖道："是啊，要是万老没能收拾他们，这两个家伙真逃出去了，那才是后患无穷。"

他们七圣是依本领排行的。常昊排名第五，杨显则排第六。这两人在七人中排行倒数第二第三，道行在七兄弟中自然也是最弱，先前那四哥朱子真比他们厉害得多，而且朱子真追踪术仅次于老三戴礼，又有法像之术，乃森罗殿的克星，因此他们本以为此事十拿九稳，自己二人实只需为朱四哥扫扫尾便行。谁知朱子真竟然意外失手，两人被逼得走投无路，只得赤膊上阵，自己来对付森罗殿使者。他们确是不敢正面与谢必安和陈简之动手，所以才要设下这等计谋。计谋已然得手，可是事情还不曾做干净，难怪曾罗睺会如此着急。

常昊将手中棋子放下，也站了起来：“好吧，曾岛主，多说也无益。万老此番醒来大概能有一个时辰，那一个时辰之内，我兄弟将那森罗殿使者的两颗人头与勾魂伞带来给岛主可好？”

虽然常昊这话有点不甚客气，曾罗睺反倒如一块石头落了地，微笑道：“岂敢岂敢，两位先生是家主请来的客卿，我哪敢不信？那一个时辰之后，我再来静聆好音。”

曾罗睺这话虽然客气，但也说得明明白白了，便是一个时辰后，一定要彻底解决此事，不能再拖下去。常昊道：“好，一个时辰后请岛主再过来吧。”

曾罗睺一走，杨显便小声道：“五哥，我们是不是要下去？”

常昊横了他一眼，也小声道：“六弟，你傻了不是？有万老在，我们去冒这险做什么？何况万老被封了一千年，发起狠来六亲不认，你是想给它添菜吗？”

杨显迟疑道：“那怎么办？”

常昊嘿嘿一笑，冷冷道：“我一直在听潮水。现在刚过戌时，万老应该刚醒。不论这两个家伙多么能躲，到戌时三刻，必定会被万老找到。再顶多挨过两刻，戌时五刻之时我们定然能听到脚下的动静，那时便下去让万老不要吃了人头，我们再把勾魂伞拿来便可。”

杨显听得常昊说得如此肯定，倒也定了定神。只是他心中仍有些忐忑，说道：“五哥，我最担心的就是森罗殿的本事我们都不甚清楚，万一他们将万老也打倒了呢？”

常昊冷笑道：“六弟，你当初被你那本家斩过一次，连魂都斩没了是吧？如果万老这般容易被打倒，那它也不会只是被封印了，一千年前就已经被斩了。”

杨显没再多说。常昊所言，确是不虚，万年比他们七圣的大哥尚不知如何，但比二哥以下的六兄弟，绝对要强得太多。一千年前，万年未被斩杀，那并不是三教手下留情，而是因为当时实在无法将它除掉罢了。森罗殿的人就算再强，要击倒万年，那是绝无可能。他伸手抚了抚胸口，说道：“五哥你说得也是。不过，我怕昨天曾岛主扔下的那两个搞不好还没死，若是与这两个森罗殿之人合为一处，合力打破翻板闯出来呢？他们斗不过万年，可我们也斗不过他们了。”

常昊一怔，马上叹道：“六弟啊六弟，你真是不长脑子。你道这翻板是轻易被打破的吗？连大哥与岛主的主人都破不了地穴禁咒，便是你我下去，也得上面有接应才能从这儿出来。不然也无须岛主在这不夜城里守这么多年，那主人早就带了万年出去了。”他顿了顿，又冷冷道：“如果我没算错，底下这几个小子定然也在打着同你一样的主意，定然会回到这儿来的。我们便坐等到万老将他们收拾了，再出手不迟。”

他说着，这时底下又是一阵潮水响。客厅下面的空洞是地穴的最里端，这里也能听到潮水响，说明海水已然倒灌到最里面来了。而现在，也马上便要到他所说的戌时三刻。

正如常昊所言，此时地穴中五个人都已回到了不夜城客厅下的这个空地中来了。

这儿是地穴最里面，也是整个地穴最高的地方。别处海水都已没过了洞壁的一半，乔野雄这等高个子还能在水中站稳，而个头不高的邵淇与何慕慈若是仍在原处，只怕水都要浸到了肩头。便是站在这块地势最高的地方，如果不是乔野雄以木遁术将潮水挡住，至少也有没膝之深。

徐仙策连放了两式“焦金烁石”，但火球射去，到了洞顶翻板处却如泥牛入海，顿时消失不见。他这一式连邵淇的土遁术也能强行攻破，可竭尽全力用了两次仍是毫无效果，他重重喘了两下，叹道：“真个没用啊，这封印好厉害！”

邵淇道：“根本没有用的，你这回信了吧？”

先前邵淇便跟他说过此处根本无法强攻，徐仙策仍是不信，说世上万事，都要躬行方知有无。现在他亲手试过，这才只得承认确实打不开，点了点头道：“是啊，真打不开。”

邵淇忽道：“徐师弟，你们乾元山有几人练就了这招焦金烁石？”

徐仙策心中一动。大比前一天他和乔野雄去偷看章程，乔野雄被邵淇的土遁术困住，是他情急之下以焦金烁石强行攻破。见到邵淇和何慕慈时，他一眼就认出便是那天那两人，心中一直有点担忧。此时邵淇的口气大为狐疑，心知定是在怀疑自己了。好在他心思之快，在乾元山亦属出类拔萃，若无其事地道：“这一式是我乾元山法术的根本，我山修道之人，待到了六品便人人都会修炼此式。”

乾元山的道术与五龙山相似，分为了下四上五九品。当乾元山弟子修到第五品之时，确是人人都要修炼属于上品的这一式“焦金烁石”了。但徐仙策这句话却是耍了滑头，因为这式“焦金烁石”攻击力极强，修炼大为不易，有些资质鲁钝的终其一世也修不成，而现在乾元山上近三百弟子，能修成此式的还不到百人。只是徐仙策这话说来，似乎除了那些初上山的弟子，其余人人都会了一般。他生怕邵淇还要追问，忙道：“那万年老妖随时都会找到这儿来，我们已然躲无可躲，该怎么办？”

邵淇心道：“你问我有什么用？”转头看了看边上的何慕慈道：“慕慈姐姐，你说该怎么办？”

邵淇自幼就极其信任何慕慈，总觉有慕慈姐姐拿主意，便什么也不用担心。但转头见何慕慈神情极为凝重，也不知在想什么，与往常的镇定自若大为不同，心中不禁一沉，忖道：“慕慈姐姐都没了主意吗？”

何慕慈虽然不曾开口，其实一直在不住地思考。地穴中积水越来越深，而五人中唯有自己精擅水术，如果她不敌万年，其余四人肯定就只有束手待毙。到底该如何摆脱当下困境，她也实在想不出好的主意来。正在思前想后，忽然听得邵淇的问话，这才回过神来道：“小淇，先前你想砸开翻板时，可有什么感觉？”

邵淇道：“那时我一锤砸上，便如砸在了个空洞里一般，全不受力。慕慈姐姐，你想到什么了？”

何慕慈道：“我在想，这地穴里既然加了如此厉害的封印，便是不想让万年出去，为什么又要添加这翻板？”

邵淇亦是一怔，马上道：“这多半是曾罗睺加上去的，为的就是将人扔下洞来喂给万年老妖。”

“曾岛主不过是个凡人，他绝没有这等本事。”

“他没有，他背后肯定有人啊。”

何慕慈点了点头，低声道：“正是。万年原本受了这等强大的封印，永世都不会醒才对。但现在它能每天醒两次，定然也是曾岛主背后之人在主使。这个人显然最初是想从此处将万年放出来，但因为封印实在太过厉害，万年仍然脱不了身，所以才会让曾岛主看护万年。这个人的用意，定然是有朝一日让万年最终脱困。”

邵淇打了个寒战，小声道：“让万年脱困？难道这人是想驱使万年？这可能吗？”

万年乃上古五妖之首。妖族在千年前的封神大战后遭到的打击最大，这么多年来都是各立山头，又被五山弟子屡屡打压，一蹶不振，所以现在想找到带女娲石的妖族也大为不易。万年是与五山师父同级的妖族，邵淇实在想不出竟然还有人能驱使万年，因此实不敢信。何慕慈叹道：“所以我也想不通。以万年在妖族中的地位，实不应有谁还能高过它了。但细细想来，也只有这种可能了。否则曾岛主这等凡人，万年只消一脱困，第一个便要吃了他，他哪敢这样做。”

此时陈简之正扶着谢必安让他坐在边上。刚掉下来时谢必安还有点神智，现在却已然全无知觉，陈简之背着他从这头跑到那头，又从那头跑到这头，仍然不见谢必安有什么反应。陈简之心中越来越沉重，心想谢大哥成了这般模样，不知什么时候能够恢复。正在忐忑，听得邵淇说起万年在妖族中的地位，忍不住插嘴道：“何师姐，不是有个叫‘混沌’的妖祖吗？它难道不比万年地位更高？”

他话音甫落，从远处忽然传来一个阴恻恻的声音：“居然还有人记得混沌老祖。念在这点见识，就最后一个吃你吧。”

这正是陈简之和谢必安被击入地穴后第一次遇上万年幻身时听到的那个声音。陈简之一下蹦了起来，惊道："万年！"

他下意识地向后退了一步，但马上省得这儿已经是地穴尽头，已是退无可退。正在惊惶，却听何慕慈沉声道："大家不要惊慌，齐心协力，我们未必没有胜机！"

何慕慈的声音并不如何响亮，但这话听起来无比可靠。邵淇自不必说，徐仙策对何慕慈多少有点忌惮，但听得她的话，却也镇定了许多，向乔野雄小声道："阿雄，拼了！"乔野雄也不说话，只是点了点头。便是陈简之，虽然突然听到万年的声音有点惊惶失措，但此时也已定下了神，眼见随着"哗哗"的水声，一个黑影正向这边走来，心知那定然便是万年的真身到了，心道："是福不是祸，是祸躲不过。反正就算逃也定然逃不掉，何况这总是危急关头了吧？"

一想到那个神秘的大哥，陈简之便觉心中踏实了许多。那大哥性子古怪，但仅凭着给自己谋划便让自己顺利拿到了天星石，后来对上那猪妖时，千钧一发之际逃过了猪妖的一扑定然也是这大哥在暗中相助。在陈简之心中，这神秘的大哥实是无所不能，纵然遇到什么危险都能让自己化险为夷。他看了看角上的谢必安，心想可惜谢大哥中了毒后再无知觉，否则更增几分把握。

此时那个黑影已越来越近，到了二十余步外却停住了，却听得那人道："原来都在这里，难怪我一直没找到。"

这声音仍是阴森飘忽，又带着股轻蔑之意，正是万年。在万年眼中，这五人也就是嘴边的食物罢了，而声音的寒意更是锋利如刀，令人不寒而栗。何慕慈只是沉声道："万年，请不必多言，我五山弟子纵然不敌阁下，也绝不会屈膝。"

何慕慈自己也不过是个十八九岁的女孩，但这话说来凛然生威。陈简之在后面听得大为心折，他因为资质不佳，在五龙山众弟子中便排在了末尾，向来都有些自卑，因此一遇到什么事，首先想的便是能傍个强者，自己好在背后沾光。自从中了曾罗睺之计落入地穴，遇到了邵淇和何慕慈后，见识了这两人的高深道行，更是一心躲在后面，只想着靠旁人打头阵。万年一出现，他更是恨不得钻进石壁中去了。但听得何慕慈这不卑不亢的话，他心头亦为之一热，心道："何师姐真是勇者！"只觉胸中平添了几分勇气，下意识挺了挺胸向前迈出了半步。

何慕慈的话显然让万年也有点意外。自从千年前被封印在此处，起初根本动弹不得，直到后来意外遇到了援手才能够勉强活动，但仍然脱离不了地穴。这些年来，万年已然吃掉了不知多少落水的商旅渔民和修道之人了，有胆大的也会痛骂两句，更多的却只会磕头如捣蒜地乞怜。不管是骂的还是求饶的，万年对他们全无恻隐之心，一入口中便都血肉成泥，而那些落入地穴的也几乎全无反抗之力。只是何慕慈竟然能够硬挡万年的幻身，这却是万年被封印在这地穴中后的第一次。它顿了顿，也上前一步，森然道："不错，小姑娘，你身怀八九玄功，倒也说得这句大话。只不过，你这几位朋友想必没你这本事吧？"

万年的幻身是几个赤身怪物，只是约略有些人形，而它的真身倒是与人相去无几，只不过头顶长着双角，面貌狰狞中又不失威严。它原本站在阴影中，众人看不到它时也不过如此，待一现出真身来，几个人都心头一颤，就算最为镇定的何慕慈，亦是有点心悸，忖道："万年号称上古五妖之首，确是名不虚传。"

邵淇站在何慕慈身后，见万年这话大有轻视之意，忍不住上前一步走到何慕慈身边斥道："你这老妖怪……"

邵淇性情有些躁，这一步踏出也有些急，却不知晓自己这句话犯了万年之忌。万年虽然号称上古五妖之首，但它自己一直自视极高，自命迥出同族之上，当与妖祖并列，便是人仙二族也不足以与自己匹敌，因此当初便不愿与同族相提并论。上古五妖中，它与其余的熊、猪、猿、蝎四妖向来都走不到一块。正因为特立独行，因此在千年前的封神大战中被三教教主打落地穴封印起来。此时听到邵淇称自己为"妖怪"不说，还加上个"老"字，万年更是着恼。不待邵淇骂出什么来，万年肩头一晃，一道黑影已疾射而出，直刺邵淇。

这是一根尖利无比的硬刺。万年的幻身亦能化出这等长枪一般的尖刺，但万年的幻身变化出来的尖刺远不及这真身所化那般锋利尖锐，这根硬刺竟如一柄无坚不摧的长枪，直刺向邵淇的面门。

邵淇胆量甚大，算得是天不怕地不怕，也曾与万年的幻身正面相抗过，心想这真身就算厉害，自己总能对付，所以心中不忿便上前斥骂，只是万万没想到万年竟说打便打，出手快得如此惊人。骷髅山的力术都是以力量沉雄、威力巨大著称，但速度却非其长，邵淇一句话都不曾说完，见一根硬刺竟然已刺到自己面前，纵然胆大也不禁色变。这一刺来势之猛，只怕足以将自己的头颅刺穿，而邵淇此时甚至连躲闪的机会都没有。

也就在邵淇惊慌的一刻，何慕慈突然抢到了邵淇身前。此时那硬刺已到了何慕慈前心，只消再突进少许便能将何慕慈当心刺穿，然而就是这尺许的距离，却如起了一堵无形的气墙，有若迅雷飞电的硬刺一下顿住，怎么都刺不进去了。

这正是何慕慈的水遁术。水遁术本来便以防御极强著称，而何慕慈更是有八九玄功，她这路水遁术几有金汤之固，先前万年的幻身几次攻击都未能突破分毫，此时亦是一样，硬刺停在了尺许外总是上不了前，而何慕慈的神情也异常凝重。

万年的幻身发出的一刺就已经很强了，而万年真身发出的这一刺竟然力量更增一倍。何慕慈的八九玄功乃一门绝技，几乎能够挡住一切直接攻击，但承受住万年的这一击，她也感到了极其吃力。

难道八九玄功也挡不住了吗？何慕慈心中第一次有了一丝惊慌。当她知道地穴中的原来正是上古五妖之首的万年时，她也曾有过一丝惧意，却不曾慌乱。当初她受那位难得一见的前辈传授八九玄功时，前辈曾对她说过，八九玄功乃天下第一等的防守绝技，她也自信纵不能胜万年，万年也难奈己何。挡住万年幻身的一刺虽然有点吃力，还是不在话下，但挡住万年真身的一击竟会如此艰难，甚至，何慕慈已经有了一丝失败的不祥之感了。

邵淇并不知何慕慈其实挡得极为吃力，还只道和先前一样，只消有何慕慈顶住敌人的攻击，自己便可以趁机出击，右手迎风一晃，又现出了那柄黑色小锤。骷髅山弟子用的多半是锤杵这些重武器，邵淇用的是一柄乌金铸的破天锤。邵淇的年纪不大，却已然将那破天锤修成了如意之宝，这柄破天锤平时化成手链上一个小小的吊坠，邵淇要用时，只消手指一勾，默念咒语，破天锤立时现在掌心。此时邵淇已盘算停当，只待何慕慈将万年的尖刺挡到一边，自己便纵身而上，给万年兜心一锤，给它来一式“石破天惊”尝尝。

邵淇想得甚好，也将冲出去了，但就在这时，那根正抵在何慕慈身前的硬刺突然如菡萏乍放，尖端作六瓣炸开，当中竟现出了一支长枪。这支长枪竟是皎若白雪，没一点斑痕，白得耀眼。

那根硬刺竟然只是枪鞘!

邵淇惊得“咦”了一声，何慕慈的神色亦是大变。她这路八九玄功虽然还不曾完全习成，但寻常攻击对她来说已经全然无用，但这支白色长枪一出现，何慕慈便觉一股彻骨的阴寒直涌过来，她的心头亦是一凉。

十三

挡不住！绝挡不住！

几乎只是一瞬间，何慕慈便已明白。

妖族虽然与人仙两族为敌，但修行的法门却也相仿。如果道行不够，尚不能将武器炼化，便只能随身携带了。而道行精深者，武器亦能随心所欲，大小如意了。这支长枪定是万年修炼的法宝，只是甫一出现，何慕慈就知道，这支白色长枪只怕是她平生见过的最为强大的法宝了。她的师父龙吉公主是昊天上帝与瑶池金母之女，身边法宝极多，但纵然是师父的法宝，只怕也不能比这白枪更强。

只不过，如果自己闪开，那自己身后的邵淇必定是遭穿心之厄。何慕慈暗暗提了口气。她以八九玄功来运使水遁术，原本可以无形无质，让敌人难以捉摸，但随着一提气，身前一下升腾起一堵水墙。这等将无形化作有形，其实是落了下乘，因为敌人可以从中看出弱点，但化成有形后却可以提升防御力。何慕慈知道无形水遁定然无法抵挡万年的白枪突刺，因此不惜化作有形。

水墙几乎是一瞬间升起来的，而那支白枪也已刺到，正刺入水墙中。何慕慈这一式“冰冻三尺”其实是将水霎时凝成坚逾金铁的寒冰，如果对付的是寻常妖族，就算薄薄一层便不啻铜墙铁壁，任那妖族如何挣扎亦是冲突不出。而此时她凝成的冰墙已有尺许厚，便是真的铜墙铁壁也不过如此。然而万年的白枪枪尖到处，立刻冰屑四溅，虽然突刺的速度慢了许多，但显然转瞬之间便将刺透这堵厚厚的冰墙。

何慕慈的心已然沉了下来。她原本就料到挡不住，但还希望能多挡一刻，这样能让身后的邵淇有时间闪躲。只是白枪这等摧枯拉朽似的突击，自己只能阻挡极短的片刻，仍是无济于事。正待想别的方法，身前突然“咣”一声，一根极粗的木柱拔地而起，挡在那堵冰墙后。

这正是乔野雄的木遁术。乔野雄话虽不多，但人并不木讷，反应也不慢。他先前和徐仙策两人与万年的幻身放对，两人合力竟然只有挨打的份，毫无还手之力，已是让他心有余悸。当看到万年的真身出现，乔野雄神色全无异样，心中却其实比陈简之还要害怕，马上便准备好施木遁术了。他终南山的木遁术防御之强不亚于凤凰山的水遁术，而乔野雄更是个中翘楚，只是能不能挡住，他心中亦是没底。他随时准备出手，但万年的攻击来得如此之快，他甚至都没能反应过来。当他发现万年已攻向了何慕慈，再忍不住，立时放出了木遁术。

乔野雄出手甚快，只是当他刚以木遁术化出木桩，“咣”一声铿然巨响，直如银瓶乍破，冰块碎珠崩玉般四处飞溅，却是那堵冰墙被击破了。

冰墙坚硬无比，但被白枪如此快就突破了，而白枪正扎在了木桩之上。如果不是乔野雄施术及时，此时何慕慈只怕已被一枪穿心而过，连同身后的邵淇也难逃此劫。何慕慈的脸色也有点发白，只是她向来镇定，纵然这时也已有些心慌，但手上仍是不慢，两手一伸一缩，已从袖中同时取出了一张符纸，双手一合，贴在了木桩上。

何慕慈的左手中是一道丁圣赤圣符，右手则是一道壬圣黑灵符。这丁赤壬黑二符乃凤凰山的镇山之符，二符阴阳相生，向来都是一同运用。何慕慈见白枪刺中了木桩，那粗如碗口的大木桩竟然马上便有从中裂开之势，已知木遁术仍是挡不了白枪的绝命一击，而她的水遁术刚被击破，再念咒语已是来不及了，便取出了这两道符。

那根木桩一被白枪扎中，立时从中出现了一道裂纹，乔野雄一张脸也已涨得通红，但随着何慕慈将两张符纸贴上木桩，木桩上的裂纹立时不再变大，乔野雄只觉身上压力骤减，这才得空舒了口气。

五山道术，都是咒符并行，只不过乾元山于此道最精，符纸变化多端，凤凰山则要单纯得多，亦是多用于守御。也正是因为专注于守御，因此凤凰山的符咒攻击力都有不足，防御却大是有余。只不过乔野雄是舒了口气，何慕慈却更是凝重。

丁赤壬黑符也当得一道水遁术，只是何慕慈的水遁术在万年的白枪下一击即破，现在纵然有乔野雄的木遁术助阵，只怕也只是多顶片刻而已。

究竟该怎么办？何慕慈脑海中瞬间已是一片空白。她心思缜密，性情也老成，加上曾有奇遇习得八九玄功，便是师父龙吉公主，也许她为凤凰山弟子中第一人。这个称号不仅仅是说她道行精深，更在于何慕慈做事向来可靠，就算遇到比她更强的敌人，她总能在最短的时间里找到正确的应对之策，就算斗不过，但自保向来有余。

只不过，现在要对付的是万年。

尽管知道不太适宜，何慕慈嘴角仍是浮起了一丝苦笑。虽说百年大比非同寻常，肯定艰难无比，但现在还是第一轮，无论如何总应该不算最难。只不过就是第一轮，自己就碰到了万年这等最难对付的大敌，运气也实在太糟了。

小淇，慕慈姐姐只怕这回护不了你了……

在何慕慈心中，突然闪过这般一个念头。她与邵淇是自幼相识的好友，邵淇比她要小几岁，那时整天就跟在她身后。何慕慈还记得自己当初有一回跟邵淇晚上回来，正值十五，见邵淇指着天上一轮圆月，便逗邵淇说谁用手指了月亮，半夜里月亮会飞进来割了那人的耳朵。当时邵淇才六岁，何慕慈半夜里醒来见邵淇仍是不睡，方知原来邵淇将自己的话当真了，吓得一直不敢睡觉。何慕慈那时又好气又好笑，才知道邵淇原来对自己说什么都深信不疑。也正是从那时起，何慕慈就暗暗发誓，将来定要好好护着邵淇。只是，当敌人是万年这等至为强大的妖族时……

不，小淇，我一定不会让万年伤了你！

何慕慈眼中突然闪烁了一下。她的丁赤壬黑符与乔野雄的木遁术合力原本仍顶不住白枪的突刺，但随着她眼中的异光一闪，便是万年也感觉到阻力突然变大了，白枪立时停住了去势。

就是现在！何慕慈正待张口让邵淇快闪开，哪知她还不曾开口，却有一道绿色人影突然冲了出去，正是邵淇。

何慕慈的水遁不敌，乔野雄突然出手相助，随即何慕慈掷出丁赤壬黑符。这一切都不过是片刻之间发生的事，但在邵淇看来却如同一两个时辰那样漫长。而何慕慈与乔野雄合力仍不是万年的对手，邵淇也已看出来了。邵淇不似何慕慈和徐仙策那样会谋定而后动，在邵淇心中，斗不过，便接着斗，哪里动过逃跑的念头。原本邵淇就已准备以破天锤给万年来个兜心一击，眼见那支白枪与何慕慈和乔野雄僵持住了，自再不怠慢，飞身一跃，便冲了出去。

骷髅山乃三教中截教的家数。不论是与人、阐两教，还是与西方教相比，截教的道术多是以力破力的招数。邵淇个头不高，但力量其实远比看上去要大，先前陈简之背了个谢必安撞上万年幻身时，邵淇随手一拎便将两人轻而易举地拎了回来。此时要攻向万年，邵淇还生怕自己力量不足，飞身出去时人便如陀螺般悬空转了两个圈。破天锤转得一圈，力量便要大得一倍有余，邵淇连转两圈，力量已是寻常的四倍之多，人也已经冲到了何慕慈身边，厉声斥道："中！"

原来邵淇也知自己的速度不够，因此借着旋转之势，一面是增大力量，另一面便是使得破天锤掷出时速度更快。

不能增加自身的速度，便增加武器的速度。邵淇年纪虽小，但这一出手却大有气度。而破天锤乃如意之宝，小时如芥子，此时却已直如巴斗般大了，随着两圈转过，势带风雷，砸向了万年。

站在最后面的陈简之看得有点目眩神驰，暗暗咋舌。他的道行远没他们这般高，本来见万年这一击势不可当，已是胆战心惊，但何慕慈与乔野雄硬抗在前，邵淇趁势反击，他心中也顿时平添了几分勇气，正想着自己该如何助攻。他五龙山惯用的也是枪术，但五龙山弟子中最强的大师姐或二师兄秦崇素，也定然远不及万年这枪的威力，更不要说是五龙山弟子中排到末尾的自己了，就算把吃奶的力气都使上，都未必能伤到万年分毫，哪里想得出有什么可用之策？虽然默念了一遍"六气浩荡，为道为玄……我入天一，混化精轮……"，却仍是不敢上前。见邵淇这一锤如此了得，陈简之反倒松了口气，心想这一锤非把万年砸成肉饼不可，自己多半不用去现丑丢人了。

他正自想着，邵淇的破天锤已然到了万年心口。万年的真身狰狞如鬼，身体亦是黝黑如铁，只是当邵淇的破天锤眼看就要砸到它心口时，万年的背后突然又探出了一条手臂，一把托住了破天锤。乌金破天锤沉重非常，何况邵淇还借转了两圈之势，此时只怕已有千钧之力，然而万年的这条多出来的手臂看似柔若无骨，却韧性非常，一托住破天锤，邵淇便觉破天锤仿佛砸进了一团极浓极黏稠的胶水里一般，锤上的猛力顿时冰澌瓦解，立被化去，心中一慌，忖道：“糟了！”

原来金刚大力，能摧万丈巨木，却不能折断寸草，便在于柔能克刚。邵淇这一式“石破天惊”至刚至猛，便是生铁也能砸成碎屑，可是碰到这等柔劲时却遭克制。万年方才这白枪突刺亦是刚猛无比，邵淇便想以硬碰硬，与万年斗个真章，哪想到万年竟然能够同时发出刚柔两种力量。此时破天锤已然发出，又似被粘住了般收也收不回，反遭万年拖近。若是再拖到近前，只怕万年还会有致命一击，唯一的办法就是弃锤而走。只是这破天锤是邵淇苦修成的随身如意兵器，哪肯放弃，咬了咬牙，索性再不保留，将余力尽数发出，心道：“看你这老妖的柔至之力厉害，还是我的刚极之力厉害！”

只是邵淇的力量已然快用到了极致，可万年这一掌之力却如深渊大海，竟仿佛无穷无尽一般，只怕不消片刻，邵淇便要连人带锤都被它拖到身边去了。也正在这时，却听得有人厉声喝道：“炼狱火海，破！”

这是徐仙策的声音。徐仙策为人精细，城府也深，寻常出手总要留一分余地，这样总能留好退步。当万年一出现，他首先想到的便是不可与之争锋，快快逃走方是。只不过此处实是地穴的尽头，那个翻板处根本出不去，现在纵然能暂时逃走，也不过疲于奔命罢了。只不过纵然如此，徐仙策首先想的还是给自己留条退路，让别人先上去拼。只是他没想到乔野雄见何慕慈情形不利，竟然会抢上前去替何慕慈挡了一下。他与乔野雄情同兄弟，就算想逃也总得拉上乔野雄一块逃，见乔野雄竟然去背这木梢，心中暗暗叫苦，伸手从袖中抽出了一张符纸。他原本带了二十多道欻火诛邪符，但被万年的幻身拖进来时为了保命用了十多张，先前见到陈简之时他又用去了三张，此时已然只剩了四道符了。情急之下，他符咒同用，又掷出了一道。

只见一道火光如同强弓射出的疾矢，射向了万年的肩头。其实这式“炼狱火海”若是平地上使来，威力更大，但地穴中已是积了没膝深的海水，徐仙策的火术尽遭克制，威力已不及平时。也正是想到此节，因此徐仙策将符咒同用，来了个双份，威力已不减平地。

万年此时一面以白枪突破何慕慈与乔野雄的遁术，一面在抵挡邵淇的锤击，当徐仙策放出的火焰冲到时，肩头一磨，从背后却又伸出一条手臂来，一掌顶住了徐仙策放出的火球。火球虽然不似邵淇的破天锤那样力量沉雄，但万年这一掌却分光捉影，轻描淡写便捉在了掌心，正待乘势一捏将余火捏灭，哪知一捏之下，火舌却并不熄灭，反倒突然间暴长，顿时将万年这只手燃了起来。原来徐仙策甚有智谋，见万年如此厉害，而这地方又是拖泥带水，实不利他的火术，因此符咒同用，却是有先有后，将欻火诛邪符隐藏在咒术中，又有意将这一式的名称都叫了出来。万年见他口中厉声断喝，随即发出火焰，先入为主，只道仅是咒术，哪里想到里面还有一道欻火诛邪符。欻火诛邪符若是寻常用时，也不过是给咒术增加点威力罢了，但万年这般捏下，欻火诛邪咒却是在万年掌心爆发。平时燃放烟花爆竹，都须在空旷之地，如果放在盒中燃放，有时甚至会伤害到人。而火术亦是如此，加上徐仙策孤注一掷，施展的乃三昧真火，这一下更是厉害，万年这只刚生出来的手立时如同沾了火油一般被烧了起来。而三昧真火遇水不灭，越发烈焰熊熊。

徐仙策眼尖，一眼便见万年这只手霎时烧得变形，心头一喜，暗道："饶你奸似鬼，喝了老子的洗脚……"只是这念头刚起，却见万年身形一晃，背后忽地又长出了一条手臂。

这已是第五条手臂了。原来万年有八臂，每一臂都能幻化出一个幻身。他只用了三条手臂便已将三个少年克制得缚手缚脚，因此对付徐仙策时已有些托大。谁知徐仙策道行未必比旁人高，却真个如游鱼之滑，机变远在旁人之上，将欻火诛邪符隐在这一式"炼狱火海"中，万年一时不察，还真个着了道儿了，一臂被徐仙策的三昧真火烧伤。只是它生有八臂，这第五条手臂一伸出来，与正在被灼烧的那条手臂双掌一合。虽然徐仙策用了三昧真火施展欻火诛邪符，趁虚而入伤了万年一臂，可道行终究较万年差得尚远，万年双掌一拍，火势立时化作亿万点火星，纷纷扬扬四散。这却是分而击之之术，合在一起时三昧真火连万年都能灼伤，但一变成无数小小火星，纵然能在万年手上灼出个小点来，但这等伤比针尖还小，于万年自是分毫无损。

徐仙策本来觉得自己这处心积虑的一式纵不能一举扭转乾坤，也能重创万年，谁知开心都还没来得及就已被破，心中更是惊惧，方才的一点战意更是烟消云散，已然只剩下了逃跑的念头。只不过乔野雄现在正受到万年极沉重的压迫，根本动弹不得，而且徐仙策也清楚，自己就算逃亦是逃不出去，饶他足智多谋，机变百出，一时间竟是心中一片茫然。眼见万年已将邵淇拖到了近前，空出来的双臂正要一左一右搭上邵淇双肩，一颗心几乎要跳出喉咙口来，心道："快逃啊！"却又连半点声音都发不出。

邵淇也知道自己已然到了千钧一发之际，但万年的力量大得无以复加，而且掌上似有一股极强的吸力，就算现在自己想要弃了破天锤亦是再挣不脱了。邵淇自幼便天不怕地不怕，骷髅山更是号称"无君于上，无臣于下，无四时之事"，从来就不把任何事放在心上，现在死就在眼前，邵淇虽然眼中也露出一丝惧意，但更多的是愤恨与不平。

纵然要死，死前也要给这妖怪一记重创！

虽然徐仙策的火术被万年一下拍灭，但邵淇的信念却如扑不灭的烈火，更是熊熊燃起，便是万年这样全无恻隐之心的妖物，不禁也有点咋舌。自从千年前被封印在这地穴里，漫长的岁月里它还从来没碰到过如邵淇这般有如此旺盛斗志之人。

虽然道行还不算太高，但吃下这等斗志的修道之人，定然对破除封印大有裨益。

万年这等绝顶妖族，已不似人族那样有喜怒哀乐，但这时也多少有点喜悦之意。虽然邵淇在不断发力，破天锤上的力量还在不断加强，但尽被万年消去，同时又将邵淇连人带锤拖近。当初它刚被封印时，待在地穴里根本动弹不得，只能靠着潮水带来的鱼虾果腹，那数百年真个苦不堪言。后来稍稍能动，也好不到哪儿去。再后来被那主人发现，曾罗睐受命在此看护自己，为它引来修道之人或是渔民商人，此时万年才算开始看到了破除封印的指望。从一开始动不得分毫，到现在一天随着涨潮醒来两次，每吃掉一个人，便恢复一分，而若是吃掉了修道之人，那人道行越高，万年恢复得也越多。眼前这五个少年都是修道之人，这回一举吃掉，搞不好马上就能解除封印了。

万年越想越是得意，而此时那两条空下来的手臂一下搭到了邵淇的双肩上。万年的力量之大，实非凡人能敌，而它的手臂又能柔能刚，方才还其软如绵，全不受力，但一搭上邵淇的肩头，却霎时化作钢铁一般。

再一用力，将这少年双肩琵琶骨捏碎，他便再使不出半分力气来了，然后自己再细嚼慢咽，将这五人一个个地吃掉。万年仿佛已看到了这副情景，也仿佛听到了这几个少年被自己咬断时发出的惊恐万状的惨叫声，正待发力之时，眼前一道红影一闪而过，只听得有个人厉声喝道："混蛋！"随着骂声，一道黑光一掠而过。

那正是陈简之。

方才见到何慕慈和乔野雄两人合力仍不敌万年的一枪之威，邵淇发锤反被擒住拖近，徐仙策施术全然无功，陈简之已是吓得半死。

他自知凭自己的道行，实较那四个差了许多。连何师姐都不是万年的对手，自己上前，只是白白送死。徐仙策是想着逃跑，陈简之却是连逃的念头都没了，因为他自知想逃都逃不掉，纵然用上了太上飞步咒与鬼步牌，亦只是垂死挣扎罢了，只怕死得更惨。

可难道就这样等死吗？陈简之心中终是不甘。然而就算不甘，却也没什么办法好想。先前在对付万年的幻身时，陈简之曾经想借速度来增加拳术，可那时他打出的一拳力量倒是不小，却也根本打不到幻身，现在要对付万年真身，这等雕虫小技定然毫无用处。

到底要怎么办？

陈简之已是又气又急又怕，正在不知所措之际，已见邵淇被万年的两臂抓住了双肩。看样子万年再一用力，就要将邵淇撕成两半了，他心头忽地一热，也不知哪里来的力气，伸手便一拍腰间的鬼步牌。

太上飞步咒他早就已经准备好了，一直不敢冲出去，此时见邵淇命悬一线，已全然忘了害怕。尽管他清楚知道，自己上前亦是救不回邵淇，只是把自己的命都送掉，但他脑海中已是一片空白，只记得邵淇曾经救过自己与谢大哥，那么自己就算拼掉性命，也不能眼睁睁看着邵淇死在万年手里。

太上飞步咒与鬼步牌叠加使用，这等速度纵然不能说是独一无二，亦是数一数二。就在陈简之将要冲出的一瞬，右手掌心突然一凉，一个东西塞了进来。

十 四

那是什么？陈简之正盯着前面，但眼角余光还能看到一些。借着余光，他已然见到手中多了一把黑色的腰刀。

这正是谢必安的刀！

谢必安的两把黑刀，陈简之印象极深。那猪妖如此凶悍，可最终还是被谢必安以黑刀斩落头颅，陈简之佩服得五体投地，实盼着自己也能有这样两把腰刀。但这腰刀乃谢必安苦修而成的如意法宝，能隐于手臂之内，陈简之自觉没这等本领，亦只能想想罢了。然而现在这把刀竟然就在自己手中，那么谢大哥醒了？

一刹那，陈简之已是信心百倍。对谢必安他极为敬佩，因此当谢必安中了极乐瘴奇毒昏倒后，陈简之一时如同失了主心骨一般。但他也一直坚信谢大哥定能重振雄风，现在这黑刀递给了自己，那就是谢大哥醒来了，陈简之登时精神一振，连害怕也全然忘了，提刀一个箭步就冲了出去。便是风驰电掣亦不能形容，简直便是电光石火，太快了，甚至在原地还隐隐留着个残影。

“混蛋！”

以往陈简之与人放对，大多是抱头而窜告终，这等骂人亦是难得之事。但此时他只觉胸口如有烈火喷薄而出，手上的力量亦是无穷无尽，挥起黑刀斩向万年搭在邵淇肩头的两条手臂。

五龙山弟子大多练的是枪，并不精于刀术，但陈简之这一刀是以极速劈出，他道行虽不算高，可是在这等速度之下，便是寻常凡人劈出的，也足以切金断玉，更不消说是这柄专克妖族的黑刀。却见黑光一掠而过，万年搭在邵淇肩头的两条手臂已被斩断。原本万年的手臂全无骨骼，柔韧异常，就算以谢必安的黑刀去斩也不能如此干脆利落地斩断，可这时万年正准备将邵淇撕成两半，两臂已从极柔化成极刚，黑刀过处，如并剪破哀梨，霍然立断。

自遭封印后，被万年拖入地穴来的人也有反抗的，但从未有谁伤得了它，便是眼下这次，万年也还没受过伤。陈简之道行甚低，万年虽然知道他有一手极速神行的本事，但因为力量不强，因此并没放在心上，谁知就是这个它最看不起的陈简之一举伤了自己两臂，饶是万年是妖族绝顶，也疼得惨呼一声。

陈简之自己也没料到真能伤了万年，因为一心想救邵淇，所以这一刀斩的是万年双臂。其实他若是将黑刀当头劈去，万年一时大意，措手不及之下，这一刀只怕会将万年的半个脑袋都斩掉。见一刀见效，陈简之信心倍增，心想谢大哥借自己宝刀，自己绝不要辜负了。谢必安给他的鬼步牌只在百步之内有效，太上飞步咒虽然没这个限制，但也极耗真气，并不能持久，只能趁现在还能神行如飞，一举取胜。他一刀斩断万年的双臂，人仍是向前猛冲，一下踏上了洞壁。他的速度实在太快，竟然飞檐走壁，踩着洞壁冲了上去，踏着洞顶转了一圈，又回到了原地，只是这一刀却是劈向了万年的头颈。

陈简之道行不算如何高深，但这一手却是大大出乎万年意料。万年被斩断了两条手臂，已是又痛又怒，恨不得将陈简之马上碎尸万段。谁知陈简之道行纵然不高，速度却是快得要赶上五山师父那一级数了，这一失算，陈简之的黑刀已然斫到了万年的头边。

真要赢了！陈简之心中已是说不出的激动。在五龙山时，师兄弟看他都是一副不屑一顾的神情，而他也向来自认资质太差，只有给人溜须拍马的份。能够夺到天星石已让他喜出望外，他也一直觉得自己定然通不过大比第一轮了。谁知因缘巧合，得了那神秘大哥之助，又遇上了谢必安，随后又得逢何慕慈诸人，现在这个最难缠的万年居然也要毁在了自己手下，陈简之简直想要欢呼出来。只是就在他以为马上便一刀决胜的当口，一道白光忽地从斜刺里冲出，正刺中黑刀的刀口。

黑刀是谢必安的宝物，极其锋利，却也不是坚不可摧，先前谢必安的右手刀便在对付猪妖时被那猪妖一口咬去了一大块。此时那道白光正迎在刀口上，却是“当”一声炸响，刀身化作了无数黑色碎片。

那白光正是万年的那支雪枪。万年见势不妙，居然被陈简之攻到了近前，情急之下，收回雪枪迎敌。谢必安这口黑刀虽然锋利无比，可是刀锋对枪尖，却成了以己之不足对敌人之有余，雪枪枪尖一下将黑刀从中击断，前半立成碎屑。

当黑刀碎裂的当口，陈简之的心仿佛高楼失足，一下直堕入深渊中去了。他对谢必安极有信心，以黑刀斩断了万年二臂后，更是信心爆棚，心想谢大哥这把宝刀定能斩妖除魔。谁知一击之下，黑刀竟会毁在雪枪之下。

纵然手无寸铁，陈简之的斗志反倒愈盛，心想现在正在全力前冲，就算转身逃跑亦来不及，一不做二不休，索性继续前冲。那黑刀的刀头已断，他手中还握着半把。这半把断刀虽然已经没了刀尖，刀刃也失了一大半，但总还剩了两寸刀口。陈简之紧握着这半把断刀，仍是疾电一般前冲。他只剩了半把断刀，威力虽然弱了，可目标也小了，万年再想以雪枪刺中他却也大为不易，反倒被陈简之在奔跑中趁隙割了两刀。只是万年受到的这几处小伤竟如抽刀断水，伤口随即愈合，刀过无痕，便是被陈简之割断的那两臂，竟然也在慢慢长出来。只是万年这么多年来根本无人能伤它，偏生被这么个五龙山小弟子连伤数次，便是它自己都没想到，不禁又恨又怒。

此刻的陈简之反倒极是平静。大敌当前，就算害怕也难逃一死，那就干脆殊死一搏。他在五龙山上的几年，因为修行一直没什么大进展，总是被师兄弟当成笑柄，而他自己也颇为自卑，觉得自己可能不是这块料。只是他心中一直有着进入琅环阁的梦想，这才坚持着走到了现在。而这一路走来，他也已隐隐觉得自己并不是原先想的那么弱，那个神秘大哥也说过，自己既然能拿到天星石，就算是得了大哥的指点，也说明自己并非朽木不可雕也。

陈简之的心中已是如在燃烧，而身体也已开始发烫。原来不论是什么，速度越高，便会因为与周遭的空气摩擦而发热。陈简之此时的速度实已超越了自己的极限，他叠用太上飞步咒与鬼步牌共有两次，每次连一百步都不曾跑完，因此不太感觉得出来。但这一次却已将自己压榨到极限，身体立时发烫。若是再这般狂奔下去，他只怕会和一颗流星般烧起来，但陈简之哪里还去顾虑这些，只想着快些，再快些，定要将这妖物斩杀。

陈简之的速度太快了，此时就连离他最近的邵淇都快要看不清

他的身影。邵淇险些被万年撕成两半，可现在却也毫无惧意，仍不退下，两个眼睛睁得溜圆，紧盯陈简之从地上冲上洞顶，又从洞顶冲到洞底，洞底的积水也被陈简之冲开了一条沟，因为陈简之的速度实在太快，积水居然都合不拢，仿佛海水到了此处突然凝结了一般。

陈简之意外的强悍让邵淇又惊又喜。邵淇一直以为这个五龙山弟子道行低微，连灵兽都只是个海龟，也就是速度快点，没想到竟然能快到这等程度，而仅凭这一手极速竟让万年也不得不退守，更是意想不到。邵淇将手中的破天锤紧了紧，只待俟机再攻出一锤。只是陈简之这么快，自己贸然出击，弄不好反会伤到陈简之，因此甚是犹豫。

就在这时，却见陈简之的身影突然一滞。本来他飞奔的身影仿佛在万年身周环了个淡红的圈，然而速度突然间降低，这个红圈立时消失，而陈简之的身影也立时凸现出来。

就是这时候！邵淇心知定是陈简之这路神行术已到了尽头。他失去了速度，万年便有恃无恐，马上就会反击。方才陈简之突然出手救了自己，让邵淇极为感激，这一次自不能眼睁睁看着陈简之被杀掉。眼见万年已将那支雪枪举了起来，便要刺向陈简之，邵淇再忍不住，厉喝道：“力破千钧，中！”心中默默道：“红珠儿，拜托你了。”

破天锤“呼”的一声，脱手飞出。只是在飞出之时，破天锤周围火星四溅。原来邵淇此时也多长了个心眼，方才一锤被万年接住，结果连自己都差点丧命，因此这一次用上了灵附术。所谓灵附术，便是将灵兽与武器合二为一。五山弟子能召来灵兽的都是道行已有根基的弟子，而能够用出灵附术来，更是得修到相当高的阶层了。破天锤刚脱手飞出，水声响动，邵淇身后两个黑影已然破水冲出，直取万年的下盘。

何慕慈和乔野雄也动手了。他二人方才被万年的雪枪逼得岌岌可危，水遁木遁竟然都挡不住万年一枪之威，正在竭尽全力之际，陈简之突然冲出，迫得万年收回雪枪，两人压力顿消。只是他们的危机虽然暂时解除，陈简之却已骑虎难下，何慕慈知道陈简之以这等高速转圈绝不能持久，一旦速度减慢，那万年的反击就是陈简之根本无法抵挡得了的。她凤凰山道术虽然是遁玄两术见长，法术中最有威力的便属灵附术了。

何慕慈道行精深，要召灵兽已不必用符，心念一动便能召出，随身宝剑也修成了套在右手中指上的剑环。她的灵兽便是那头叫阿瓠的细犬，何慕慈将右手握拳向下一指，中指剑环一下脱出，阿瓠同时出现，猛地向万年扑去。而就在阿瓠扑出的几乎同一刻，她身后的乔野雄亦是喝道："烈牙，上！"

乔野雄与何慕慈想到同一处去了。乔野雄的遁术极强，只是在万年的雪枪下几乎不堪一击。他性子忠厚，却不是迟钝，心知如果不救陈简之，那自己马上又要重陷危境。为人为己，都必救陈简之不可。乔野雄用的是铁爪，灵兽则是那头名叫烈牙的乳虎。烈牙先前曾遭万年的幻身刺伤，好在伤势不重，这灵兽性肖主人，也和乔野雄一般持重质朴，这点伤自不在意。他和何慕慈几乎同时使出灵附术，烈牙与阿瓠这一虎一犬不约而同地扑出。

当陈简之速度突然降下来时，万年见有隙可乘，雪枪已然疾电一般直刺陈简之前心。原来陈简之的鬼步牌能在百步内快如闪电，而沿地穴四壁转一圈总得二三十步，一瞬间三四转已然耗尽了百步之效。鬼步牌用过后不能即刻便用，现在陈简之已然只剩了太上飞步咒的效用了。其实他现在的速度仍是不低，但只凭太上飞步咒终不在万年眼里，陈简之见万年举枪刺向了自己，心中一慌，耳畔却忽然听得有人喝道："还不用?!"

这是大哥的声音!

这大哥一直不肯现身，也从未真正出手过，但总是在危急时刻出现。陈简之正有些慌乱，一听得这声音，心顿时定了不少。他脚下仍然不慢，右手黑刀以尾指钩着，双手的拇指、食指和中指三根手指却极快地交叉变化。

若是邵淇见到他这时候这般搬手指，多半会斥他不知好歹，但陈简之此时正面对着万年，旁人自看不到他这个举动。万年原本已要一枪刺死他，见到陈简之这个手势，雪枪竟然不由自主地一顿，万年惊道："你怎么……"

这还是万年第一次惊愕。只是没等万年这话说完，破天锤已到。邵淇为了救陈简之，这一锤是对准了雪枪枪尖掷出。如果是寻常一掷，枪尖不过极细一点，邵淇未必有那个准头。但这一锤用的是灵附术，锤上附着小红鸟红珠儿，其准无比，正砸在雪枪枪尖上。

若是寻常的长枪，这样正中一锤，枪头非砸下来不可。但万年的这把雪枪乃它周身精血所化，连谢必安那把专克妖族的黑刀都能击毁，邵淇的乌金破天锤虽然沉重坚硬，却也不能伤它分毫。只是这一击力量之大，让万年亦是一颤，雪枪不由得退后了两尺，此时再想刺陈简之自是不能了。

好大的力量!

万年也微微一惊。眼前这几个少年，年纪不大，但全都身怀绝技，原本以为最弱的陈简之更是有如此惊人的速度，居然能让自己遭受重创，而邵淇这一锤让它也不得不加意提防。它心惊之下，左肩一晃，又是一条手臂伸了出来。万年最多能伸出八臂。先前伸出了四臂后有两臂被陈简之斩断，现在用出的乃第五条手臂。

万年得道万载，除了被封印的这一千年，以往与人相抗，除了千年前被封印的那次封神大战，从未同时动用过七条手臂以上。对付这五个少年居然要用到五条手臂，万年自己也有些吃惊，同时也更为兴奋。

将这五个少年吃了，道行必能大长，说不定真能借此彻底破除身上封印。

第五条手臂一伸出，“啪”一下又托住了破天锤。万年只道仍和上一回一般，哪知它的手掌刚贴到锤面上，掌心突然一痛，掌背凸起了一个红点，随之一道红光破肉而出，正是小红鸟红珠儿。

邵淇的红珠儿现在攻击力还不算很强，因此附身在破天锤上，趁万年托住破天锤时化作红光射出。亏得万年的手臂是腕足所化，并无骨骼，不然这样破了个洞，这只手立时便废了。可饶是如此，亦是疼得万年再抓不住破天锤了，这乌金破天锤又化作一道黑光飞回邵淇手中。也就是这时，烈牙与阿瓠两只灵兽已然扑到。

烈牙和阿瓠本身就有爪牙之利，此时又用了灵附术，锋芒更增。两头灵兽一左一右，而万年一只手掌刚被红珠儿穿破，正在护痛，双腿一下被两只灵兽连皮带肉撕下了一块。纵然是万年这样的得道妖物，也经不起接二连三地受创，嘶吼一声，踉跄着退了半步。而此时，陈简之正好又沿着洞壁狂奔了一圈，来到万年的身后。

明明已经失去了速度，却突然间又和先前那样极快，即使是万年，对陈简之这个微不足道的小人物都有点莫测高深之感。而陈简之这一圈跑下，脸已是涨得通红，只是双眼更是灼灼有光。

这便是那神秘大哥传他的最后一招，大哥说过，不到最后关头不能使用，陈简之学会后也不知是不是真的有用。方才鬼步牌突然失去效用，他的速度霎时失去了一半，眼见难逃万年的一枪，幸亏邵淇飞锤助了他一臂之力，抢到了最宝刻的一刻时间，他终于将那最后一招用了出来。

陈简之自从上山第一天起，便被告知，五山的法、遁、玄三术，施用的方法只有符、咒两种。符便捷而有限，咒只消体力允许一直可用，但总要耗费一定时间，因此两者相辅相成。陈简之因为还没修满五龙山的外七品，能画的也只是些初级符，现在等于只能用一条腿走路。然而大哥跟他说，其实施术的方法还有第三种。

此时，陈简之用出的正是这第三种。

大哥跟他说过，这一招一旦用出，便能短时间里使得道行大长。然而这一招也有个极大的代价，便如本来能装一斤米的袋子硬要塞进两斤米去，超过能承载的量，袋子也会破，因此这其实是玉石俱焚的一招，绝不能乱用，只有在走投无路之时方可以之保命。陈简之以前也从来不敢动用，但这一次已然定要丧命在万年枪下，自是到了走投无路之时。而一用出，果然就算鬼步牌失效了，速度竟然也能达到太上飞步咒与鬼步牌叠用的程度。

假如在叠用的时间再用此招，岂不是速度还能加倍？只是用鬼步牌他还能狂奔百步，用了这一招后，才跑了二三十步，陈简之便觉周身骨节都仿佛要散架了一般。

怪不得大哥不让自己乱用，原来还有这等后果。陈简之想着。只是燃眉之急终已解除，自己再一次冲到了万年身边，而此时正是万年连遭三下重创之际，陈简之则就在万年边上，他想也不想，挥起手中那把残刀，一刀斩向万年的后颈。

这一刀势在必中，陈简之也暗暗舒了一口气。这一战凶险至此，每个人都是在刀口舔血，而现在终于要结束了。

他心中已然在高兴，然而却听得邵淇突然尖声叫道："小心！"他还不明白要小心什么，突然身上一紧，仿佛有条巨蟒突然凭空出现缠住了他，连双臂都动弹不得，这一刀哪里还斫得下去。百忙中低头一看，却见自己身上已缠上好几条长长的腕足，如巨蟒般将他缠得再不能动。

那是万年手臂的本相！

万年已经现出了五条手臂，除了其中一条化作雪枪，另外四条中有两条被陈简之斩断，一条被邵淇的红珠儿击伤。此时这四条手臂尽已现出本相，刹那间将陈简之缠了三四圈，那支雪枪也刺向了陈简之的前心。

原来万年也知这几个少年大是棘手，因此不顾受创也要将离得最近的陈简之先拿下。这条孤注一掷之计最终得逞，虽然受了烈牙和阿瓠一击，这个绕着自己极速飞奔的少年却已遭擒。

万年那张狰狞的脸上露出了一丝诡异的笑意，陈简之眼见雪枪已刺向了自己心口，而他根本闪躲不了，连挣了几下仍是挣不脱，情知这条小命已在旦夕，急得大叫道："大哥！大哥！"

大哥说过，危急时会来救自己，现在当然是最危急的时候了。只是他刚叫出声，眼前一花，一个人影已冲到了近前，耳中只听得"当"一声响。

那正是邵淇。

邵淇见陈简之被万年缚住，心下不由得大急，顾不得多想，便挥锤冲上。虽然这般攻击最为直接，可方才邵淇这样攻过一次，结果破天锤被万年一下接住。纵有这前车之鉴，但看到陈简之已是危在旦夕，邵淇再不顾一切。眼见雪枪就要将陈简之前心刺个透明窟窿的时候，邵淇的破天锤已塞到了枪尖前。

万年这支雪枪是它以毕生功力炼就的随身武器，就算何慕慈和乔野雄的遁术都能强行攻破，可终究刺不穿乌金铸成的破天锤。只是这一枪扎下，枪尖处火星如泉水般涌出，陈简之耳朵都快要被震聋了，一时间还只道是大哥终于出现救了自己，却听邵淇尖声叫道："还不快走！"

邵淇虽然挡住了万年雪枪的一击，可自己也知道这一击不过是趁了万年不备。只消万年再出一枪，就必定挡不住了。

陈简之心道："要能走，我哪里不想走？"他被万年的四条腕足缠住，那些腕足能软能硬，此时真如钢打铁铸一般，没有勒紧便已是上上大吉，哪里摆脱得了？正在挣扎，却听何慕慈喝道："破！"

何慕慈平时说话都是斯斯文文，甚是轻柔，但这一句却极是森严。她方才还在邵淇身后，但身形如电，一下也已到万年跟前了。随着这一声喝，她那灵兽阿瓠忽地一跃而起，化成了一把三尺许长的利剑，斩向万年缠着陈简之的那几条腕足。

邵淇的灵附术还只能让红珠儿附在破天锤上，何慕慈的灵附术却要更深一层，有器化与兽化两种。方才出击时是以细犬的兽化形态，此时却化成了长剑。这一手变幻莫测，防不胜防，但要用出这一手就必须与灵兽和武器都靠得甚近方成。何慕慈见陈简之和邵淇都到了千钧一发之际，心知再不救便噬脐莫及，因此亦冲了上来。

十五

这一刻，陈简之、邵淇和何慕慈都已到了万年近前。最后面的徐仙策脸色却是刹那间变了。

短兵相接，已成你死我活之势。从万年出现到现在，也不过是短短一瞬间，可就在这一瞬间便成了这等一决生死的情形，徐仙策实是不禁胆寒。他在乾元山虽然还比不得号称乾元山百年不遇之奇才的师弟田毋忌，但也算是个好手。只不过他的道术威力虽然不小，但最不擅长近身格斗。与乔野雄搭档，不仅仅因为与乔野雄是总角之交，更是因为乔野雄的木遁术防御极强，正好与他取长补短。然而敌人乃是万年，乔野雄的木遁术也已不太顶用了，自己的火术也不能对万年造成多大的伤害，五人合力都有点后力不足，现在倒有三个人去和万年对抗。徐仙策心中明镜也似，方才邵淇、何慕慈和乔野雄一同放出灵附术时，虽然看上去重创了万年，但万年当时冒着被两头灵兽所伤的风险也要擒下陈简之，而且受创后竟然动也不动，受伤处竟然马上就长好，显然本来便是万年之计，灵附术对万年的伤害也并不如想象的那么大。

到底是孤注一掷地上前一拼，还是趁这当口逃走？这两个念头霎时闪过徐仙策的脑海。平时他每次遇事都喜欢先做一番评估，定下种种对策，从中选出最好的一条，但现在他能选的只能是一条不是最坏的。他也知道临阵脱逃其实是最坏的选择，没了另外三人的协力，自己和乔野雄两人根本逃不出去，那么就算胜机极微，也只有一拼了。

这一瞬间，徐仙策已定好了主意。他的手指往袖中一探，将最后三道欻火诛邪符取出了两张。只是正待上前一步掷出，却听到邵淇尖声叫道："慕慈姐姐！"却是不待何慕慈灵附术化成的长剑斫下，一条腕足突然从她背后出现，猛然间将何慕慈缠住，而何慕慈以灵附术化出的长剑亦霎时消失。

这才是万年的真正目的。当年封神大战，万年苦战落败，被封印了千年，正是败在八九玄功之下。当发现何慕慈竟然身怀此功时，它看似漫不经心，其实极其忌惮。

这五个少年里，只消将何慕慈拿下，余子不足为虑。万年心中便是这么想的。但何慕慈是凤凰山弟子，不擅长近战，总是保持距离，万年先前一心想欺近何慕慈，结果大意之下反遭陈简之突袭，因此才定下了这个诱敌之计。其实万年真要刺死陈简之，便有十个也是一枪刺穿了，邵淇冲得再快也来不及，它真正的目的就是要让何慕慈上前。当何慕慈为救同伴终于上来时，万年也终于用出了第六条手臂。

万年共有八足，平时却只幻化出两臂。当它用到四臂时，便已是面对强敌了，而用到六臂更是极其难得。地穴中已积了没膝深的海水，这第六条手臂一直隐藏在水下，就算受到重创也不曾动用，以致靠得最近的陈简之都不曾发觉万年其实已经用出了第六条手臂。当何慕慈终于上得前来，这第六臂便如毒蛇久伺于暗处，突然发出致命一击，一下缠住了何慕慈。方才以四条受过伤的手臂缠住陈简之时，万年其实并未用出大力，陈简之便已被缠得连气都快喘不过来了，但一缠住何慕慈，却是全力收紧，瞬间便将何慕慈缠得一丝缝隙都没有。

这一招万年不仅破去了何慕慈器化灵附术，亦是动了杀机，下的也是杀手。它平时伸出腕足去捉些海中大鱼海兽，这般一收紧马上就能让猎物毙命，可此时全力收紧，却如同缠住了一块生铁一般。

八九玄功果然了得！万年心中暗暗赞叹。一千年前的封神大战中，它也是与现在一般以八足全力缠住了对手，本以为一举能胜，但没想到对手的八九玄功厉害得超出自己的想象，结果反而受制于人。眼前这个少女，定然就是千年前那对手的传人，纵然还不及当初那个对手，却也已经有了五六分的火候了。

现在就看看八九玄功厉害，还是我的大束缚术厉害！万年想着，忽地放开了陈简之，缠住陈简之的四条手臂一下加缠在何慕慈身上去了。

地穴中仿佛一下子陷入了寒冰地狱，所有人都感受到了万年那凛冽的杀意。万年这势若疯狂的一击，便是胆气最盛的邵淇和乔野雄也心惊胆战，徐仙策更是一阵恍惚，哪里还敢再上前助阵？只有陈简之，方才被万年缠得险些当场断气，突然间被放开，腿一软，“扑通”一声半跪在积水中，大大喘了两口气。

这一场死里逃生，他仍然不知发生了什么事。刚让胸口的气顺了些，却听邵淇尖叫道：“放开！”随即耳中便是“当”一声巨响。他抬头看去，正好看见邵淇一跃而起，挥起破天锤砸向万年手中的雪枪。却是万年见自己全力收紧，虽然困住了何慕慈，却仍然无法勒死她，便举起雪枪刺向何慕慈前心。

一千年前，万年也曾这般以雪枪对付那个对手，但当时雪枪破不了对手的八九玄功。只不过何慕慈的八九玄功并不完备，大束缚术难奈她何，雪枪却定能破了。

束住何慕慈的五条手臂本来已将她缠得滴水不漏，此时却露出了心口一小块地方，自是准备从中将雪枪刺进去。邵淇看得胆战心惊，心知何慕慈定然挡不住这一枪，一时间也将恐惧尽抛脑后，挥锤猛击，心想就算让这老妖怪缠住自己，也定要救出慕慈姐姐。只是邵淇这一锤还不曾挥出，边上乔野雄那烈牙忽然箭矢样扑出，一口咬在了万年那条幻出雪枪的手臂上。

乔野雄放出灵附术只比何慕慈慢了分毫，但随后的反应却是慢了一拍，当何慕慈冲上前时，乔野雄才回过神来。他见到何慕慈被万年困住，根本不多想，立时就让烈牙发起攻击。烈牙是头乳虎，虽然尚未长成，但爪牙已在，乔野雄偏生又比何慕慈要慢了一拍，这一口咬下，正是万年出枪要刺何慕慈之时。刚才烈牙一口在万年腿上连皮带肉撕下一块，这时咬下时却如咬在一块坚韧无比的牛皮上。只是虎牙尖利非凡，纵然咬之不入，万年仍是疼得打了个战，伸手甩开了烈牙，而就在此时邵淇的破天锤已砸到，正砸在雪枪枪尖上。

邵淇本想将这柄雪枪砸断，但雪枪是万年以精血所炼就，非金非玉，却远较金玉之质坚硬，哪里砸得断，邵淇也知道这一下若不能将雪枪震开，那自己也难逃一劫，因此已是用尽了全身力量。但万年的力量大得难以想象，虽然邵淇打了它一个措手不及，破天锤与雪枪相抵仍是相持不下。

没能一锤震开雪枪，邵淇心中便是一沉。哪知就在这时左右两边同时有两道符飞了出来。

左边那道是徐仙策掷出的欻火诛邪符，而右边却是陈简之掷出的一张符纸。陈简之离得近，这符纸飞出来时倒也迅捷，只是飞向的居然是邵淇的破天锤，一下贴在了锤上。邵淇心中已是不住地臭骂，心想陈简之这家伙怎的这样不中用，用符也用不好。而此时欻火诛邪符也已飞到，正射在万年持雪枪的那条臂上。万年虽然并不惧欻火诛邪符，但符纸一到，臂上立时如涂过一层火油般燃起，这条臂不由自主地便是一颤，而在这时，邵淇却觉破天锤突然力量大增，立时超过了万年的力量。

原来陈简之用的乃是他五龙山的天生神力符。此术一用，能增加一成力量，而陈简之本身力量不算大，加上一成也不过如此，但邵淇神力惊人，更是在相持之时，再加一成，顿时便超过了万年的力量。万年也不曾想到这对手力量竟然会突然间变强，而臂上更是在被徐仙策的欻火诛邪符焚烧，此消彼长，相持之势立破，“当”一声，雪枪竟被破天锤震得直飞出去。

这雪枪是万年以己身之精血炼就的至宝，便如谢必安那两柄黑刀一般收藏在自己体内，被震飞出去还是平生以来第一次。它此时已动用了六臂，其中五臂已现出本相缠住何慕慈，抓着雪枪的那一臂被邵淇震得一时有点麻木，但雪枪一被震飞，它乘势一抖，手臂立时化成腕足，便要去抓雪枪。

邵淇用尽浑身之力，还得了陈简之之助才算将雪枪震飞，哪知万年竟然又要去抓了。再震飞第二次，邵淇亦知绝无可能。眼见万年重要将雪枪抓住，接下来的这一击必定锐不可当，自己与何慕慈只怕都难逃一死。可是要抢在万年之前夺得雪枪，邵淇也知自己更没这个本事了。正在心惊，一个人影突然疾冲而过，一把抓住了雪枪。

那正是陈简之。

陈简之以那大哥的秘传之术让自己暂时道行大长，闪过了万年必杀的一枪，又助了邵淇一臂之力，虽然已是累得浑身关节都快要散架，但一见到雪枪被震飞，万年又要去抓，他心知此枪无坚不摧，何慕慈定然挡不住，一旦重新被万年抓到手，邵淇这舍命一击都成了白费功夫，因此不顾一切，奋起最后之力一个箭步冲了过去。此时他的太上飞步咒和秘术都还未曾失效，虽然这两步几乎要让他吐血，但终究抢到了万年前头。五龙山弟子练习的都是枪术，陈简之的枪术虽然算不得很高明，但毕竟是得自仙传，特别是他和师兄弟比试时难得有一两回得胜，十回倒有七八回败得连长枪都被震飞，因此枪术本身还不算多厉害，但接枪却当真算得大高手了，冲得虽然疾若闪电，可伸手一抓，分光捉影，左手已然一把抓住了雪枪。

陈简之刚抓到雪枪，只觉枪柄轻盈光润，又坚韧无比，便是五龙山云霄长老那号称镇山之宝的穿云逐电枪只怕都比不上这支雪枪。他将手中半把残刀往腰带上一插，双手握住了雪枪。

这些年来陈简之在山上向来被师兄弟看不起，他也一直颇为自卑，几个月前，他从没想到自己能取得参加大比的资格；几天前，他还因为找不到搭档而沮丧，但此时陈简之心中却升起了一股从未有过的豪情。

也许我真的很没用，永远也没出息。但就算是只蚂蚁，就算被踩死，也定要咬你一口！

陈简之心头这团虽然微弱，却一直不曾熄灭的火不知何时已成了烈焰。他紧盯着万年那条伸近的腕足，这一刻已然将生死置之度外，只剩下一个念头。

攻击！只有攻击！

他抓到了雪枪后人都不曾站定，索性趁势将身一扭，反身一枪刺去。在五龙山时陈简之的枪术并不算很强，但也算是个寻常的好手。只是五龙山枪术的至高境界号称“无心枪”，枪出无心，枪行无迹。以往陈简之与同门比试，哪一回都是患得患失，总是想着该如何取胜，哪里还能无心？结果反而输的居多。但此时他也知道根本没有战胜万年的可能，结果反而正暗合“无心”之意。这一枪虽然也不算太快，但万年那一足甩来之势却是不小，居然根本闪躲不开，不偏不倚，被陈简之一枪刺中。万年八条腕足是它功力所聚，寻常刀枪根本伤不了它，乔野雄的烈牙能一下在万年腿上撕下一块，可狠命一咬也咬不下万年的臂上之肉。只是雪枪之利，却当真算得天下无双。也是以子之矛攻子之盾，这一枪正将腕足扎了个对穿。

虽然对万年来说，这等伤势实无足挂齿，但陈简之竟然能以自己的雪枪刺伤自己，万年亦是大为吃惊。雪枪是它以精血所炼就的法宝，虽然只是件兵器，实已如意通灵，寻常人连拿都拿不起，纵然是五山弟子勉强能拿到，亦不能运用自如，因此虽然被邵淇震出手去，万年也并不如何惊慌。哪知陈简之抢到后，居然能用它伤了自己，这才是让万年震惊的事。

这少年究竟是什么来历？

万年一瞬间亦是惊呆了。只是这当口任谁都不能分神，便是万年也一样。它一分神，缚住何慕慈的那一圈圈腕足一下向外大了一圈，却是何慕慈要挣开它的大束缚术。本来何慕慈只能苦撑，但万年一分心，她在里面一下感到万年力量变小了。

邵淇离得最近，又一直在担心何慕慈怎么样了，见状又惊又喜，大叫道：“慕慈姐姐！”伸手从身边摸出了一张符，口中急念道："泰山之威，无极神祇。万灵主宰，生死之司。东灵有命，不许稽迟……"

骷髅山道术，以力量沉雄著称，这道泰山无极符亦是如此。邵淇并不以速度见长，但这一式"土崩地裂"使得极快。离万年太近了，破天锤都是以金刚大力猛攻的进手家数，若是再一味强攻只怕反伤到何慕慈，因此邵淇亦改用了法术，还怕咒语威力不够，因此来了个双份。

邵淇念得虽快，只是还不曾念完，身后又有一个火球直射向万年前心，那正是徐仙策以欻火诛邪符发出的"焦金烁石"。徐仙策虽然对万年已生畏惧之心，可更知道同舟共济，唯有一同进退方能解决面临的危机。他也见到何慕慈正在挣扎，想助她一臂之力，何慕慈若能摆脱，那这一仗还能有点指望，因此再不留手，将剩下的两张欻火诛邪符同时掷出后，伸手便在面前虚画了一道召灵兽符，喝道："涂山……"

徐仙策的灵兽名谓涂山公。与乔野雄不同，徐仙策因为精擅火术，原本以涂山公配合使出的法术威力极大，但地穴中到处是水，他的火术已然打了个折扣，乔野雄的烈牙一召出来便受了万年之伤，他实不敢冒险召出涂山公来，但到了这个时候也只有不顾一切了。

徐仙策这一招焦金烁石本身就甚是了得，先前他曾符咒合用，用一招"炼狱火海"险些伤了万年。只是当时全力施法仍被万年破去，因此此时这"焦金烁石"其实是诱敌，真正的杀招便是以涂山公施灵附术的一招"焰天火雨"。

徐仙策道行不浅，施术亦极迅捷，他这召灵兽符刚画得一半，邵淇的"土崩地裂"已然使出。一声轰响，原本这招"土崩地裂"使出，自是土为之崩，地为之裂，只是在地穴里却激得海水飞溅四起，洞壁上连石子都没跳下一粒来，而万年却趁着水势忽地又伸出了一臂加缠在何慕慈身上。此时它已经用出了六臂，其中五条都缠住了何慕慈，又将何慕慈压制住了，束得铁桶似的向后拖了一步。

邵淇将泰山无极符掷出，本以为总能一挫万年的凶焰，哪知万年的凶焰似乎是挫了一点下去，可何慕慈没能救出，反倒被万年拖了回去，心中已是大急，喝道："老妖怪，还想逃！"提起破天锤又是打了个旋，一锤砸了过去。此时邵淇也顾不得什么了，见万年似是想逃，心想慕慈姐姐的八九玄功如此了得，万年也只能困住她而不能伤她，想来自己的破天锤也伤不了她，何况就算误伤在自己锤下，总比被万年拖走要好，这一轮攻击已是一往无前，再无保留。

邵淇如风车一般打旋，每旋一圈力量便大了一分，身周的积水都被逼得壁立成一圈。乔野雄见邵淇势若疯魔，生怕会误伤了烈牙，伸手一拍面前的水面，立时将灵附术的铁爪和烈牙都收了。收了这灵兽的时候，乔野雄只觉烈牙已是气喘吁吁，疲惫不堪，大为心疼。烈牙是头乳虎，在灵兽中力量算得甚大，但先前受伤，这一次更是用尽了力量。

乔野雄刚收了烈牙，邵淇一锤已然向着万年当头砸下。这一式名"落土飞岩"，原本是招法术，但邵淇已然发觉自己的法术在这地穴中遭到克制，威力不能用出十分之一，因此索性将这一招化虚为实，便是实实在在地砸了下去。虽然不似法术一般能飞沙走石，但破天锤将力量集中到一点，声势更是骇人。眼见这一锤正要砸到万年的天灵盖上，万年背后忽地又伸出一只手来，托住了破天锤。

第七臂。

自从万年修成以来，除了千年前的封神大战中曾经八臂齐出，而这一次竟被眼前这五人逼得用出了第七臂，便是万年也为之心惊，甚至，隐隐有了点败北的担忧。一托住破天锤，只觉邵淇的力量比方才更加大了。只是邵淇的力量再大，万年倒还不放在心上，正待发力将邵淇连人带锤地拖过来，肩头忽地一阵钻心剧痛。

方才烈牙一口咬在万年的臂根处，万年也没觉得如此之疼。它眼睛斜着一瞥，却见扎上自己肩头的正是雪枪。那是陈简之见邵淇抢攻，担心邵淇落单吃亏，因此发出一枪。以陈简之的枪术，本来也根本伤不到万年，只是邵淇这一击直有雷霆之威，就算万年也心无二用，伸出了第七臂来克制破天锤时，却被陈简之见缝插针占了个便宜。雪枪不比寻常兵器，万年用雪枪来攻击时，这雪枪在它体内大小变幻如意，无坚不摧，锐不可当；可到了陈简之手里，一样锋芒毕露，连万年自己也挡不住，何况现在更是已用了五分的力量去束缚住何慕慈，再用三分力量去挡破天锤，剩下只有两分力，更挡不了陈简之必杀一击。

陈简之这一枪其实有个名目，叫作“金鸡乱点头”，第一枪仅是虚招，待敌人一挡，接下来便是连发数枪。山上好手如云霄长老、秦崇素和大师姐辈都能一瞬间发出六七枪，真个如同金鸡乱点头一般。陈简之本领没那么好，但也能发出三枪。虚招也已得手，他更是信心大增，雪枪一缩一伸，便是三枪刺出。这支雪枪握在手中，亦是说不出的妥帖舒服，如臂使指，无往不利，这招“金鸡乱点头”使来更是得心应手。只是刚才的虚招他实是无心一刺，反而刺中，接下来这三枪已是刻意，反倒被万年一一闪过。只不过万年并不知道五龙山无心枪的妙用，见陈简之三枪枪枪不离方才的伤口。它身为上古五妖之首，平生极少受伤，当年封神大战被灌口二郎真君所降时才第一次受伤，这一次面对这五个小辈，竟然迭遭重创，不觉间已没有一开始那骄狂了。而邵淇与陈简之两人一左一右，一以力一以巧地攻击，更是让它难以对付。虽然闪过了陈简之接下来的三枪，可邵淇的锤力却是越来越沉，只怕一不小心便会接不住。它情急之下，忽地抬起头，口一张，一团红光直喷了出来。

那是一颗红色光珠，也不过指肚大小，但一吐出来却是映得人面目都如噀血。这颗红珠一吐出来，悬在空中便如烈日下的冰雪一般消失，将周围映得一片通红。乔野雄这样本来长得便黑的还好，无非紫了点，邵淇肤色白腻，映得一下成了个红人。陈简之心头一凛，忖道："这是什么？"身后的徐仙策却失色惊叫道："女娲石！"

陈简之别个倒还不入耳，可"女娲石"三字一刮入耳中，却是让他精神一振，叫道："是吗？"嘴角顿时浮起一丝笑意。得到女娲石通过大比第一轮，这是陈简之梦寐以求的事。先前那猪妖如此了得，可打倒后也没找到女娲石，让他大失所望，听此物为女娲石，他连害怕都忘得一干二净了。

陈简之这笑容更是让万年觉得莫测高深。本以为最难对付的就是何慕慈，拿下何慕慈后再消灭另四人便轻而易举，谁知陈简之这家伙居然如此古怪，明明道行不高，可速度快得异样，还有能斩断自己腕足的黑刀。击碎了他的黑刀后，这人竟然还能用自己的雪枪。

能用雪枪的，要么同是妖族，要么就是……

万年心头突然闪过了从未有过的一丝惧意，就在此时，邵淇的破天锤已然砸到了。

徐仙策的叫声邵淇也听到了。女娲石能极大地提高灵力，妖族向来将此物视若生命一般。现在万年居然将女娲石当成宝物来耗用，显然已准备孤注一掷。只是邵淇的胆气极豪，从来便是屡败屡战，愈战愈勇。何慕慈还被万年困着，便是要付出自己的性命救她出来，邵淇亦是在所不惜，因此这一锤力量更强，心想是胜是败，在此一举，毫不犹豫对准万年的脑袋便砸了下去。

十六

破天锤带着风声破空而下。这是硬碰硬的一击，力强者胜，力弱者负。陈简之在一边都看得大为惊心，心想这一击若再被万年接住，只怕大势去矣，怎么都赢不了这老妖怪了。但这也是助攻的良机，他提起雪枪，深深吸了口气。

太上飞步咒和暂时增长的道行马上都要失去效用了，虽然他身边还带着两张天生神力符，但他眼下已快要精疲力竭，就算再用天生神力符，也长不了几分力量，所以实只剩下这一击之力。如果不能趁这机会一举击败万年，那这柄雪枪铁定保不住，仍会被万年夺回去。

陈简之转起念头来倒也不比徐仙策慢，而行动之速，则连何慕慈都比不上他。主意一拿定，便挺枪冲了上去。虽然比邵淇稍慢一拍，但冲上去后比邵淇还快了分毫。这一枪一锤都是威力极大的武器，陈简之心想无论如何非要让万年再受点伤不可。只是他想得甚好，眼见雪枪要刺中万年了，枪尖上却空空荡荡竟毫不受力，而邵淇亦是一个踉跄，破天锤一锤砸进了面前的积水里，水花四溅。这一招落空，登时头重脚轻，连人带锤地扎进了水里。

陈简之百忙中将雪枪向下一抵，借着枪头在地上一拄站住了。万年突然消失，何慕慈也不见了，他更是不安，转头向靠在墙边的谢必安跑去，叫道："谢大哥！"指望谢必安能给他点指引。只是到了谢必安身边，却见谢必安仍是昏迷不醒，方才将黑刀塞进他手里只怕是偶一清醒。陈简之越发惶惑，扶着谢必安又叫了两声，仍不见他有反应。这时邵淇却已湿淋淋地从水中翻身起来，打量了一下四周，惊道："慕慈姐姐呢？"

此时徐仙策和乔野雄二人蹚着水过来，徐仙策说道："你们没事吧？何师姐被那老妖带走了。"

方才万年动用了女娲石，徐仙策只道是要发起致命一击，一时亦慌了手脚，哪知万年居然逃跑，他也颇为意外。邵淇听说万年带走了何慕慈，看了看周遭众多岔道，急道："这老妖怪去哪儿了？它去哪里了？"

徐仙策沉吟了一下，说道："不会去第二个地方。"

邵淇急道："那第一个地方又是哪儿？"陈简之却道："就是先前碰到你们的那儿？"

徐仙策点了点头。先前他和乔野雄二人被万年拖进地穴来，便是在那块很大的空地里。那儿是万年的巢穴，也是与外界相通的第二个出口，万年定然将何慕慈带去了那边。邵淇已是心急火燎，生怕迟了何慕慈会出事，见徐仙策一点头，马上便向洞穴深处奔去。陈简之本来还想再斟酌一下看，但邵淇一个人前去实不异于送死，把谢必安扔在这儿又不放心，一狠心将谢必安又背到了背上，向徐仙策道："两位师兄，快去吧！"说着便跑。此时他虽已将太上飞步咒收了，大哥传他那手秘术也已失效，好在这些年在五龙山穿山越岭惯了，背着人跑起来也不甚慢。乔野雄不知谢必安人虽高大，体重却不重，见陈简之背了个人仍能跑这般快，他向来自命力大，但既比不上邵淇，看起来同样不如陈简之，不禁又惊又佩，拔脚便追着陈简之而去。刚走出两步，发觉徐仙策没动，转过身来，却见他还在身后伫立不动，也不知出了什么事，便停下了小声道："阿策，有什么不对吗？"

徐仙策抬起头，看了看前面，又看了看身后，小声道："阿雄，万年明明并不落下风，为何要在这当口逃走？"

乔野雄一怔，说道："为什么？"

方才虽然陈简之和邵淇二人将万年攻了个疾风骤雨，但乔野雄也知道那不过是血气之勇，万年并没有真正受到什么伤害。徐仙策道："只怕，万年是准备先将何师姐收拾了，再来收拾我们。"

乔野雄本以为他要说出什么真知灼见来，哪知是这件事，急道："当然是这样啊，所以我们得马上救出何师姐。唇亡齿寒，阿策，你还等什么！"

此时陈简之和邵淇两人已跑得远了，再不追上去，便是要他们二人单独面对万年，铁定会凶多吉少。徐仙策自然知道这个道理，纵然如今只剩四个人，多半一样会凶多吉少，可若是只剩两人，那是定无幸理。他微微一沉吟，说道："好吧……"

他正要再说什么，身后忽地"啪"一声响。这儿已是地穴的尽头，两人闻声立时转身看去，却见顶上出现了一个空洞。

那正是陈简之他们摔下来的翻板。这块翻板从没开过，先前徐仙策想要强行打开也根本办不到，本来已是死心了，哪里想到现在居然会开了。他二人都是一惊，心想陈简之说过翻板上有两个妖人看守，难道这两个妖人终于按捺不住，要下来追击了？

他们反应倒也快，一觉不妙，马上闪身退到旁边一个岔道。说是岔道，其实只是洞壁上一个丈许深的凹陷，先前陈简之便将昏迷不醒的谢必安放在这儿，因为地势较高，积水也不多。两人刚闪进凹陷处，却见一团白影从上面直直坠下，“咚”一声砸在水里，也不知是什么东西。就在这白影落下的一刻，又有一团浓烟直直落下，浓烟中有什么在挣扎，隐约透出了金光，也不知到底是什么东西，“咣”一声摔在了水里，水花四溅，但烟气却是越来越浓。

发生了什么事？徐仙策和乔野雄都是一惊。就在他们一怔的工夫，最先摔下来的那团白影忽地一跃而起，飞电也似从他们身边一闪而过。地穴中甚是昏暗，那白影奔得又是极速，全然不曾见到徐仙策和乔野雄两人。这白影的速度虽然还及不上陈简之，但较徐仙策他们却是快得多了，直冲向地穴深处去了，而浓烟中似有一个白影与一个黑影在水中翻翻滚滚，只是烟气越来越浓，越发看不清。徐仙策只觉触鼻有种似甜非甜、似辣非辣的怪味，浑身顿时懒洋洋的用不上劲，心头一凛，忖道：“有毒！”伸手将衣袖浸得湿了捂在嘴上，正待提醒乔野雄，乔野雄已然从怀里摸出一颗药丸递过来小声道：“含着！”

终南山医毒双绝，乔野雄更是博览群书，乃此道高手，掏出来的这颗解毒丸极为对症，徐仙策一含进嘴里压在舌下，便觉精神为之一振。他也小声道：“阿雄，先别说话！”

他们本来根本没指望从这儿出去，却没想到居然意外开了个口子。只是水中那黑影和金影仍在翻翻滚滚地相斗，偶尔一现，似乎那黑影是个人，金影却是一条长可丈许的大蜈蚣。激斗中，浓烟里忽地闪过一道雪亮的刀光。地穴中昏暗一片，这刀光越发显得明亮。随着刀光一闪，那金色蜈蚣发出了一声怪叫，忽地中分为二，烟气霎时变得极其浓烈。

好厉害的刀！

徐仙策心中不由一寒。现在仍然不清楚是友是敌，他也不敢出声。好在毒烟虽然厉害，但他们含着解毒丸，倒也伤他们不得。就在这时，浓烟一阵翻动，他们只觉一阵阴寒之气靠近，却是那黑影走过。

这定然便是斩杀了金色蜈蚣的那黑影了。地穴中有没膝的积水，方才黑影与那蜈蚣翻滚打斗时，水花飞溅，响彻耳际，此时却一下子静得出奇。徐仙策伸手示意让乔野雄别说话，看着那黑影快步从这岔道口走过。烟气带有剧毒，但这黑影似乎浑然不觉，也不捂口鼻，低头正看着手中的什么，急急向前而去。

待这黑影走远了，乔野雄这才松了口气，低声道：“阿策，这人是谁？”

徐仙策皱了皱眉，也小声道：“我也不知。但此人踏水无声，绝非五山弟子。”

乔野雄被他一提醒，猛然间想起方才那黑影走过岔道口时，速度不慢，但自己确实根本不曾听到水声。他失声道：“难道这人是陈师弟说的妖人？那这蜈蚣是哪位师兄的灵兽？”

如果这金色蜈蚣是灵兽的话，主人很可能就是最先逃跑的白影人了。只是白影人居然丢下灵兽顾自逃生，却也让人难以置信。徐仙策脑海中已如一团糨糊一般，他本来想取巧弄两块女娲石交差，结果竟然陷身在这等境地，略一沉吟，马上抬头看了看顶上那一块亮道：“别管这些了，阿雄，你的木遁术能送我们上去吗？”

乔野雄一怔道："上去？"

徐仙策道："是啊。现在有路了，你还待在这儿作死吗？阿雄，你的木遁术如果能到三丈的话，还有一两丈我大概能够上，上去后找个绳子来拉你……"

他还要再说，乔野雄急道："阿策，我们就不管何师姐他们了？"陈简之和邵淇去追击万年，救何慕慈去了。可以说，若没有自己二人相助，他们两个必定会命丧在万年手中，而这儿又出了这事耽搁了一阵，乔野雄已是心急火燎，哪知徐仙策居然提议要逃走，他再也忍不住了。

徐仙策打的也就是不管何慕慈他们的主意了，但这句话可做不可说，乾元山在五山中最有侠义之名，这句丢下人不管的话徐仙策实是说不出口，硬着头皮道："哪里是不管，我们出去后，可以马上请援兵来啊。"

乔野雄皱了皱眉，叹道："阿策，我知道我很笨，没你聪明，所以一向都听你的，可是这句话实不能听你的了。我们五人联手还能与万年一战，要是缺了我们两个，就算出去后能请得援兵，那也肯定都晚了！"

乔野雄平时话语也不多，特别是与徐仙策在一起的时候，总是徐仙策想什么主意，他就怎么做。现在这般反驳，在徐仙策记忆中还是第一次。徐仙策道："阿雄，可是加上我们这两块料，斗得过万年吗？更别说又新来了两个。阿雄，这机会……"

他正待说这个逃走的机会千载难逢，万万不可错过，这时却觉头顶一暗。他下意识一抬头，正好看见翻板处露出一张尖嘴猴腮的人脸。这人他倒也认得，竟然就是不夜城的大管家包礼。他和乔野雄出海寻找女娲石，经过不夜城时包礼出来接待过他们，给他们指点过妖族经常出没之地，他见包礼正要关上翻板，急道："包管家……"

本以为包礼可能听不到，但翻板离地也就四五丈高，包礼显然听到了。这张瘦得猴儿也似的脸上现出一丝惊愕，但马上毫不犹豫便将翻板盖上了。

随着翻板盖上，徐仙策的心也一下沉到了谷底，喃喃道："包管家他怎么能这么干？"

徐仙策已是心如乱麻，但乔野雄此时反比他镇静很多，小声道："阿策，别忘了陈师弟他们说过，他们都是中了曾岛主之计被扔下来的。曾岛主不是个东西，这包管家当然也不是好人。"他看了看地穴深处，接道："走吧，我们只剩下一条路可走了。"

翻板被盖上了，想寄希望于包礼大发善心实无可能。现在又多了两个身份不明之人，徐仙策叹了口气道："也只有如此了。"心里却忖道："却不知新来的这两个到底是什么路数，如果黑衣人跟我们不是一路，那就糟了。"只是纵然没新来的一白一黑两人搅局，现在也已经够糟的了，他也不再多想。

此时的地穴最深处，万年三条完好的腕足已化成了三支长枪，连着三枪扎向了何慕慈心口。何慕慈仍然被万年的腕足缠着动弹不得，但这三枪一到她心口便如被一层无形之物挡住，再扎不进分毫。

看来非得拿回雪枪方能击破这小姑娘的八九玄功了。万年想着，心头的怒火愈炽，一张本来就没什么人形的脸也越发狰狞。它能吸食修道之人的道行为己用，刚才被这几个少年连连重创，但只消吃掉了何慕慈，不但损失的功力俱能得到弥补，且能更胜从前。正是打了这个主意，所以它才不惜受创也要擒住何慕慈。只是何慕慈虽被它擒下，却万万没想到陈简之居然能够使用雪枪，结果雪枪被夺不说，反而受陈简之刺伤。虽然它受雪枪之创并不重，创口却极难愈合，眼下的八臂中，被陈简之刺伤这条已完全不能再用了，比先前被斩断的两条都不如，而何慕慈这一手“铜墙铁壁”有了八九玄功加持后更是坚不可摧，只凭腕足化成的长枪根本无法击破。万年已是又气又急，却仍是淡然道：“小姑娘，没想到你已得了杨戬那小子的真传，但不知我一直缠着你，你还能坚持多久。”

何慕慈被万年逼得如蛹在茧，动弹不得，但耳目口鼻仍是不异寻常。如果不是凭着八九玄功苦守，她知道自己定然已是血肉成泥，被万年生吞。万年此时这般说话，显然是故意想引自己开口好趁虚而入，同时又乱自己心神，因此抱元守一，动也不动。只是身体可以不动，心神却不能不动。她知道邵淇定然会不顾一切地来救自己的。她既盼着邵淇能来，又盼着邵淇不要来。只是邵淇不来的话，自己与万年这般僵持究竟能撑多久？她也不知道。

这个时候，邵淇心中实比何慕慈更要焦急万分。多耽搁一阵，何慕慈便多一分危险。但蓬莱岛虽然只是个小岛，这地穴也曲曲弯弯，绵延数里，而此时正值涨潮，越往下走积水越深，原本没膝的积水现在都快要到大腿根了，两人越走越慢，邵淇本来就是个急性子，更是焦急，转头道：“是这条道吗？”

陈简之背着谢必安一直跟在后面，闻声快步上前道：“邵兄，应该还有一程。”

邵淇见陈简之身后没了旁人，不由一怔。但这等事九死一生，也不能强要旁人与自己共进退，强装没事人般道：“陈简之，你的本领倒也不错啊，老妖怪的枪也被你夺来了。”

陈简之虽然心中惶惑，但被邵淇一赞，也不禁有点得意，说道：“哪里哪里，邵兄你的铁锤才真是厉害。”

自入五龙山，被人赞本领不错，对他来说还是头一次。正待再谦逊几句，好引邵淇再夸自己一下，地穴深处忽然传来了一阵隆隆的啸声。

这声音犹如万马奔腾，此起彼伏，越来越近，竟然是海潮大起之声，定然是万年将海水大举引入。两人都大吃一惊，本来可以借遁术来防身，但邵淇的土遁术在这一片水里难以施展，而陈简之的金遁术也仅能用来跑路。水势突然间变得如此险恶，陈简之背着个人还好点，邵淇人要比陈简之矮小，本来蹚着水走路便极是艰辛，水势突然一急，登时站立不住，险些摔倒。陈简之正待去扶，只是他背后还背着谢必安，这般一动自己便站立不定，“扑通”一下反倒先摔进水里。他心中顿时慌了，奋力向前一弯腰，拼着自己受淹也不让谢必安呛到水。

他弯腰急了，水又涨得快，一下没过了他的口鼻，但总算得以站定。陈简之见没摔倒，这才定了定神，待抬起头时，一个黑黝黝的东西“呼”的一声从他耳边擦过，正是邵淇的破天锤。陈简之吓了一跳，叫道：“邵兄，你为啥要打我？”

邵淇已是气得快要七窍生烟，骂道：“你个猪头！我是救你的命！”

邵淇话音刚落，陈简之面前忽地有个灰影跃出水面。这是个五短身材的丑陋小人，不知是什么鱼虾修炼成精，水性却是极佳，旗花火箭一般从水中一跃而出，手中两把短刀劈向了陈简之头顶。陈简之这才发现水面上此起彼伏，便如开了锅一般，也不知有多少小妖在竞相扑上来。他吓了一跳，一把从背后抽出雪枪，不待那小怪物扑到，一枪刺去。

这一枪力量并不大，而且出枪也甚是急躁，若是被云霄长老看到，定然斥责陈简之学艺不精，把无心枪使得这般着迹，全然失了真味。但对付这等扑上来的小妖，雪枪却是牛刀割鸡，那小妖根本闪躲不开，“扑”一下被雪枪扎了个对穿，立时现出原形，却是只生了碗口大双螯的大龙虾。

见如此轻易就把这小妖杀了，陈简之心神立时一定，忖道：“万年自己厉害，这些爪牙可没什么用。”邵淇的破天锤在这般深的积水里使来极为费劲，陈简之却因为背着谢必安，反而在水里更能站定，如风使动雪枪，竟是当者披靡。

这些小妖道行浅薄，很多连人形都没修成，见陈简之难对付，便集中攻向了邵淇。邵淇个子比陈简之要矮，在水中本来就使不上劲，又要舞动破天锤，更是吃力。陈简之见状立刻过去助阵，雪枪一扫，那些小妖虽然为数不少，但没有一个称得上厉害的，先前用双刀的虾精大概是其中最强的一个。陈简之雪枪到处，登时一堆虾蟹都现出原形来。陈简之一边挥枪，一边道：“罪过罪过，好肥的虾子螃蟹，要是能煮了的话该有多好。”

邵淇本来有点慌乱，却被陈简之一语逗得乐了，斥道：“陈简之，你这时候还想着吃吗？”

陈简之正色道：“这些小妖虽然得道成精，可仍是一身好肉，不吃才暴殄天物。”他想起先前和谢必安烤猪蹄来吃时的美味，忍不住咽了口唾沫。邵淇又好气又好笑，飞起一锤将一个小妖砸飞。那是个蟹妖，倒还真肥，一砸出去，连背盖都砸裂了，红红的蟹黄亦飞溅出来。陈简之喃喃道："可惜可惜。"还咂了下嘴，想必想到了上锅一蒸，滋味定然香甜无比。邵淇倒没他这么只想着吃，恨恨道："老妖怪尽叫这些小妖送死，真是白费心机！"

陈简之一怔，忽道："邵兄，老妖只怕受的伤比我们想的还要重，这是要拖住我们啊！"

邵淇亦是一怔，但马上也省得陈简之话中之意。这些小妖没有一个厉害的，但也将他们拖了一阵。万年先前不惜耗费女娲石也要带着何慕慈逃走，现在又要让手下来拖延时间，显然正如陈简之所料，它受伤其实不轻，至少已没有必胜的把握了。想到此处，邵淇亦是精神一振，抢着说道："陈简之，那我们快走！"

陈简之还有半句话却没说。方才他们还有徐仙策和乔野雄两人，万年纵然担心，担心的也只是无法一举击败己方四人。但徐仙策和乔野雄到现在还没过来，难道身后也出事了？如果只有自己和邵淇，纵然万年身上有伤，只怕仍不是这老妖的对手。但这话一说又显得自己胆怯，他只是点了点头道："好，我们快走。"心中只是想着："何师姐，你千万要撑住。"

陈简之更担忧的，还有另一件事，便是积水已如此之深，再往深处走，自己纵然还能露出个脑袋，邵淇搞不好得没顶，那时只能踩水浮在水里，哪里还能和万年拼斗？只是已然走了这一步，束手就擒，那是谁都不甘心，也只有一拼了。只是越往前走，积水竟是越来越浅，先前还有一些小妖前来阻路，但走了约莫里许，积水竟然退到了小腿以下。那些尚未修成人形的小妖都还不能离开海水，只剩一点积水，已全然进不来了。邵淇见状更是斗志高昂，说道："看来已经落潮，老妖怪真个不成了，陈简之，我们快走！"

邵淇并不擅水性，本来在已过了腰的积水里大为忐忑，但积水退得如此之快，信心便大为增长。陈简之看了看四周，心中却多少有点不安。五龙山就在海边，他虽然没去过海上，但在观海崖练功时常能见到涨潮落潮。算起来，现在确是快要落潮了，但落潮也没落得如此快法，只怕是有人施法所致，定然是徐师兄与乔师兄所为。

一想到徐仙策和乔野雄还没赶来，多半是因为要施法逼退洞中潮水而耽搁。现在潮水已退，他们一定马上就会赶到。陈简之亦是精神一振，说道："是，邵兄，徐师兄和乔师兄肯定马上就会赶到，我们定要打倒老妖，救出何师姐！"

十七

“砰”一声，却是三臂合成一臂化成了一支长枪直刺向被缠住的何慕慈心口，却仍然未能击破何慕慈的水遁术。只是虽然还未能击破，但万年也已感到这个继承了克星衣钵的少女已然有气力衰竭之相了。

纵然没了雪枪，八九玄功也经不起如此大力的猛攻。万年想着，却将头转向一边，从水里吸了一口。水中还有不少鱼虾，一吸之下，立时进了万年之口。只是这些都是些寻常的小鱼小虾，先前它不顾一切将一些小喽啰吞了下去后，别个有点道行的小妖全都不顾一切地逃了出去，生怕再被它吃掉。现在吞了些鱼虾虽然能够增长些体力，但对道行的补充却是全然无效。

如果能击破八九玄功，将这少女吞了，道行定然能更胜前时。但它身遭数创，功力已然下降了不少，想击破八九玄功也不是一时半刻的事。尽管以催水法将海水逼进地穴，又让小喽啰去阻挡敌人行踪，但万年此时也觉察到水势消退极快，而那些小喽啰被自己吃的吃，逃的逃，再见不到一个了。

这些少年真是难缠啊。

万年深深吐出了一口气。当初威震人妖仙三界的上古五妖之首万年，居然被五个寻常的修道少年逼到如此地步，它自己都没想到。现在胜负的关键就在于自己能不能抢在那四个少年赶到之前解决掉何慕慈了。如果能抢先吃了何慕慈，得了她的一身道行，那夺回雪枪，大获全胜，亦是易如反掌。

万年正自想着，黑暗中忽然听到有个人喝道："老妖怪！呔！"

那正是邵淇的声音。地穴中积水越来越浅，邵淇因为挂念着何慕慈，走得越来越快。一到这儿，便见万年正在拼命攻击面前以腕足缠成的一个圆球，里面定然就是何慕慈，也不知何慕慈情形如何了，不由分说便将破天锤呼出，一式"落土飞岩"掷向万年头颅。

万年只觉破天锤带着风声直扑过来，力量较先前竟是有增无减，不由得暗暗称奇，心想这几个少年难道有用不完的精力不成？它却不知邵淇与何慕慈自幼在一处长大，一直把何慕慈当成最亲近之人，为了救何慕慈，邵淇就算自己性命都可舍弃，又是情急之下，这一式"落土飞岩"自是较先前威力更增。

虽然破天锤如此强悍，但万年也没放在心上，它更担心的是夺走了自己雪枪的陈简之。眼见陈简之背着一个白衣人就在邵淇身后，身上正是背着自己的雪枪，另外两个少年却不见踪影，心中不禁一动。

尽管擒住了何慕慈，但为了困住她，万年便要耗费不少力量。若是对付余下的四个少年的合力，万年此时实无必胜的把握。正因为如此，它才不惜耗用了一颗女娲石来脱身。只是看到赶上来的只有两个少年时，万年觉得是个可乘之机，因此见邵淇的破天锤飞来，锤上还一左一右贴了两张符，心中好笑，忖道：“米粒之珠，也放光华，便是双份又能如何？”五山法术，真正能够威胁到万年的可谓微乎其微，眼前这几个少年虽然了得，显然还不曾修到本门的最高处，这些符咒纵然伤得了万年，也不过是些皮肉之伤而已。它分出三条腕足向破天锤托去，肩头一摇，却又伸出了一条腕足。

这是第八条，也是最后一条腕足了。

除了在千年前的封神大战，这是万年第二次八臂齐出。这第八臂伸出时速度之快，更在前七臂之上。陈简之还背着谢必安，见邵淇说打便打，一下便将破天锤掷出，心头便是一惊，正待放下谢必安好与邵淇并肩攻击，哪知突然斜刺里又伸出一臂来。亏得万年先前暗算何慕慈也是用了这一手，陈简之一直都防着万年会不会故技重施。当万年果然又伸出一臂来时，陈简之周身一凛，伸手在腰间鬼步牌上一拍，身形如风驰电掣般忽地向边上一闪，险险让过了万年这一击。

万年并不知陈简之这鬼步牌的妙用，只道这少年速度虽然快得异乎寻常，但总要施法方能生效，绝逃不过自己这一击，谁知陈简之竟还有这等手段。这一击落空，万年亦是一怔，而同时托住破天锤的那腕足亦传来一阵刺痛。

破天锤乃钝器，并无锋刃，万年亦不知怎么会出现这等痛楚，侧目一瞥，却见破天锤这一次周身竟然生满了红色尖刺。原来破天锤上邵淇已用了灵附术，让红珠儿附身锤上，化成这无数尖刺。邵淇也多长了个心眼，先前自己全力一击亦被万年轻轻接下，心知单凭破天锤实不足以击败这老妖怪，而红珠儿却能一击穿破万年的手掌，因此这一式“落土飞岩”看似老调重弹，只是飞锤轰击，其实却是另有奥妙。

先前邵淇一味猛攻，万年只道这少年不过是个一勇之夫，哪里想到邵淇原来还会动这心思。只是寻常刀剑对万年来说根本无关痛痒，纵然是乔野雄的烈牙曾咬伤万年，邵淇的红珠儿也曾穿透了万年的手掌，但这些伤对万年来说亦不足挂齿，它利用女娲石的灵力，转瞬间便能复原，因此虽然一个大意着了邵淇的道儿，可并不放在心上，它更在意的还是陈简之。势在必得的一击居然被陈简之躲过，万年哪肯就此罢手。只消夺回雪枪，要除掉眼前这两个少年是轻而易举的事。

万年这主意打定，托住破天锤的那一掌忽地硬如金铁，而抓向陈简之的那条腕足却瞬间变得细长了一倍，便如一条灵活之极的游蛇，一下缠向陈简之背后的雪枪。陈简之此时是借了鬼步牌之力，较平时自是快了许多，但这速度还不能超越万年，而他也没想到万年这条腕足居然会突然间变细变长，等于万年的速度瞬间也增加了一倍，这次却是躲不过了，而陈简之还背着谢必安，双手不得空，雪枪一下被万年抓住。

一抓住雪枪，万年眼里登时透出了一丝诡秘的笑意。这支雪枪乃它毕生精血所化，意外被陈简之夺走后，万年亦有点六神无主。现在重归己手，自是胜券在握。只是没等它发力夺回，耳边却听到邵淇斥道：“转！”托住了破天锤的那三条腕足突然又传来一阵钻心的疼痛。

破天锤开始飞速转动了起来!

这才是邵淇这招“落土飞岩”的真正用意。邵淇先前以金刚大力猛扑，接连数锤，但总是被万年轻描淡写地接下，便知这老妖怪不能以常理来对付。

邵淇自幼便跟着何慕慈长大，这么多年以来，何慕慈一直非常照顾邵淇，而邵淇也一直将何慕慈当成自己的主心骨，只觉不管什么事，只消听何慕慈的安排就不会有错。然而何慕慈竟被万年擒住，邵淇那一刻真个如同没头苍蝇一般又惊又怕，险些便慌了手脚。但斗到现在，邵淇心中也已定下了许多。

终不能一味依赖慕慈姐姐，我也是五山弟子，绝不轻易放弃！

邵淇心中也仿佛有烈焰燃起。先前一路猛攻对万年几无效用，邵淇想到的便是陈简之所说的“出奇制胜”四字。万年如此厉害，便是五人合力多半仍不是它的对手，因此必须有不寻常的手段。

骷髅山法术，多是强力攻击，而邵淇的灵附术较何慕慈还稍逊一筹，只能器化而不能兽化，因此邵淇将红珠儿化成破天锤上的尖刺。

如果仅仅是尖刺，只不过让万年手掌上多几处小伤罢了，邵淇真正的用意便在锤上所贴的那张泰山无极符。

土能克水，而水盛则反克土。属土的泰山无极符在这满是海水的地穴中威力实属有限，先前邵淇用过一次，根本伤不了万年，因此这一次其实并不是以之攻击，而是让破天锤旋转起来，因此在锤上一左一右贴了两道符。此时泰山无极符发动，破天锤立时高速转动，等于化成了一个极大的钻头。

邵淇的本意，是砸中万年的脑袋后用这一招，这般飞速一转，定要将万年的脑袋也磨去半个。纵然万年有快速恢复之能，短时间内定能让万年失去战斗力，此时定能救出何慕慈来。只是万年的动作亦是快得非比寻常，破天锤竟然被它接住。饶是如此，破天锤这一下转动，万年的三条腕足纵然是金铁铸的也受不住，立时被磨得血肉横飞，万年亦是疼得浑身一凛。

见一招得手，邵淇差点欢呼起来。万年显然已挡不住破天锤了，只消突破它的防御，就能攻到缠住何慕慈的那几条腕足前，何慕慈也就能够脱困。只是还没等邵淇高兴，边上一道黑影忽地伸了出来，一把抓住了锤柄。

那正是万年的第八臂。这条腕足本来已抓住了雪枪，正待发力抢夺，但邵淇的这一招大大出乎万年的预料。此时它有四臂缠住何慕慈，三臂托住破天锤，第八臂则暗中出手抢夺雪枪。原本这一连串动作神出鬼没，陈简之猝不及防，雪枪已被万年所夺，可邵淇这突如其来的一击却彻底打乱了万年的计划。此时何莫慈虽然被它困住，可仍在竭尽全力之其相抗，这四条腕足一条都腾不出来，迫不得已之下，只得收回了这第八臂，抓住破天锤的锤柄。破天锤虽然受两道泰山无极符驱动正在飞速打转，但就算两道符也抵不过万年的全力，破天锤被万年一下夺在了手中，但那方才托住破天锤的三臂却已是血肉模糊，几不成形了。

万年受伤后能够重生，借的正是女娲石的灵力。女娲石极其珍贵难得，先前为了遁走，万年已经耗用了一颗，现在屡屡受伤，更是不断消耗。女娲石不比别个，用一颗少一颗，这三臂被破天锤伤成这样子，只怕又得耗用一颗了。它心头怒极，将破天锤猛地向地上砸去。

破天锤乃乌金所铸，便是雪枪都扎不出痕来，万年就算想毁也不是那么容易，这般砸入泥水之中，只是为了出口恶气。但邵淇见状却是心急如焚，破天锤本身自不会坏，但此时已用灵附术，红珠儿还附在锤上。红珠儿是朱雀，还不曾长成，最怕的便是水，若是被万年这般扎进水里，红珠儿只怕会性命有虞。邵淇情急之下，再顾不得别个，右手极快地虚空画了一道解咒符。破天锤上一道红光闪过，锤身那些红色尖刺立时消失不见。只是邵淇刚解开了灵附术放走红珠儿，耳畔却听到陈简之惊叫道："小心！"抬眼一看，只见破天锤砸向了自己面门。

万年狡诈之极，在破天锤下吃了这么大一个亏，更是恨得咬牙切齿。虽然抓住了破天锤，但只觉这铁锤活物一般不听使唤，知道定是邵淇使了什么法术在上面，因此便准备扎入泥水中，再不让对手使用。但邵淇一解开灵附术，万年只觉破天锤上那股不受控制之力立时消失，不由分说挥起破天锤向邵淇砸来。此时破天锤虽然只是一件寻常兵器了，但万年力量本来就大，而第八臂更是生力，这一锤比邵淇全力挥出时力量还大。

邵淇正在全心解除灵附术好让红珠儿脱险，听到陈简之示警时一抬头，已是晚了，破天锤已然到了自己面门前。现在就算再闪躲也已来不及，邵淇的脸一下变得煞白，心中默默地念道："慕慈姐姐……"

很小的时候，邵淇整天跟在何慕慈身后，不管摔了还是磕了，或者被一只很凶的小狗追了，总有慕慈姐姐担着。即使这么多年过去，邵淇自己也已长大成人，这个念头仍是根深蒂固，到了这生死关头反倒异常平静。只是何慕慈被万年擒住后只能以胎息之术运用八九玄功苦苦相抗，根本看不到邵淇已濒临绝境。

就在邵淇闭上了眼等着一死的时候，一个淡红色的人影突然一闪而过，一把抱住了邵淇向边上疾冲。

这正是陈简之。陈简之方才以鬼步牌也没能躲过万年的追击，本来只道这回彻底完蛋，雪枪被万年夺回，自己和谢大哥两人必定会被穿糖葫芦般穿成一串，哪知万年竟然一下松开了自己。

到嘴的肥肉都会放过，陈简之又惊又喜，也万分意外，扭头看时，正好见到万年夺过了邵淇的破天锤反击。虽然不知道这老妖怎么将邵淇的随身兵器都夺了，但眼见邵淇定然闪不开这一击，陈简之心下大急，将背上的谢必安往边上一放，人疾冲出去。情急之下，再顾不得什么，当胸一把抱起了邵淇，便向旁边闪去。他生怕自己速度不够，一边跑一边急急默念着太上飞步咒。

若是邵淇自己，实已逃不过这一锤之厄。但陈简之虽然还不曾达到最高速度，此时亦可称得是神速了，破天锤擦着邵淇的鬓角掠过。陈简之只听到邵淇尖声惊叫了一下，生怕邵淇有失，右手抱得更紧，一边更是急念咒语。大哥传给他的临时增强功力的那招每天只可用一次，而且需要用到双手，他右手抱着邵淇也用不了，唯一可用的只有太上飞步咒了。这一段咒语自大师姐传给他后，他已练得熟而又熟，只一瞬间便已念得一半。正待念到“圣人神人，是空是尘”八字，“啪”的一下，后脑勺被拍了一下。这一下其实也不是很重，但陈简之却被打得蒙了，只道是万年老妖不知怎的，这一锤仍是砸到了自己的脑袋上，这下子定要被砸得脑袋崩裂不可，一时连咒语也忘了再念。只是没等他害怕，却听邵淇叫道：“快放开我！你在做什么？”

邵淇的声音又气又急，还带着一股羞恼之意。陈简之也不知到底是怎么回事，又是“啪”一下，却是邵淇又打了他一记，接着叫道：“陈简之，快放开我！”

陈简之此时已然绕了一圈，回到了方才放下谢必安的地方。亏得这儿是地穴中最大一块空地，足可兜得转，不然只怕两人都逃不脱万年的毒手了。他本想看看谢必安如何了，结果被邵淇打了两下，亦是又气又急，叫道："你做什么，我救了你你还打我！"

他说得大是委屈，邵淇显然也觉得自己有点过分，说道："可是……"

邵淇这话还没说完，那边传来"咣"一声响。两人扭头看去，都不禁脸上变色，却是万年并不追击他们，而是抓起破天锤砸向了何慕慈。何慕慈被缠得滴水不漏，浑若关在一个四条腕足缠就的坛子里，但万年此时将顶上露出了一片。这一锤砸下，顽石都要粉碎，然而仿佛砸在了一堵极其坚固的墙上，居然就是砸不下去。但这等大力猛砸，实不知何慕慈还能撑住几次，两人都大为担心。眼见万年还要再砸一下，邵淇已然不顾一切，喝道："收！"随着这一声，破天锤一下缩成了豆粒般大。

破天锤乃邵淇的如意兵器，可大可小，但握在自己手中时缩小方可收好。现在在万年手上，这般一收，万年这一下砸了个空。但这正中万年下怀，它夺到了破天锤，对它来说这件兵器实无大用，但若被邵淇收回，对它的威胁却也不小。此时一缩，它将破天锤往口中一扔，哈哈一笑道："小姑娘，你还有别的兵器吗？"

这"小姑娘"三字刮在陈简之耳中，却如三根尖针一般，他险些跳了起来，叫道："你……你……邵兄……"

方才他情急之下，抱起邵淇便跑，右手正是按在邵淇胸前。邵淇一身男装，他也从来没想过别个，只是觉得邵兄虽然个头比自己还矮，前胸却生得远比自己结实，也颇有点羡慕。此时知道邵淇竟然是个女子，自己方才之举岂不是轻薄无礼？一张脸登时涨得通红。

邵淇没想到被万年一口叫破，怒道："怎么啦，你不乐意？"她生性要强，在骷髅山时就怕旁人因为自己是女子便让自己，因此一直穿的是男装。只是装束可以瞒人，但修道之人力分阴阳，却是瞒不过能够吸取道行的万年。被万年叫破，更觉恼羞成怒。

陈简之更是大急，结结巴巴道："不是不乐意……"但这话一出口，见邵淇双眉有点要竖起来的样子，更是着急。他原先根本没想什么，现在才发现邵淇双眉细细，虽然眉宇间颇有英气，终究是女子形象。想到方才自己紧紧抱住她的胸部，怪不得她如此生气，陈简之更是羞惭，涨红了脸道："邵……淇，我方才抓住了你的……你的……"

邵淇先前逼着他称自己为"邵兄"，那时陈简之也只是想着明明邵淇比自己要小一点却还要充大，但称兄道弟不过是个寻常称呼，倒还没什么。现在知道她是个小姑娘，这句"邵兄"怎么也说不出口来。邵淇听到他说什么抓住自己的那里，脸颊亦是绯红，伸拳在他脑袋上敲了一记，喝道："不准说！"

虽然被她打了一下，陈简之却是如蒙大赦，说道："是。"正待再说两句什么，却见万年空下的四臂齐头并进，化作了四支长枪刺来，急道："小淇，你去看看谢大哥，我去顶上！"说罢从背后拔出雪枪，挺枪迎上。

破天锤乃邵淇修炼成的如意之宝，被万年一口吞下后，她连收了两次仍收不回，心知那是因为万年的道行比自己高得多，破天锤遭其压制，只怕永远都收不回来了。她心头一阵恍惚，都不曾发现万年已攻了过来。待回过神来，只见陈简之挺枪与万年四臂所化长枪斗在了一处，竟是毫不畏惧，心中颇为感动，也有些羞愧，心道："我一直不太看得起他，其实……也不能怪他。"

方才陈简之为了救自己，情急之下抓到了自己胸口，邵淇实是又

羞又恼，那一刻就连杀了陈简之的心思都有。陈简之道行比自己还不如，更别说与万年相比了。能和万年斗到现在，仗的就是那种超绝的神行之术。只是现在陈简之显然已经没有了神行术，只是凭枪术来相抗，若非这柄雪枪太过厉害，万年对本属自己的这件武器甚是忌惮，陈简之大概早就身中数枪，血流如注了。饶是如此，只斗了这片刻，陈简之的肩头和左臂已被万年腕足所化的长枪擦过，多了两处伤口。这两处伤口虽然不甚大，但血已流出了不少，将他肩臂处都染得殷红。只是陈简之浑若不觉，一支雪枪尽是进手的家数，万年的四条腕足不敢与他直接相抗，又要分出力量来困住何慕慈，一时竟仍然是个旗鼓相当之势。但邵淇也知道，陈简之此时仗的尽是血气之勇，撑不了多久。若是再次受伤，他的攻势定会一溃千里，不可收拾。只是纵然为陈简之担心，想起他这时候还要自己先去照料一下谢必安，不忍忤其意，快步走到谢必安身边，眼角仍是不住瞟向陈简之。万一陈简之遇险，那她不顾一切也要先去救他。但陈简之此时却如有神助，一支雪枪使得大为纯熟。原来五龙山无心枪的极诣便在于无胜负心，方能随心所欲。纵有两个陈简之绑一块也定然不是万年的对手，所以他根本就没有求胜之心，只求能够尽力挡住它。只是如此一来，反倒合了无心枪的真谛，加上雪枪威力着实不小，此时他都不知万年心中已在啧啧称奇，不解这个五龙山的不入流弟子怎的本领在短短一刻间突飞猛进了，一时间居然斗了个旗鼓相当。

见陈简之怎么都能撑得一阵，邵淇这才放下了心。万年每天涨潮时苏醒，一般一个时辰便又会入睡。算起来，万年此次也快要入睡了。入睡后万年只能以幻身出击，这些幻身虽然也大为了得，终究比真身要好对付得多。她心下一定，弯腰看了看谢必安。陈简之这一路都背着谢必安，纵然危急也从不离弃，到了这儿也是把谢必安小心靠着壁放下。此时谢必安仍是一动不动地坐着，隐隐还有点呼吸，想来仍与先前一般。她心中一宽，伸手往袖中一摸，袖里的泰山无极符还剩了两道。她咬了咬牙，左右手各握了一道符，正待上去相助陈简之，只是刚要走，却觉一只手抓住了她的手腕。

这只手冷得跟冰一样，邵淇被握住时不由得打了个寒战，低头看去，却见握着自己的正是谢必安。陈简之说过，这谢大哥极为了得，因为中了毒才会如此，如果谢必安能够恢复，无疑又多一分胜算。邵淇又惊又喜，低头道："谢大哥！"

谢必安此时仍是双眼紧闭。原来那极乐瘴乃专门针对他这等森罗殿之人的奇毒，对陈简之却没什么用。谢必安道行深厚，中毒后人事不知，人也动弹不得，却一灵不昧，其实陈简之背着他跑来跑去，又如何被万年追杀，他都听得一清二楚，只是苦于说不出一个字来。此时他已然将好不容易积聚起来的一点力气都用了出来，却是连眼都还睁不开。邵淇只觉他正努力要将自己拉近，本来谢必安这时的力气她只消一甩就能甩脱，但见谢必安似是有话要说，便凑近了道："谢大哥，你要说什么？"

谢必安张了张口，声音有若游丝地道："向左，不要向右。"

这句没头没脑的话谢必安也是说得上气不接下气，邵淇莫名其妙，问道："谢大哥，你说什么？"但谢必安已然头一侧，又失去了知觉。邵淇还想再问，却听到那边陈简之叫道："谢大哥，你醒了吗？"

陈简之听到邵淇在和谢必安说话，不由得又惊又喜，心想谢大哥醒了，必能迎刃而解。只是他心无旁骛时无心枪能使得若有神助，此时心中一喜，杂念顿生，无心枪哪里还能如行动流水般使下去？万年一条腕足突然疾刺过来，突破了雪枪的枪招，直刺向陈简之肩头。陈简之的真实本领较万年原本就差得太远，见状顿时大为慌乱，雪枪越发使不出枪招来。若非万年忌惮雪枪能伤到自己，因此刺出时不敢太过嚣张，不然这一下都要将陈简之当胸刺穿了。只是若是刺在他肩头，陈简之半边身子也必定再用不出力，等于废了。

此时陈简之已再无回天之力，霎时脸变得比谢必安还要白。他倒也不是害怕自己会丢了性命，被扔下地穴以来，一开始他还觉得害怕，但到了现在知道自己已经有进无退，早就不知害怕二字了，他怕的是自己一死，邵淇和谢必安必定也难逃万年毒手。眼见万年那条腕足化成的长枪离自己越来越近，他心下一横，将雪枪交在左手，右手摘下腰间那半截黑刀，忽地一刀斩去。

十八

这一招枪里夹刀其实是五龙山招数所无，只不过他见谢必安出手多次，自是已有印象。万年根本没想到陈简之居然还会使出刀来，那腕足所化长枪枪势已老，收也收不回去了，“当”一声，黑刀正斩在腕足枪尖上。只是先前陈简之一刀斩断了万年两条腕足，是因为万年当时一心要撕裂邵淇，全无防备，而腕足也正呈刚极之势，可现在却是刚柔并济，虽然黑刀斩上后竟发出金铁之音，却连个印子都没斩出来。只不过万年这一枪却也被陈简之这一刀隔开，擦着他肩头掠过。

万年这长枪是腕足所化，当真是如臂使指，一被格开，便忽地一缩，随即再次刺出。这一缩一伸，便是天下最强的枪术高手使来亦不能过，陈简之更是防不了。他将方才万年这一枪隔开已然超越了自己的极限，眼见又来，心中一沉，忖道：“还是逃不过啊……”

邵淇见陈简之这时居然心灰意冷，一副束手待毙的模样，心下大急，一步抢上。她冲得太急，也没别的办法，趁势将陈简之肩头一撞。虽然邵淇个头比陈简之矮，但力量却是要大得多。这一撞虽然不是为了伤人，陈简之亦被撞得一个踉跄，跌跌撞撞地冲出了两步。此时邵淇已然替换了陈简之的位置，万年这一枪刺来，她已是避无可避，唯有硬受一枪了，但万年眼见能夺回雪枪，哪肯罢手，竟弃邵淇不顾，接着转向陈简之一边。邵淇见陈简之踉跄着尚未站稳，万年这一枪他仍然躲不过，也再不管三七二十一，左右手一合，一道泰山无极符掷了出去。

泰山无极符攻击力极强，“轰”的一声，这道泰山无极符贴到了万年一臂之上，轰然爆发，邵淇自己的双手亦被余威震得一麻，万年却只是晃了晃，竟然未曾受伤。

邵淇仅存两道符了，现在为了救陈简之不惜用掉了一道，哪知竟然连万年的皮毛都没能伤到。她心中一阵气苦，正想着索性将最后一道也掷出去，却听到陈简之厉声喝道：“中！”雪枪忽地自下而上挑起，正挑在了万年腕足所化的长枪之上。

陈简之这时其实连站都不曾站稳。他被邵淇一下撞开时，倒是霎时就明白了邵淇的用意。他也想到了邵淇撞开了自己，她却成了万年的目标，只怕已难逃一劫，心中便如刀绞一般。只是随即听到了泰山无极符爆发的声音，眼角瞥去，只见万年那条化成了长枪的腕足被泰山无极符震得一时不能动弹。

虽然这麻木仅仅是极短的一瞬，但终究是个机会！陈简之的手脚比他的心思还要快，这念头还在脑海中打转，雪枪已然回身一挑。

这是无心枪中的一式“反背挑”，乃败中取胜的招数。陈简之在山中时与师兄弟比试枪术，十次有八次以他落荒而逃告终，而逃跑时常常会用出这招“反背挑”想要败中取胜。虽然比试时用反背挑也是十次有八次挑不中，但万年体形甚大，现在又被邵淇的泰山无极符震得迟钝了许多，他这一枪挑去，恰好挑在万年那腕足化成的枪尖上。雪枪的枪刃锋利远过于寻常兵器，这一枪更是趁虚而入，一下将万年那长枪切下了一尺多长的一截。虽然万年借所积聚的女娲石之力能够快速重生，可这般截断一条腕足，终是让它疼痛无比。护痛之下，四条腕足齐齐收回，遮挡住了身前。

陈简之一招得手，却也不敢得意忘形了，抢到邵淇跟前，小声道："小淇，谢大哥如何了？"

他听何慕慈称呼邵淇总是"小淇"，现在知道了邵淇是女孩，再叫她"邵兄"总不成话，便跟着何慕慈也这么叫。叫是叫出口，他心中仍是有点忐忑，生怕邵淇会一个爆栗打上自己的脑门。但邵淇并没有在意，只是小声道："谢大哥说，'向左，不要向右'。"

陈简之一怔，心道："什么向左向右？这儿可没什么分岔了。"

他向左右打量了一下，正想着谢必安这话到底是什么意思，邵淇忽然惊道："小心！"

那是万年重振旗鼓，再次攻来。万年八臂已然齐出，其中四臂困住了何慕慈，还有四臂用来对付陈简之和邵淇。被封印的万年的实力已只剩两三成，本来它擒住何慕慈后便觉得大局已定，吸收了何慕慈的道行，纵然不能解除自己身上的封印，也能恢复大半道行，拿下这几个五山小辈已不在话下。可是何慕慈的八九玄功虽然尚不完备，却也坚韧得超出万年想象，而陈简之和邵淇两个更是不屈不挠，死缠不放，万年连全力对付何慕慈的时机都找不到。它每天只有早晚两次涨潮时才能醒一个时辰左右，现在已然快要到点了，若再拿不下这两人，单凭几个护身的幻身，它已经全然没了信心，因此此时出手亦是全然不留余地，四臂尽化长枪。而随着这四枪齐出，洞穴中的积水亦是窾坎镗鞳，鼓荡而起。积水已然在不住减退，本来根本激不起这等大浪，但万年已是将残余的积水都逼了过来，要借此作必杀一击。邵淇本来正打算着如何出击，突然间水势如一道银墙般奔涌而来，她的骷髅山道术虽然能克水，但水势太大便会遭到反克。她本来正在默念咒语想拼死一击，但潮水劈头盖脸地打过来，能喘得过气便是万幸，可万年四臂所化的长枪隐在了水势中，更是无从捉摸。

她正在慌乱，腰间一紧，却是陈简之见势不妙，一把揽住了她的腰。陈简之的太上飞步咒虽然长达十四句，但他念得十分熟练，“六气浩荡，为道为玄……我入天一，混化精轮……”，比邵淇快得多。当万年逼水攻来时，邵淇的咒语刚念到一半，陈简之却已念完。他一把揽住了邵淇便向一边闪去，真个千钧一发，潮水便如一头猛兽的巨口，堪堪掠过了他的后背。

这一天里，陈简之已然用过好几次太上飞步咒了。虽然现在速度仍是很快，但陈简之自己也知道已大不如前。本来他很担心能不能闪过，但最终还是闪过了万年的致命一击。他心下一宽，正待转身再来个反背挑，却听邵淇在他耳边急道：“快接着跑！”

邵淇又被陈简之一把揽住腰时，不禁有一丝羞涩。她背着陈简之，正看到潮水中万年四臂所化的长枪擦着自己面门划过，心头一寒，却也有一丝暖意。虽然初见陈简之时，她对这个五龙山师兄颇为看不起，但并肩战斗到现在，她越来越觉得陈简之实不可貌相，也远不是他自称的那样道行浅薄，反倒意外地可靠。而万年四枪落空，原本只消稍稍一变，便仍能刺中她和陈简之，邵淇已然吓得浑身冰凉了，谁知万年纵然已出全力，这四枪转向之际却显得拖泥带水，迥异寻常。一刹那，她想起了谢必安说的那句话：“向左，不要向右。”

此时，陈简之正是在向左疾冲。显然，万年向左转动较向右要迟钝一些。若是平常时候，相去也不过毫厘之差，但此时万年虽然仍然很凶悍，却同样已是气力衰竭，向左向右的差别也就越发明显。邵淇他们一直在与万年正面相抗，尽是生死一线的搏斗，并不曾察觉，而谢必安纵然眼不能视，口不能言，反倒察觉出来了。邵淇本来还不敢太信，但陈简之脚不停步，绕着万年转了半圈时，万年虽也跟着转动，竟然拉开了好大一截。她方才确信，万年确是向左转时要迟钝不少。眼见万年还在身后，她厉声喝道："兆身安镇，奉命玄都！红珠儿，上！"

咒声甫落，虚空中一道红光突然如箭矢般出现，疾射向万年，正是邵淇的灵兽朱雀红珠儿。红珠儿虽然尚未长成，但攻击力着实不弱，邵淇曾以红珠儿施灵附术连伤万年两次。只不过那两次都是依托着破天锤，现在破天锤被万年收去，她只得让红珠儿直接攻击了。

红珠儿如一道赤色利箭，直刺向万年的双眼。只是万年向左转虽然迟钝一些，但红珠儿飞来时，一臂已现出原形，一下卷成盾形挡在了眼前。红珠儿纵然化成真的箭矢，也定会被一下挡住，随即便会被万年这一臂擒获。哪知红珠儿眼看就要撞上万年这面肉盾时，突然在空中炸开，立时红光闪耀，刺眼之极。

再刺眼的光，也并不能真个伤人。只不过万年也没料到还有这一手，被闪得眼一花。就在这一刻，却听到陈简之喝道："中！"万年便觉肩头一阵剧痛。万年的身体坚韧无比，寻常刀剑砍也砍不出痕迹来，但这伤口乃雪枪造成，万年亦是惨嘶一声，一下缩作一团，退后了十余步。亏得这儿甚大，它也有地方好退，否则这一枪定然将它扎个对穿了。

邵淇冒险让红珠儿闪花了万年的眼，为的正是让陈简之趁势一击，因此让红珠儿突然闪亮时她伸手掌遮在陈简之眼前。本来她还担心陈简之会不明白自己的用意，但陈简之这人先前看去有点笨笨的，灵机来时竟是手疾眼快之极，当红光一闪，他就明白了自己的用意。这一枪时机拿捏得极准，万年此时受创，实比先前几处更重。只是万年退得也太快，一下子闪出了十几步，邵淇本想趁机救下何慕慈却也落空了。

眼见没能一枪定音，万年受伤后定然更为凶残，何慕慈仍在万年手上，邵淇心中更急，叫道："你为什么不追？"

在邵淇想来，陈简之乘胜追击，再刺几枪，自己就能以神力将何慕慈硬抢回来了。可是陈简之一枪中的后，却并不追击，她急得眼泪已然打转，差点又要骂人。只是一瞥眼，却见陈简之面如白纸，额头也不知是沾的潮水还是冷汗，连头发也已湿淋淋的紧贴在头皮上了。

太上飞步咒极耗真气，而陈简之还曾以秘术短时间增长道行，更是消耗体力极大。方才救下邵淇后，还能再出一枪，实已耗尽了他的力量，万年方才若是拼着受伤反击，他实已无还手之力。亏得万年退后，他这才趁机站在那儿调匀呼吸，只盼能恢复一点是一点。只是他也知道现在自己已油尽灯枯，别说出枪，大概太上飞步咒也已到此为止了。听到邵淇的叫声，他低声道："小淇，对不起……"

他这话并不曾说完，但邵淇已然知道陈简之要说什么。其实邵淇自己也并不比陈简之好多少，只凭他二人之力，与万年斗到这等程度，便是自己都未曾想到。邵淇心中一软，柔声道："没关系，你也已经尽力了。"

陈简之本来总觉得又要挨邵淇一顿骂，但没想到她会这样说。可听到"尽力"二字，他心中却有一丝酸楚。

上五龙山以来，自己尽过力吗？陈简之已是一阵茫然。他自觉资质应该不算差，但不知怎的修起道术来却是事倍功半，五年了，连五龙山的外七术都不曾修完，有时自己都快要失去信心，若不是有那个想入琅环阁一解心中谜团的愿望支撑着，只怕早就逃下山去了。当听到邵淇柔声安慰自己时，他抬起头道："小淇，我们还活着，就永远不要说尽力！"

邵淇原本就是个绝不言败之人，此时虽然有些失去信心，但陈简之这话却仿佛将她心底那团火重新点燃。她抬起头，说道："好。"

她也没多说什么，但这一个字低而有力。陈简之伸手松开了腰带，转过身道："小淇，你过来，我背你。"

邵淇听他这么说，脸颊上突然泛起一阵绯红。她平时常穿男装，但终究是个少女，陈简之突然要背她，自是让她意外，轻声道："你……你要做什么？"

陈简之此时背对着她，并不曾见她这模样，只是道："你速度不及我，我力量不及你，我们只有合二为一，方有胜机！"

邵淇这才恍然大悟，心道："原来他打的这主意。"陈简之的神行术极是了得，便是何慕慈都比不上他，但力量却是弱项。而她的力量极大，偏生速度不足，每每一击甫出，便被万年及时挡下。现在若是取长补短，说不定能有出其不意之效。她也顾不得羞涩，扑到陈简之背上，陈简之将腰带绕了两圈，将邵淇缚在自己背后，突然将左手伸到嘴边，用力一咬。这一口咬得甚重，陈简之手背立时出现了一圈牙痕，已然咬出血来了。邵淇也不知他为什么突然发狠，吃了一惊，却听陈简之道："准备符咒，听我号令，上吧！"

陈简之此时已快要筋疲力尽了，他也知道若是再按部就班，大概连鬼步牌都用不出来，因此借这一咬之力将自己残余的力量尽数逼了出来。太上飞步咒他已念得熟而又熟，纵然背后多了个人，但这速度仍是如风驰电掣一般。邵淇念咒却不及陈简之那么快，她将最后一张泰山无极符握在手中，口中还在默念："……万灵主宰，生死之司。东灵有命，不许稽迟……"就在这时，陈简之已然冲到了万年身前。

陈简之和邵淇已然快要筋疲力尽，万年其实也没得便宜。它本以为困住了何慕慈后马上就能吸取到她的道行，因此不惜孤注一掷逼起积水阻路，消耗当真不小。谁知何慕慈的韧性远远超出了它的估计，而邵淇与陈简之两个竟然也不顾一切地紧追而至。当邵淇用红珠儿闪花了万年双眼，陈简之趁机一枪刺伤它肩头后，万年受的伤其实比陈简之和邵淇想的还要重。此时它也不知陈简之已是在强行榨出自己仅存的力量，见他冲上来虽然较先前慢了一点，却也慢得并不太多，万年亦是有点心惊，忖道："这两个小子怎么如此难缠？"

它一分神，陈简之的雪枪已然分心刺向它缠着何慕慈的那四条腕足。陈简之的力量已然到了尽头，但看上去枪势仍是锐利无比。万年并不知这一枪其实已是外强中干，此时它已经没有拖着何慕慈闪躲之能了，而雪枪之利，便是万年自己都不敢直撄其锋，另外的四条腕足一下交错缠绕，四根化成一根，托向雪枪的枪杆。其实万年的一条腕足以抵住陈简之有余，但到了这个时候，便是它也已是不求有功，但求无过。

四条腕足合力，较平时粗了四倍，陈简之自是清楚以自己现在的力量，若是被万年一击的话，雪枪多半会被它夺回。但他仍是目光灼灼，喝道："小淇！"随着他一声喝，却听到邵淇一声清斥："……东灵司命真君律令敕！"

邵淇还剩最后一张泰山无极符，此时一下掷出。泰山无极符并不能伤到万年，但陈简之本来就没指望靠这道符能对万年有什么伤害，他要的便是泰山无极符爆发时的一击之力。此时符纸正飞到万年那四臂之下，随着轰然一响，万年纵然将四臂合为一体，亦被震得为之一颤，刹那间停顿了一下。

就在此时！

尽管这一顿只是电光石火般的一瞬，但在陈简之眼中却不啻如同天地开辟般豁然开朗。他也知自己纵然榨干了余力也绝不可能是万年的对手，唯一的办法仍是那四个字：出奇制胜。

谢必安跟他说这四个字时，他并不曾有什么感悟。但遭遇万年这等强敌，本来觉得全无机会，却硬生生地拖到现在，靠的也正是这四个字。不论是断万年二臂救下邵淇，还是借神速夺得雪枪，再以此伤了万年，每一步都无不是剑走偏锋，棋行险着，置诸死地而后生。而这一枪，正是陈简之竭尽余力的最后一击。

雪枪能够伤到万年。但纵然对万年造成一些小伤，仍然无济于事，那就索性不顾一切，不去对付万年空出的四臂，而是全力攻击缠住何慕慈那四臂。只消这一击成功，解救出何慕慈，那么合三人之力纵然不能胜，至少也能立于不败之地。

这是陈简之在一瞬间想到的主意。他没有时间向邵淇说明，只能要她听自己号令。本来还有点忐忑，生怕邵淇只会一味强攻，不明白自己用意。哪知邵淇攻时如霹雳雷霆，心性原来也颇为细腻，掷出符纸的时间恰到好处，就在最关键的一刻给陈简之争取到了至关重要的一瞬。

去死吧！

陈简之心里已然在嘶吼着，雪枪也有若迅雷疾电，几乎擦着万年那合成一体的四臂掠过。这一枪如此之快，万年已然不可能在陈简之刺中之前挡下来了。即使万年这等老妖，此时脸色也一下变得煞白。

雪枪枪尖离缠着何慕慈的四臂只有一尺许，而万年另四臂合一还在短暂的僵直之中。这一瞬不论在陈简之、邵淇还是万年眼里，却是异样的漫长。如果平时，这有若白驹过隙般的一刻根本连看都看不清，可此时他们却都清清楚楚地看到了雪枪的枪尖在一分一厘地挺进。

只需要一瞬间……

就在这一瞬，一道白光突然从一边疾射过来，正击中了雪枪的枪尖。

与雪枪那锋锐无比的枪势相比，这道白光实不值一哂，也根本伤不了雪枪。然而白光来得实在太过突然，雪枪距目标只剩五寸左右，被这白光一击，忽地向上偏了稍许，堪堪擦着万年的腕足而过。

还没有结束！

陈简之也已感到了这必中的一枪已失去了准头，反腕一压，正待奋力压下。雪枪的枪刃锋利无比，不与寻常兵器相类，如果能够压下来，这一刺不能说全然无功，还是可以割伤万年那四条腕足，也一样有可能救出何慕慈。然而，还没等他用出力来，万年那卷成一体的四臂已然击到，正顶在雪枪枪杆上。陈简之只觉虎口一热，手掌都仿佛要撕裂开来，雪枪一下被震得弹了出去。

这力量再不是陈简之所能抵挡，他只觉雪枪也仿佛成了活物一般，正在拼命挣脱自己，只能奋力握着枪杆。好在太上飞步咒仍然有效，他连退了五六步，每退一步便消去雪枪上一分力道。这一刹那，足足退了十一步，才算重新握住了雪枪。

然而，此时离开万年也已经有十几步远了，再想逼近万年，作必杀一击救出何慕慈，已然再无可能。而陈简之只觉四肢也是酸软无力，差一点连站都站不住。邵淇也觉察到陈简之已然脱力，她一下拉开腰带的结，从陈简之背后跳下地来扶住他，小声道："陈简之，你怎么样了？"

陈简之心底已是一片冰凉。这个最后的机会最终仍是错失，他强撑着站住，小声道："我还撑得住。"只是嘴上这么狠，眼中已然透出了一丝绝望。

万年身边，赫然多了一个下颌长着一缕白须的中年男人，正是杨显。

虽然击退了陈简之，但杨显的神色却比陈简之更慌张。杨显在他七兄弟中虽然排在第六，道行却是敬陪末座，加上胆子也特小。自四哥朱子真失风，他与五哥常昊迫不得已只能自己对付谢必安和陈简之。尽管靠着曾罗睺之助将两人弄下了地穴，可是他对这两个森罗殿来使的惧意却已是根深蒂固。本来和常昊两人守在翻板处，只等着地穴中的万年解决了几人后再下来坐享其成，哪知突变立起，又有一个森罗殿来使杀到。在不夜城的客堂里常昊、杨显与那人一战，两人联手亦是不敌，齐齐摔入了地穴里。杨显见势不妙，丢下常昊便逃。此时杨显已然吓得魂不附体，走投无路之下，只剩下一个主意，便是尽快找到万年，与万年联手，庶几可以击退这后来的黑衣森罗殿来使的追杀。他本来觉得以万年的道行，除掉那几个被扔下地穴的五山小辈易如反掌，谁知一路逃到了地穴尽头，正发现万年还在与人接战。此时陈简之正背着邵淇，杨显一时也没认出来，只道那是个道行极高的异人，万年似是已落下风，情急之下，掷出法宝羊刃珠，才算解了万年的燃眉之急。此时逃到万年身边，他惊魂甫定，发现对手原来正是与谢必安同来的陈简之。杨显一直以为陈简之也是森罗殿来使，森罗殿之人原本就是他的克星，杨显心有余悸，适才更是亲眼见到那黑衣来使手刃常昊的情景，见陈简之居然还没死，手中还持了一柄雪白长枪，一见便是非同凡响的宝物，越发胆战心惊，低声道：“万老……”

他此时已是一肚子话要说。那黑衣森罗殿来使肯定马上就会赶到，必须尽快解决眼前这两人。杨显的道行虽然不算太高，但颇有智计，在不夜城设套将谢必安和陈简之打入地穴就尽是他的谋划。此时他也已有了个计谋，心想靠万年的道行与自己的谋划，定然能将这几个对手一网打尽，连那新来的极其了得的黑衣森罗殿使者也要有来无回。哪知刚说得两个字，万年四条腕足突然如巨蛇一般死死缠上他的身体，更是一口咬在了他脖子上。

杨显大惊失色叫道：“万老，是我啊！我是梅山杨显！”

杨显他们七兄弟当年在封神大战之时就认得。只不过那时连他们大哥也没在万年眼中，更不要说杨显这等角色了，杨显还只道万年已然忘了自己。但纵然将字号都亮了出来，万年咬得却是越来越紧，杨显只觉周身之力尽如水一般流走，不由得大是绝望，心道：“万年这家伙果然翻脸不认人！”

其实万年何尝不曾认出杨显来。只是方才陈简之这一枪险些就要割断它缠着何慕慈的四臂，它知道自己力量已在衰竭，若再得不到补充，只怕真个要败在陈简之和邵淇手上。只是何慕慈的八九玄功它仍然攻不破，陈简之和邵淇两个又太过扎手，一时抓不到，杨显却自行靠到它身边来了。对万年来说，便是同列为上古五妖的蝎、熊、猿、猪四个都没在它眼里，更别说一个小小的杨显了。纵然是自己的同伴，情急之下一样要杀。杨显也没有何慕慈这等八九玄功可以抵抗，一被缠住，便动弹不得分毫，而随着杨显脖子上的伤口裂开，鲜血源源不断地流了进来，万年已觉自己的力量正在恢复。

当万年咬住杨显时，邵淇还只道那也是个新落下来的五山弟子。她浑身一颤，正待不顾一切上前帮忙，陈简之却一把拉住了她的手道："小淇，这就是骗我们的妖人。"

邵淇一怔，诧道："这也是妖人？那为什么它们窝里反？"

陈简之叹道："万年心狠手辣，抓不到我们，又攻不破何师姐的玄功，就连同伴也要吃了。"

邵淇不由得打了个寒战。连同伴也吃了！这等事对她而言，实是连想都不曾想过。但她也知道万年吸食了这妖人的道行后，必定能恢复许多，而自己和陈简之都已然要油尽灯枯了。此消彼长，难道这一战最终还是彻底失败了？

她这般想着，不由得侧过脸看了看陈简之。陈简之虽然脸色已若死灰，但两眼却灼灼有光，亮得异样。显然，陈简之就算快要连雪枪都握不住了，却仍不肯放弃。邵淇心头一热，正要说什么，陈简之忽地也转过头来，微笑道："小淇，能认识你，真好。"

这句话刚出口，却听到万年突然发出了一声桀桀怪笑，眼前忽地一道水墙平平推了过来。

此时已然快要落潮了，地穴中的积水也已越降越低，但突然间水势大涨，自是被万年施法逼出。只是这一次的水墙直若银砖玉瓦，当中夹着无数锋芒利刃，比方才那一次声势大了许多，这般平推过来，只怕要将陈简之和邵淇两人都捣成肉泥。邵淇已知自己再没有硬挡的本事了，但仍是踏上一步，只盼能替陈简之挡得一下也好。哪知陈简之也不知哪来的力气，抢上一步，舌绽春雷，喝道："巨灵，出来！"

十九

陈简之说过，他的灵兽名叫巨灵，却是一只最低级的海龟。邵淇初听便大失所望，所以陈简之想必是自惭形秽，一直没有唤出来过。现在唤出来，只怕亦是聊胜于无。

邵淇还在这样想着，眼前忽地一黑，一个圆桌大的影子突然出现在她脚下，驮着她与陈简之两人急速升起。水墙来得快，这个圆影升得也快，竟然压住了水势。

这个叫巨灵的海龟竟然有这等道行！

邵淇一下睁大了眼。海龟因为最容易召唤，因此很多五山弟子初次收服灵兽，都用了海龟。但海龟速度既慢，也没什么强悍的助攻手段，因此大多数人最后都换成别个灵兽了。然而陈简之这只巨灵竟然能够和万年的水墙分庭抗礼，邵淇实是万万没想到。

巨灵驮着他们压在水势之上，尽管万年一时伤不到他们，但邵淇听到巨灵腹下不时发出“嘭嘭”的巨响。那是万年隐在水势中的腕足所化长枪正在不住攻击，但尽被巨灵挡了下来。挡是挡下来了，但巨灵显然也有痛苦之色，四爪不住爬挲。邵淇越来越心惊，小声道：

“陈简之，你这巨灵挡得住吗？”

陈简之其实自己都不知道。他唤出巨灵来也没几次，先前只是为了借唤出巨灵与大哥对话，后来大哥说不许自己叫他出来，陈简之便再也没用过了。方才见万年吸取了杨显精血后突然进攻，他已然束手无策，只能等死，耳边忽然又听到了大哥的一声断喝：“快召巨灵！”他这才将巨灵唤了出来。唤出时还在后悔，心想万年逼水作法如此厉害，巨灵一只小海龟岂不是羊入虎口，转眼就成血泥？谁知道巨灵一出，竟然如此威灵，真个将万年的全力一击也挡下了。只不过挡得一次两次，万年却仍在逼起水势狂轰滥炸，巨灵只怕也挡不了许多。他正不住地在肚里默念：“大哥大哥，这回我真个死定了，你快出来吧！”只是再念叨，大哥岂但不出现，连话都不说了。正在惊慌，听到邵淇的声音，他却是想到了什么，惊叫道：“谢大哥！”

谢必安就在他们身后不远处，一直坐在积水中。现在水势突然大涨，自己和邵淇有巨灵救命，谢必安岂不是要被急速涨起的积水活活淹死？他心下一凛，扭头看去。刚转过头，却见一道黑影如利箭一般冲向泡在水中的谢必安。

有人来了！

陈简之心中一惊。来人穿着一身黑衣，显然不是徐仙策，也不是乔野雄。他猜不出这个时候还会出现什么新人，难道是那个与杨显一路的短手短脚之人吗？

陈简之一颗心一下提到了嗓子眼里。他召出了巨灵，本来指挥巨灵与万年相抗已然极为吃力，哪还容得他分心？却听巨灵发出了一声惨嘶，倒似什么鸟叫一般，显然已遭到了万年的重创。陈简之心头一凉，心道：“巨灵也挡不住了！”

巨灵是大哥托付给他的灵兽。一旦巨灵有个三长两短，陈简之只觉无颜再见大哥了。他不敢再看身后的谢必安，转过头仍待指挥巨灵，但巨灵防线已破，此时他只觉脚下又是“咚”一声响，震得他脚心都有些发麻。万年这一击已然直透巨灵的背盖，巨灵又惨呼了一声。陈简之心知巨灵再经不起万年一击了，心一横，喝道：“收！”人半蹲下来，一掌拍在了巨灵背上，心中却在想着：“小淇……何师姐，对不起你们了。”

与万年相抗，实远远超过了他的极限。陈简之在五龙山时因为屡屡败在师兄弟手下，也一直突破不了第七层，若不是大师姐传了他一式太上飞步咒，他到现在连一式内六品的道术都不会。也正因为如此，陈简之心中一直有自卑之念，凡事只盼着能沾旁人的光。只是认得了邵淇诸人，特别是同邵淇携手与万年正面相抗，他终于知道，原来自己并不是自己想的那么差劲。

别人能做到的，我一样能做到！

在陈简之心中，不知不觉，那种凡事都想靠别人的想法已变成这般一个信念。即使最终还是走到了尽头，他仍然这样想着。

就算注定要死，也要死个轰轰烈烈！

随着巨灵收去，陈简之与邵淇两人一下从半空中落了下来。身下，正是如刀锋剑刃般的海潮，万年腕足所化的枪尖隐在水势中，一沾便会血肉无存。陈简之握着雪枪的手也在颤抖，却仍是奋力挡在邵淇面前，心道：“万年老妖先杀了我，只盼小淇还能有逃命的机会……”

他的脚眼看就要落入起伏不定的水面，就在这时，他们耳畔突然响起了一声尖厉的哨音。随着这声哨音，一道白光忽地从他们脚下穿过，一刺入水中，马上一分为二。而随着这两道白光刺入，危机四伏的水面竟然眨眼间一左一右分开。

水势在急速退却，当陈简之和邵淇落下地时，脚下已只是湿漉漉的地面了。二人摸不着头脑，实不知这突如其来的救星是怎么回事，却听见万年惊呼道：“分水刀！”

先前万年发现何慕慈会八九玄功，也不曾发出这等惊呼过，但这时陈简之也听得出万年声音里有一丝惊惧。

万年话音甫落，却听到身后有人冷冷道：“不错，在下范无救。”

这是个陌生的声音。随着这声音，一道黑影已然从陈简之身边一掠而过，疾冲向万年。

这是个黑衣人，身上一领黑袍竟然与谢必安的白袍样式一模一样，双手也和谢必安一样各握着一把刀，连刀的模样也与谢必安的无常刀一般无二。只不过谢必安是白袍黑刀，此人却是黑袍白刀。

陈简之虽然不认得这范无救是何许人也，但看这模样，已知他定然是谢必安的同伴。看样子，范无救的本领与谢必安相仿，这当口来了如此强援，真是侥天之幸。他心中一喜，挺枪便想上前助攻，但是脚下发软，一个踉跄，险些摔倒。邵淇扶住他道：“陈简之，你认得这人吗？”

陈简之将雪枪拄在地上道：“小淇，这位范大哥定是谢大哥的朋友……”这话不曾说完，却听到身后有人道：“陈兄弟。”

这正是谢必安的声音。陈简之猛一转身，却见谢必安也已站了起来。虽然神情委顿，一张脸本来就白，现在更是有若白纸，但目光却大是有神。陈简之又惊又喜，急向谢必安跑去，叫道：“谢大哥……”只是他已是筋疲力尽，慢慢走几步还行，这般一跑，立时摔了一跤。只是还不曾摔到地上，邵淇已然一把扶住了他的肩头。

邵淇自己也已累得几要吐血，但比陈简之总要好点。陈简之被她一扶，总算站住了，索性将雪枪当拐杖用，在邵淇搀扶下一瘸一拐地走到谢必安身前道：“谢大哥，你醒了！”伸手从腰间取下那半段无常刀道：“谢大哥，真对不住，弄坏了你的刀。”

谢必安见这把无常刀竟然也断成了两截，不由骇然，说道：“陈兄弟，你真不容易。”

对付上古五妖之首的万年，陈简之竟然撑到了现在，谢必安实是未曾料到。他将这半截断刀往掌心一抵，这断刀立时如冰澌溶泄，消失在掌心。正待再说一句，那边忽然又传来了一声尖厉的嘶吼。

那是万年发出的叫声。三人心头一凛，都凝神看去，却见那黑袍范无救已退出了五步，左右手两把白刀一高一低吐了个门户，正与万年对峙。陈简之小声道：“谢大哥，这位大哥是你朋友吧？他好厉害！”

谢必安点了点头道：“他是我义弟范无救。”

陈简之脸上露出了喜色。原本觉得已是山穷水尽，谁知竟然又杀出个救星。他是知道谢必安的本领的，看样子这范无救本领更在谢必安之上，但见一双白刃如雪花片片绕着万年翻飞，也是由右向左转动，正是抓住了万年的弱点，万年虽然有四臂化成长枪，却似乎捉襟见肘，已是左支右绌。

陈简之暗暗松了口气，心道：“范大哥要赢了！”哪知就在此时，只听得“嘭”一声响，范无救突然如一颗石子般被崩了回来。

那是万年的一条腕足突然由刚化柔，如一条软鞭般猛地抽向范无救前心。范无救正以双刀对四枪，万万不曾想到万年竟还能霎时从至刚化到极柔，他双刀能挡住四柄长枪的进手招数，却挡不住软鞭抽击，这一下抽在了范无救的前心，立时将范无救抽得直飞起来。亏得范无救本领超群，虽然受了万年一下重击，人在空中一拧身，竟然仍能保持直立，但落到地上时终究站立不住，一个踉跄便要摔倒。

陈简之见状，一个箭步冲了上去，伸手一托范无救的背心。只是他本已筋疲力尽，虽然托住了，但手一软，范无救一下撞在了他身上。邵淇见状不妙，伸手一把托住陈简之，合二人之力这算顶住了范无救。

一站稳，陈简之马上道："范大哥，你没事吧？"哪知范无救哼了一声，理都不理他，又一下冲了出去。陈简之一怔，心道："这范大哥怎么如此冷漠？"却听谢必安低声道："陈兄弟，别怪无救，他就是这脾气。"

原来谢必安与范无救乃莫逆之交。先前谢必安中了常昊的极乐瘴后，以最后一点力量向范无救求援。只是范无救心性高傲，宁折不弯，向来我行我素，死也不愿别人相帮。若旁人相助，在他看来不啻奇耻大辱。

陈简之方才一用力，将好不容易积聚的一点力量又花得干干净净，此时纵有出手之心，也无出手之力，只好一边暗暗调匀呼吸，一边盯着面前范无救与万年相斗。

范无救二次攻上，攻势竟然有增无减。此人冷虽冷，但两柄白刃却如火如荼，一往无前。然而初时范无救尚能攻到万年身前三尺许，这一次却总在四尺开外了。

再这样下去，只怕会重蹈覆辙。

陈简之心中焦虑万分，看了看另一边的邵淇，邵淇的眼神也已有了一丝焦虑，陈简之忍不住，小声道："小淇，我们上去帮忙吧？"

谢必安道："你们别出手。你们要上去，无救只怕会罢手不斗，坐视你们与老妖动手！"

陈简之吓了一跳，说道："什么？"他看了看谢必安，谢必安苦笑一下，也不说话，心道："无救这性子，只怕永生永世都不会改。"

范无救这等性情，谢必安最是清楚，因此当初来办这件曾罗睐的疑案时，他揽到了自己身上。

曾罗睐一介凡人，竟然逃过了一次森罗殿来使。这件事亦是让森罗殿上下全都大惑不解。为解开这个谜，谢必安才决定亲自跑一趟。现在才知道，原来曾罗睐竟然还有这等深厚的后台，甚至连上古五妖之首的万年都能利用，上一次的来使多半就这样被他神不知鬼不觉地除掉，所以这凡人才能有远超寻常的寿数。这一次，难道又要让曾罗睐得逞吗？

他正在沉思，却听得"咣"一声巨响，却是范无救双刀一错，格住了万年一臂所化长枪。范无救用的也是无常刀，但陈简之先前用无常刀斩断了万年两臂是趁着万年全然不备，此时范无救用尽全力，却仍是斩不下去。而万年另三臂化成的长枪却从三个方向疾刺向范无救。

陈简之知道万年这一手极是毒辣，他是靠着雪枪硬挡，才迫使万年将四臂合一。范无救这一招本来如行云流水，斩断万年一臂后双刀左右一分，倒卷上来，但此时双刀反被万年一臂锁定，又如何抵挡那三枪？

陈简之的心都提到了喉咙口，就在这时，却听到一声尖厉至极的哨响从身后传来。他扭头一看，却见到密密麻麻一排利箭直飞过来。

箭矢中有一种带哨的响箭，射出便会发出哨响，通常用来传递消息。但这些箭矢后面却不是寻常的雕翎雁羽，竟然是一团小小的火团。这火团推动箭支，使得飞行越来越迅速，而那些箭虽无箭头，尖端却极是锋利。

这是谁放出来的？陈简之正在疑惑，只听到身后有人喝道："天火雷神，地火雷神。五雷降灵，锁鬼关精。疾！"

这是徐仙策的声音，而徐仙策身边正是乔野雄。他二人合踩着一块舟形木板，并肩疾速而来。

那是乔野雄的终南山陆地行舟术。他以此术躲过了先前万年逼出的海潮。他们比杨显和范无救都要慢了一拍，但也是前脚后脚地赶到，一到此处，正见万年与人相斗。远远的也看不甚清，徐仙策立时将这道二人合使的这一式火雨仙矢放了出来。

乾元山道术其实只有一式焰天火雨，而终南山道术只有飞柳仙矢。但徐仙策这人机敏无比，先前屡战无果，见不论是自己的火系道术，还是乔野雄的木系道术，都无法有效伤得万年，便想出了这个二人合作的主意来。焰天火雨在这等湿漉漉的地穴中威力有限，但附在乔野雄幻化出的箭矢上，便成了这一招五山从未有过的招数。乔野雄最多能幻出九箭，若是寻常使出，这等化出的箭矢虽然锐利，也别想伤到万年分毫，但此时附上了焰天火雨，不仅速度有十倍之增，更使箭矢增添了火雷之性，实较两人原来单使多了百倍的威力。

九箭带着锐响直取万年，万年此时一臂正被范无救锁住，又拖着何慕慈，躲闪不及，三臂若再刺向范无救，那这九箭便要尽中万年的头部了。万年从未见过这等奇术，悚然一惊，那三支长枪急速一并，化作了一面盾牌，九支火雨仙矢尽被接住。只是虽然接住，九箭忽地尽化为火，顿时熊熊燃烧。

木能生火，而火借木势后更是炽烈。这正是这式火雨仙矢的妙用，徐仙策见自己妙计得售，大为得意，喝道：“老妖，看你还要嚣张！”只是没等他得意片刻，万年那将三臂所化的圆盾往地上一拍。此时地上还有寸许积水，一拍到地面上，火雨仙矢上所带之火立时全都熄灭。只是趁这当口，范无救的双刀终于脱出了万年的锁定，将身一纵，倒跃出丈许。

虽然将这式火雨仙矢化解了，但万年只觉三臂上都有点火辣辣的疼痛。它这八臂能够在刚柔之间转换如意，寻常兵器根本伤它不得，只是这一次连连受伤，原本已成口中之食的范无救也逃出自己掌握，如果不是及时吸取了杨显的道行作为补充，只怕真要阴沟里翻船了，不禁又惊又怒。

陈简之见徐仙策和乔野雄突然赶到，却是又惊又喜，叫道：“徐师兄，乔师……”只是一口气上不来，立时咳了起来。乔野雄抢到他身边，从怀里摸出两颗蜡丸，一颗递给邵淇，一颗递给陈简之道：“吞了！”

乔野雄也不多说第三个字。陈简之一把捏碎了蜡丸，立时闻到一股辛辣之味。虽不知这是什么东西，但他也知乔野雄定不会害自己，往嘴里一扔，一下嚼了下去。这一嚼不得了，只觉一股奇辣如尖刀一般从上腭直冲小腹，辣得陈简之叫道：“哇！好辣！这是啥玩意？”

他已被辣得连话都说不清了，乔野雄这时才道：“别咬……”话未说完，却听徐仙策惊道：“阿雄！救命！”却是万年恼怒徐仙策与乔野雄突然冲出来搅局，突然一枪直刺向徐仙策。徐仙策道行不浅，但这等近身格斗却非其所长，因此平时总与乔野雄联手，由乔野雄挡住敌人攻势，由他趁机出击，要他独挡万年一击，实非其所能。本来范无救就在他身边，徐仙策只道范无救定能将这一枪接下，哪知范无救竟然对他不管不顾，见万年一枪直取徐仙策，一个箭步又冲了上去，与万年另三臂所化长枪接战。徐仙策见一个枪尖直冲自己而来，已是吓得魂不附体，立时急叫起来。乔野雄见徐仙策遇险，心中大急，一拳击向面前，喝道：“疾！”

乔野雄的木遁术虽然不及何慕慈的八九玄功那样坚不可摧，但也不遑多让，一根木柱忽地从徐仙策身前升起，护住了徐仙策。哪知这一回万年的臂枪忽地一弯，绕过了木柱仍然刺向徐仙策。徐仙策也没料到万年这回学乖了，眼见枪尖已到前心，一张脸都吓白了，心道：“糟糕！”只是没等他惊叫，身后忽然伸出一个白枪头，不偏不倚，正顶在万年的臂枪枪尖上。

这正是陈简之所出的一枪。陈简之现在嘴里还火辣辣的，只觉嘴唇都辣得翻了起来，但这股火辣如一条线般走过全身，本已无力的四肢立时恢复了大半。终南山医毒双绝，乔野雄以药理运毒，将九种大补大毒之物研磨调和，化去毒性，制成了这种九烈丹。九烈丹与陈简之那神秘大哥所传的一招异曲同工，能让人在短时间里暂时复原。只不过九烈丹所用的九种大补大毒之物极其珍贵难得，乔野雄一共也只制成了五颗而已。正因为九烈丹的九种成分不是大补便是大毒，其味辛辣无比，所以不能嚼碎，必须整个吞下。只是乔野雄嘴慢，陈简之却是心急，一口咬碎了，这苦头吃得着实不小。虽然辣得陈简之脚后跟都发麻，却也使得药性行得更快。他正辣得眼里泪水直流，已见徐仙策遇险，立时挺枪刺去。枪尖对枪尖，本来就极是困难，而且万年这臂枪乃腕足所化，何等灵活，稍稍一让便能让开，可乔野雄的木遁术虽然没能挡住万年的臂枪，却挡住了它的视线，万年做梦也没想到本来已是俎上鱼肉的陈简之竟然突然又活蹦乱跳地出枪。

双枪枪尖一对，万年的臂枪虽然也锐利不啻金铁，可毕竟是血肉所化，根本不能与它以精血炼就的雪枪相提并论。臂枪枪尖一触到雪枪枪尖，顿时如同软泥，雪枪已然直刺进去。万年疼得惨呼一声，这支臂枪立时现出原形，直缩了回去。陈简之本待一鼓作气直刺下去，定要一枪废了万年一臂，可万年退得如此之快，他虽然快步前冲，仍是追赶不上。情急之下再念太上飞步咒也已来不及，他又不肯错失这机会，脑海中忽然灵机一动，叫道："小淇，推我！"

陈简之辣得口齿有点不清，但这句话邵淇还是听懂了。她没陈简之那么嘴急，听到了乔野雄所说的第二句话，一口吞下。虽然比陈简之要好受多了，可浑身也一下热气腾腾，简直要爆炸。听到陈简之说要推他，邵淇左掌一下按在了陈简之背心，右手一拳敲在自己左掌掌背。她的双手不大，但陈简之只觉背心里涌来一股惊涛骇浪一般的大力，借这力量，挺枪直冲出去。

这一枪是陈简之与邵淇二人的合力。万年缩得虽快，可也没有陈简之的身形快。陈简之有若风驰电掣，将浑身力量尽都压了上去。方才他与邵淇也曾孤注一掷，以最后的力量拼死一击，却在最后关头被杨显破坏。这一次，陈简之更是将生死置之度外了。

人似流星赶月，枪如白虹贯日。万年的腕足缩得再快，也赶不上陈简之前冲之势，雪枪顺着腕足直直插入，一贯到底。万年的腕足能刚能柔，雪枪由它控制时能在腕足中随意隐现，然而当雪枪成了陈简之手中之物后，它也挡不住这件自己炼就的至宝的一击。随着一声惨叫，雪枪已然透体而入，深深刺入了万年的左肩。

一千年来，万年只有在封神大战中受灌口二郎真君的三尖两刃刀重创过，而此时被陈简之这一枪刺中，已然不亚于当年二郎真君所伤。便是这道行高深莫测的老妖也经受不起，疼得一声惨嘶，只待将正与范无救纠缠的三臂匀一条过来对付陈简之。只是它刚抽得一臂，却觉臂端一轻，范无救双刀落处，竟然将两臂同时斩断。

方才范无救双刀对付万年一臂都斩不动分毫，此时竟然一下斩断两段，而且万年竟然不觉疼痛，惊怒之下，抬眼看去，却见腕足断处竟然呈漆黑一片。它更是又惊又怒，心道："方才那两个小子放出的火箭中竟然有毒！"

万年料得一点也没错。终南山医毒双绝，而乔野雄修习极其刻苦，医道还只能称是寻常高手，毒道上却堪称国手了。而徐仙策这人机变之深，实不作第二人想。先前与乔野雄一路商量这一式"火雨仙矢"的合体技时，徐仙策觉得只将希望寄托在这一招上还不够，为增加威力，要乔野雄在施飞柳仙矢之际，更加上了见血封喉的剧毒。这剧毒无色无臭，万年虽然一下破解了火雨仙矢，但这三条腕足上实已有了些微伤口。这等伤口万年根本没放在心上，可见血封喉的剧毒却循伤口而上。也亏得万年的道行精深无比，若是寻常妖物，只怕早就瘫软在地了，而万年所中之毒至今仍然留在腕足之上。只是腕足已然中毒，再不能刚柔变化如意，当它还想匀出一条来时，只剩两臂自已不是范无救对手。

范无救斩断两臂，见断口漆黑，也不知它实已中乔野雄所下之毒，只道又是万年的伎俩。范无救心高气傲，可就在刚才差点死在万年手中，又被徐仙策与乔野雄救了一次，更是怒不可遏，斩断了万年两臂后，双刀更是使发了性，将左刀从右肋下伸出，右刀伸出于左胁，人风车一般疾转起来，冲向万年身躯。

这一手“风车斩”乃森罗殿无常刀法中舍身一击的招术，谢必安在后面看得惊心动魄，心道：“无救这是动了真怒了。”

万年此时只剩下一臂有空，而且也中了毒，绝挡不住范无救这式“风车斩”。也就是这时，却听“咣”一声，一面巨盾一下在范无救面前张开。范无救的风车斩虽然转速极快，一霎时便已连转了十七八圈，双刀斩的三十五六刀尽斩在这面巨盾之上，却再不能斩入分毫。眼见这巨盾如一只巨掌一般收拢，要将他也抓在掌心，范无救不敢恋战，将身一纵，又倒跃回丈许，闪过了这一击，心中却狐疑道：“这老妖怎的突然又如此之强？”

他刚往身后一跃，一个身影却已然从他身前一掠而过，正是陈简之。他离万年实已最近，眼看自己一枪废了万年一臂，而范无救已废了万年两臂，眼看又要再废它一臂，万年突然腾出了三臂来化成巨盾挡住范无救。范无救不明所以，陈简之却看得清楚，此时万年腾出的，正是一直困住何慕慈四臂中的三条。

万年四臂一直如铁桶般困着何慕慈，陈简之和邵淇曾费尽心力仍然解不开，此时万年却也迫得腾出了三臂，陈简之便知千载难逢的机会终于到了。他的嘴被辣得话都说不清，但默念太上飞步咒还不难，右手更是一拍腰间的鬼步牌。

这一天，他已然用过了多次太上飞步咒与鬼步牌，更用过大哥所传的秘术，实已耗尽精力。九烈丹虽然暂时让他恢复元气，但这等治标不治本之举只能权且一用，他也知道这等情况下再用太上飞步咒与鬼步牌实不知会有什么后果。然而在他心中，已没有第二个念头，唯一有的，便是救出何慕慈。

从小到大，除了把他送上五龙山的多闻道人，几乎从来没有一个人认同过他。然而现在，大哥，谢大哥，何师姐，小淇，徐师兄，乔师兄，这些人都与自己并肩作战，让陈简之平生第一次感到了别人的承认，承认他陈简之不是个只会拖后腿的人，而是个同样能与大敌一战的五山弟子。

尽管此时陈简之叠用太上飞步咒与鬼步牌已远不及平时之快，但仍是迅捷异常。当范无救往身后一跃之际，陈简之已然冲过他身下，到了左边受困的何慕慈处。

当何慕慈被万年四臂所困时，外面只能看得到万年四臂所化成的茧状之物，根本看不到何慕慈的人影。此时只剩了一臂缠住何慕慈，陈简之已然看到了她的情形。

何慕慈的双腿屈起，蜷在了怀中，双臂抱膝，整个人团成了一团，身周则是似冰非冰的一层。

这正是何慕慈以运八九玄功来发动的水遁术。虽然仅是薄薄一层，但万年的全力一击都未能击破。只是同样，何慕慈也被迫得只能以胎息法来隔断六识，方才逼出体内的所有潜力。

尽管不知何慕慈是死是活，但再次看到她的模样，陈简之心中一喜，伸手揽住了何慕慈的腰，右手雪枪挥下，斩向万年缠住何慕慈的那一条腕足。

即使是无常刀也不能割断的腕足，却经不起雪枪的斩击。枪刃到处，这最后一条腕足立断两截。而此时，万年正全神贯注于抵挡范无救的拼死一击，甚至都没注意到一臂已断，何慕慈也脱出了自己掌握。而陈简之速度之快，更是惊人，当范无救发现猛攻无效，废然而返，陈简之已揽着何慕慈退了回来。

逼退了范无救后，万年才发现何慕慈竟被救走。它情知何慕慈若是醒来，自己重创之下，已然不是这几个少年合力的对手了。惊怒之下，再不顾一切，那半条腕足突然伸展成一根细绳，直飞过来缠住了陈简之的左脚。陈简之正抱着何慕慈往后逃，忽觉脚下一紧，人便被拖住。他心下大急，伸手将雪枪往地上一扎，只盼能借力相抗。但万年纵然实力已然大损，仍不是陈简之能够抗衡的，他只觉这条腿仿佛要被撕裂。正在苦苦相抗，一道黑影突然疾冲过来，斩向万年缠住陈简之那条断腕。

这正是范无救。范无救向来耻于与人联手，但与万年一番交锋，已知这老妖绝非自己一人能敌。就算再心高气傲，这当口也明白齐心协力方是唯一之途，一见陈简之救人遇险，立时飞身过来解救。他这两把无常刀不亚于谢必安，双刀齐下，万年断臂所化的绳索有手指般粗细，范无救全力斫下，竟然仍斩不断，但亦斫出了两道刀痕。范无救已然使发了性，将左右两刀刀柄一合，喝道：“切！”

这一式名谓“飞轮切”。两刀的刀柄便如天然生就的一般牢牢合成一处，立时若飞轮一般急转。这等割法，就算生铁都要硬生生割断，万年这条断臂纵然坚韧无比，也立被切入一半去，转眼就要切断。正在这时，只听到万年嘶吼一声，残存的三条手臂尽数张开，不退反进，猛地扑了过来。

这一路万年棋错一着。它以四臂困住何慕慈，结果何慕慈成了个磕不开的核桃，陈简之和邵淇两人又死缠不放，根本不让它有空去对付何慕慈，而先前也仅能以四臂应敌。如今四臂已毁，还有四臂中一臂也几乎全然毁去，只剩下三条腕足，道行亦是大损，但它已生同归于尽之心，再不留余地，这三条腕足几乎遮天蔽日地砸了过来，将陈简之与范无救罩在了阴影之下。

邵淇见此情景，心急如焚，纵然破天锤已被万年收去，也再顾不得，一个箭步冲上前去。万年那三臂砸下来势若山崩，但邵淇心中只剩下一个念头，便是赤手空拳，也要将万年这拼死一击挡下。

陈简之此时死死抓住雪枪，还在与万年拖住之力相抗，也不知究竟能不能撑得到范无救切断这条断臂，只觉左腿几乎要被撕裂，见邵淇直冲过来，他惊道："小淇！"

邵淇因为年纪小，神情也一直不曾脱尽稚气，但此时她却如同突然间成长了好几岁，冲到陈简之面前，将身一跃，挥拳迎向万年那砸下来的三臂。

拳力已迎上了万年的三臂。邵淇虽然身具神力，可拳上传来的压力竟是如山之重。她也知自己不啻螳臂当车，但没有一丝畏惧，想的只有不能让老妖伤了陈简之和慕慈姐姐。纵然自己会被万年砸得粉身碎骨，至少也能挡一挡。

就在她行将抵挡不住之际，却觉万年的力量突然间急速减退。此消彼长，邵淇已觉拳上压力陡减，本来在竭尽全力相抗，这一下一拳反倒挥了个空，"啪"一下摔了下来，耳畔却听得万年又是一声惨叫，随即听到有个温柔的声音道："小淇，当心！"

这正是何慕慈的声音！邵淇再忍不住，眼中泪水奔涌出来，叫道："慕慈姐姐！"

硬挡住万年这一击的，正是苏醒过来的何慕慈。万年力量最高之际，也只能困住何慕慈，击不破她的八九玄功，现在更是无能为力，三臂一砸到何慕慈的水遁之上，一下弹了回去。而就在这时，后面的徐仙策与乔野雄第二次火雨仙矢也已放了出来。

乔野雄精擅药毒，但他为人忠厚，向来不喜用毒。只不过这个时候，他也再没这等冬烘想法了，这道火雨仙矢更是将终南山几道大毒尽添了上去。万年这一击其实已经外强中干，一被何慕慈弹开，防御已不能与当初同日而语，九道带剧毒的火雨仙矢尽射在万年面门。而就在此时，范无救这一式飞轮切亦切断了万年那条断臂，刀势未竭，斜飞出去，正切入万年的腰上。

无常刀虽利，平时实亦伤不得万年。但万年这时已然油尽灯枯，更兼身中剧毒，无常刀急旋过去，正将万年腰上割出了个大缺口，好悬将它腰斩为二。万年惨呼一声，已然再无对抗之心，身体一缩，原本比乔野雄还要魁梧的形体一下缩得比邵淇还要小，急速向地穴尽头退去。

这地穴的尽处在海平面之下，此时潮水已然退去大半，地穴中几剩一些积水，但尽处仍没在海水里。几人心知若被万年逃走，只怕会后患无穷。但精擅水术的何慕慈刚刚苏醒，便以八九玄功护住诸人，想要入水追击实是无能为力，正在焦急，陈简之却直冲过去。

斩草除根，绝不能姑息养奸！

陈简之虽然手臂有些发颤，但仍是牢牢握住了雪枪。现在太上飞步咒与鬼步牌都尚未失效，又不必顾虑何慕慈了，他的身形更是比范无救还要快，万年逃得虽然迅速，但陈简之十步之内已然追上，雪枪如有神助，正中万年背心。

这一枪力量其实并不算大，陈简之全是靠着超人的速度方能将枪扎进去。枪尖一扎入万年体内，他只觉雪枪也似活了一般直颤。他生怕万年垂死挣扎会功亏一篑，索性将身体也靠在了雪枪之上，双臂更是与雪枪贴到一处，这把雪白的长枪几乎成了他手臂的延长。

这一击，定要让老妖灰飞烟灭！

虽然力量所剩无几，但陈简之胸中的豪气却也从未如此之盛。一直被人取笑、被人看不起，他也几乎安于自己的平庸和无足道，但现在他只想长啸一声，告诉这个世界，我陈简之绝非碌碌之辈！

雪枪一往无前，从后心刺到前心，直透万年躯干。万年已然八臂齐废，更中剧毒，此时就算想孤注一掷与陈简之同归于尽也办不到了，惨吼一声，扑倒在地，猛然间炸开。

尾声

这上古五妖之首的万年老妖，终于走到了尽头。而就在万年躯体炸开的一刻，无数闪亮的红色石头直崩出来。

那是万年这些年里搜罗来的女娲石。寻常妖物身体中有一颗女娲石，便已是极难对付的强敌了，万年身上的女娲石竟然有百来颗，难怪能够随时复原。陈简之一枪刺死了万年，还在又喜又惊，几乎不敢相信真是自己扎死了这凶悍无比的老妖，当女娲石崩开时，他一时有点茫然，心道："这是什么？"

他正发愣，徐仙策已然冲过了他的身边。

其实论身法，徐仙策并不算最强，但他最饶机变。当万年死后崩出天雨一般的女娲石时，他虽然也被惊呆了，却头一个反应过来，向乔野雄叫道："快去抓！"

女娲石入地即没，而此时正值退潮，女娲石一落下去，便会沉入万丈深渊的海底，任谁也找不回了。要拿到女娲石，唯有趁它未落地的一瞬。万年崩出的女娲石如此之多，可万一失去时机，只怕一颗也抓不到。他一下冲了过来，看着一颗最近的女娲石抓去，见陈简之还傻愣愣地站着，忍不住叫道：“快抓啊！”

陈简之如梦方醒，伸手抓向一颗正在落下的女娲石。参加此次大比，陈简之其实根本没指望走到最后，能够拿到女娲石，走过第一轮，对他来说就已心满意足。这个目标原本如此遥不可及，没想到现在就近在眼前，他已是欣喜若狂。

这一把抓去，手都在颤抖。本来稳稳当当就能抓到，但手一颤，只觉掌心的女娲石竟然又要飞出。他心下大急，猛地一咬牙。这一咬咬得急了，咬到了舌头。好在他先前咬碎九烈丹辣得嘴唇发麻，现在咬到了舌头也没觉得太疼，但五指却鬼使神差地一伸一缩，将那颗险些脱手而出的女娲石抓了回来。

将女娲石抓到掌中，陈简之仍有点不敢相信，伸手看了看，只见掌心安安稳稳地放着一颗红色石子。他眼角顿时淌下了泪水，心道：“我做到了！我做到了！”耳边却听到徐仙策嘶哑地叫道：“抓到了！阿雄！我抓到了两颗！”

徐仙策心知乔野雄反应不及自己，因此有心要多抓几颗。女娲石这等宝物，对修道之人来说可遇不可求，能多得一颗也好的。只不过他心虽贪，最后仍只抓到两颗。他心性不算如何大方，只不过乔野雄与他情同手足，无论如何都要分一颗给乔野雄的。

徐仙策正在欢天喜地，邵淇却极是茫然。其实邵淇冲上来只比徐仙策稍稍晚了点，只不过她的心思尽在被万年收去的破天锤上。破天锤是她炼就的如意之宝，被万年收走后她一直不甘心，当万年一炸开，她想到的第一件事便是收回破天锤，连满天雨花般的女娲石都没顾得上。待她收回破天锤，那些女娲石却已然一颗都不剩了。她茫然若失，看着地上，只盼有哪颗漏网之鱼，但哪里还找得到？正在沮丧，却听何慕慈柔声道：“小淇，我帮你抢了一颗。”

何慕慈说着，将一颗女娲石递了过来。邵淇喜出望外，惊叫道：“哇！”伸手便要来抓，但马上狐疑道：“慕慈姐姐，你真的抢到了两颗？”

何慕慈一怔。以她的本领，原本多抢到几颗并不在话下，但她刚摆脱万年困缚未久，手足都还没完全恢复。能够抢到一颗，已然极其难得了。而她从来不说假话，被邵淇一追问，却是答不上来。正在犹豫，邵淇已然猜到了，摇摇头道：“慕慈姐姐，我不能要你的。”

何慕慈也不知该怎么说，陈简之忽然在一边笑道：“小淇，我倒是真个帮你抢了一颗，你叫我一声大哥就给你。”

陈简之说着，将一只手伸了过来。邵淇见他掌中正是一颗女娲石，不由得又惊又喜，叫道：“大……”但转念一想，又道：“你抢到了两颗？”

陈简之拍了拍胸口道：“还有一颗在这儿呢。我手脚多利索，哪跟你一样笨手笨脚的。”

听到他说自己笨手笨脚，邵淇甚是恼怒，一把从陈简之手中夺过女娲石，喝道：“不叫！”

何慕慈在一边看得好笑，说道：“小淇，陈师弟给了你如此大一个人情，他又比你大，便叫他一声大哥又如何？”

邵淇道：“慕慈姐姐，他这般叫作市恩，乃小人所为，我不骂他算好的了。”说着，却转头向陈简之道：“陈简之，我和慕慈姐姐先走了，琅环阁见吧。”

拿到了女娲石，便是通过大比第一轮，也就有资格进入琅环阁了。而大比第二轮将是五人合组，虽然邵淇说得凶，但这话实是邀陈简之下一轮与自己和何慕慈组成一组。陈简之摆了摆手道："好啊。那小淇，你可别骂我了。"

邵淇道："你啊，要是仍不着调，我还骂！"只是她说这话时眼中已然流露出笑意来了。

这地穴的出口虽然在海面之下，但对他们这等修道有成之士来说，只消没有万年阻路，海水已不在话下。此时徐仙策与乔野雄二人已然用陆地行舟穿了出去，看着何慕慈与邵淇出去，陈简之眼中却有些茫然若失。等她们的身影消失，他这才走到谢必安身边道："谢大哥，你怎么样了？"

谢必安虽然有些憔悴，但精神却甚好，说道："没大碍，回去休息个十天半月便能回复。"他说着，低笑道："陈兄弟，你倒是挺会说假话的，那小姑娘被你瞒过了。"

陈简之目瞪口呆。他说起谎来自然远远超过从不说假话的何慕慈，可谢必安一眼就看了出来。他道："谢大哥，你知道了吗？别跟她说。"

谢必安道："你明明那么想拿到女娲石，为什么还要给她？"

陈简之顿了顿，半晌才嗫嚅道："谢大哥，我……我也不知道，只不过我不想见到她伤心。"

听陈简之这么一说，谢必安也沉默了片刻，看了一眼边上的范无救。范无救脸上却全无表情，甚至都没正眼看一下谢必安。谢必安心道："其实，无救心里定然也翻江倒海一般了。"

他还记得很久很久以前，他和范无救二人都还是凡人的时候，一同爱慕过的那个绿衣少女。不知多少次，他们偷偷等着那个纤细的身影出现在那座石桥头的大柳树下，每一次都怦然心动。

他转过头看向陈简之，叹道："陈兄弟，谢大哥答应过帮你弄到一颗女娲石……"

陈简之忙道："谢大哥，你别往心里去，这事随缘便好，本不能强求……"

他还要再说，却见谢必安伸出手来，手上正是一颗女娲石。他又惊又喜，叫道："谢大哥，你这是要给我吗？"

谢必安向一旁的范无救努了努嘴道："你得问问这位范大哥。这是他为我抢来的。"

陈简之听说是范无救的，心里凉了半截，心想自己虽然救过范大哥，但他也救过自己一回了，两不亏欠，而此人如此阴冷，只怕问也是白问。但不问终是不甘，正待问，却听范无救冷冷道："我抢来是为你早日复原，你要做人情那是你的事，问我做什么。"

范无救的声音仍是冷得毫无波动，但这话分明是允许了。谢必安心中好笑，说道："还不谢过范大哥。"

陈简之伸手便要去抓，却又有点犹豫，问道："可是，谢大哥那你复原之事……"

谢必安道："我要复原，没有女娲石也不过多花个把月工夫。男子汉大丈夫，别婆婆妈妈了。"

陈简之这才从谢必安手里接过，说道："多谢谢大哥。"又转向范无救道："多谢范大哥。"但范无救仍是木然无表情，谢必安道："行了，现在没有老妖阻路，你能从这儿出去吗？"

陈简之尚不会金遁术，要他破水而出还真个有点难度。谢必安见他面露难色，向范无救微笑道："无救，你就好人做到底吧。"

范无救这回仍没说什么，过来右手挽住谢必安，左手挽住了陈简之。也不见他如何作势，陈简之便觉耳畔哗哗一阵响，也不知走了多少，眼前忽地一亮，范无救已挽着他和谢必安二人站在了一块礁石上。

这正是蓬莱岛东岸。此时刚过亥时，星月在天，海浪轻舐海岸，一派祥和。谢必安道：“陈兄弟，天下无不散之宴席，就此别过，我和无救尚有要事要办，只能有劳你自行觅路回去了。”

陈简之虽然疲倦万分，但双眼灼灼有光，较之前更加神采奕奕。他向谢范二人行了一礼道：“谢大哥，范大哥，那我们后会有期。”正待转身要走，却转过身来道：“对了，谢大哥，森罗殿到底在什么地方？”

五山并无森罗殿这地方，陈简之一直很好奇。与万年激战之时也无暇顾及这事，现在要与二人分手，这个闷葫芦真不能再闷下去了。谢必安顿了顿，说道：“中洲世界，分为阴阳。人妖仙共处阳界，森罗殿嘛……”

谢必安没说完，但陈简之已然吓了一跳，说道：“谢大哥，你们来自幽冥？”

幽冥即是阴界。传说那是人死之后必去之处，就算已然登仙，若犯了杀劫，同样会堕入幽冥。因此说起阴界来，总是人人畏惧。陈简之做梦也没想到这位随和厚道的谢大哥竟然是幽冥来使，不禁有点发毛。只是转念一想，谢必安对自己真个不薄，范无救纵然阴冷，对自己亦是有恩无仇，又有什么可畏的？他微笑道：“原来如此，祝两位大哥一路顺风。”

他向着谢必安和范无救躬身施礼，转身走去，心道：“原来这世界如此之大，但不知我何时能都见识一番。”

看着陈简之的背影，谢必安和范无救二人却是久久不语。待陈简之走得远了，范无救忽道："七哥，趁着天还没亮，勾了那曾罗睽回去复命吧。"

谢必安点了点头，又小声道："无救，这一次多谢你。"

范无救道："自己兄弟，七哥你说这话做甚。"他顿了顿又道："但不知那曾罗睽背后到底是什么人，竟敢直接与我森罗殿作对。"

按生死簿，曾罗睽阳寿早尽，数十年前就该拘入幽冥。但不知因何，曾罗睽竟然逃过了一次阴差拘魂。这件事对森罗殿来说亦非小事，定要搞个水落石出不可。谢必安按了按腰间的勾魂伞，小声道："是啊。只怕……"

只怕什么？谢必安并没有说。但他二人隐隐然已经觉察到，此事背后还有一个更大的阴谋。主使这个阴谋之人如此神通广大，究竟是谁却还不得而知，也不知会不会影响到森罗殿。他们森罗殿刚平息了一场大变，实经不起再次剧变了。便是这两个幽冥来使，这一刻亦觉得阴风恻恻，寒意森森。

海潮渐退，波光粼粼。夜更深，星月在天，森然如白牙，而夜色更似冷笑，仿佛在嘲弄这个世界上的芸芸众生，无一不是笼中的玩物。

致谢

感谢浅木的曲、糟老头子、糖果、华丽沉沦、TOP维独等9位道友，从小说创作之始就为作者燕垒生老师解答游戏疑问。感谢你们经常在深夜、在周末的休息时间，也积极回应小说群里的消息，提供各种游戏截图，耐心解释游戏设定，参与小说情节的设计……如果没有你们的帮助，小说与游戏元素的结合不会如此自然。

感谢2019年11月30日来到公司认真阅读了小说的墨初、追忆月光光、水坎凤寒羽、车夫、夜无泪、青天、枫叶、VIP胖子等13位道友，你们在一对一访谈中留下了宝贵的修改意见。我们和作者一起仔细琢磨了每一条建议，尝试了许多调整的办法，并尽最大的努力对内容进行了修改。相信在你们重新翻阅这部小说的时候，也会发现许多新的内容，希望你们会喜欢。

然后，还要感谢一个特殊的微信群——问道小说官方讨论群——里面的所有道友，我们识于微时，莫逆于心，感谢你们守护《问道》小说的初心，一路护送《问道》小说从创意到成书。

最后，祝亲爱的道友们阅读愉快！